«PANDORA»

Della stessa autrice

MENO MALE CHE CI SEI
PIÙ BELLA DI COSÌ

MARIA DANIELA RAINERI

SE FOSSE TUTTO FACILE

Sperling & Kupfer

SE FOSSE TUTTO FACILE

ISBN 978-88-200-4879-2
86-I-10

Solo (1)

MAI come in questo momento sono stato così disperatamente privo di certezze. Solo di una cosa sono sicuro: quando un maschio adulto piange davanti a una fiction di Canale 5 vuol dire che la distanza tra lui e l'esaurimento nervoso si sta accorciando troppo in fretta.

Mi soffio il naso, cercando di non fare rumore, mentre sullo schermo il protagonista impacciato e un po' bruttino arriva alla stazione Termini per inseguire la ragazza che ama. Il tizio muove le labbra per dire qualcosa che capisce solo lei, e nel giro di mezzo secondo la ragazza cambia idea, scende dal treno già in movimento e corre a baciarlo sulla bocca.

Messa così, sembra facile.

E forse è facile davvero, se lui deve chiederle scusa per qualche stupidaggine. Magari ha solo lasciato un calzino appallottolato sul pavimento del soggiorno, oppure si è fatto sfuggire un paragone inopportuno con sua madre, o ha scordato una volta di troppo di sostituire il rotolo della carta igienica.

Scommetto che se avesse combinato alla sua ragazza quello che ho fatto io a Valentina e avesse ancora la faccia tosta di inseguirla, lei scenderebbe giusto per dargli uno spintone e buttarlo sotto il primo Eurostar in partenza.

«Stefanino, sei raffreddato?» chiede mia madre, voltandosi appena verso di me.

«Sì», mento, senza staccare gli occhi dal televisore. Era da un po' che non mi chiamava Stefanino. Mi ero illuso che il mio trentacinquesimo compleanno l'avesse finalmente persuasa a usare il mio nome normale. Invece niente.

«Vuoi l'aerosol?»

«No, grazie.»

«Te lo preparo», annuncia decisa, ignorando beatamente il mio rifiuto. Poi si alza dal divano, sacrificando in nome dell'amore incondizionato i minuti finali della sua serie preferita, quella che ha seguito puntata dopo puntata per due mesi, staccando persino il telefono per paura di perdere qualche passaggio cruciale.

Otto minuti più tardi mi ritrovo a respirare un inutile e fastidioso vapore all'eucalipto, mentre mamma sorride e mi prepara il latte caldo con brandy e miele.

È così contenta di riavermi tutto per sé che non riesce a fingere nemmeno un po' di dispiacere pei il mio cuore spezzato.

«Domani a pranzo ti faccio il brodo di pollo», dice mentre con una mano posa sul tavolo la tazza colma di latte bollente e con l'altra estrae dal freezer il pennuto surgelato.

Scosto la mascherina.

«Non mi piace il brodo di pollo», rispondo e subito mi vergogno, perché mi è uscita una voce piagnucolosa da bambino di cinque anni. Una tipica voce da Stefanino.

Pazzesco: per anni fatichi come una bestia tra lavoro, vita in coppia, mutuo e conti a fine mese nel tentativo di assomigliare a un vero adulto, e poi bastano due settimane a casa di tua madre per farti regredire allo stadio prescolare.

Chissà quando troverò la forza per reagire e tornare a comportarmi da uomo. Da sedici giorni vivo in una specie di limbo. Ho trascorso il Natale sdraiato al buio, evitando ogni contatto con la rumorosa truppa dei parenti in visita con la scusa di un'improvvisa febbre a trentotto (il trucco del termometro sulla lampadina funziona sempre). E adesso non faccio che trascinarmi dal divano al mio letto singolo, che ha ancora su lo stesso trapuntino azzurro, perché mamma, da quando sono uscito di casa, ha mantenuto la mia camera tale e quale, curandola come un piccolo museo. Il lato positivo di questo culto per la mia persona è che ho riscoperto, ben spolverata sulla libreria, la vecchia collezione dei trentatré giri di Claudio Baglioni di quando ero ragazzino. Così di notte, in gran segreto, infilo le cuffie e ascolto all'infinito classici della lacrima tipo *Solo* o *Quanto ti voglio*. Quasi sempre finisce che piango, non so se per le canzoni o per quanto mi faccio pena.

Valentina mi manca da morire.

Non serve a niente concentrarmi sugli aspetti poco piacevoli della nostra storia. Mi mancano anche quelli.

Soprattutto quelli. Mi mancano i nostri litigi. Mi mancano tutte le volte in cui si lamentava perché parlavo troppo poco, e tutte le volte in cui mi interrompeva appena iniziavo un discorso, per dire qualcosa che non c'entrava niente. Mi manca il suo vizio di ironizzare in pubblico sui miei gusti musicali. Mi mancano i suoi silenzi improvvisi, che mi facevano capire subito che l'avevo fatta arrabbiare. Mi mancano le domeniche pomeriggio di pioggia in primavera, quando in cima alla lista dei miei desideri c'erano lunghe sessioni di sesso e playstation ma lei insisteva per andare al mare, perché era convinta che il cielo all'orizzonte fosse un po' più chiaro.

La conosco da cinque anni e da un pezzo ho tolto gli occhiali dalle lenti rosa. La vedo per quel che è. So che faccia ha quando si sveglia al mattino con i capelli dritti e gli occhi impastati di sonno, e so come sta con la cuffia da doccia sulla testa. Conosco alla perfezione le oscillazioni mensili della sua ritenzione idrica, e quanto questo fattore influenzi il suo umore e il suo modo di vestire. So che non è una dea. È una donna normale, con il suo bel pacchetto di difetti di serie.

Il fatto è che non sono speciale nemmeno io.

Ma forse l'amore è solo questo: due persone ordinarie che, messe insieme, si sentono uniche, meravigliose e magiche. Come funziona di preciso non l'ha ancora capito nessuno, e sta proprio lì il bello. Perché l'amore è mistero. Altrimenti si chiamerebbe in un altro modo. Algebra, magari.

È un peccato, però, che tutti questi bei pensieri sulla

natura dei sentimenti prendano forma nella tua testa solo quando vieni mollato. Prima, quando le cose vanno alla grande, non te ne frega niente di elaborare teorie. Il massimo che riesci a dire sulla tua relazione è «Tutto okay», oppure «Non mi posso lamentare». Non ti sforzi di trovare le parole giuste per descrivere lo stato di grazia che stai vivendo. Dai tutto per scontato.

Anche le canzoni d'amore più belle, quelle che ti stringono la gola e ti stracciano lo stomaco, sono sempre dedicate a qualcuno che se n'è andato via.

L'unica eccezione che mi viene in mente ora come ora è Jovanotti, che ha dedicato *A te* alla donna che gli sta accanto. Guarda caso, Valentina non la ascoltava volentieri. Seguiva le prime tre o quattro strofe, poi s'irritava. Diceva sempre che quel testo la insospettiva, perché a nessun uomo normale verrebbe in mente quella valanga di complimenti per la moglie se non avesse qualcosa di molto serio da farsi perdonare.

Cinque anni prima

1

«Io t'ho già capito.»

«Davvero?»

La collega Ada sorride e fa segno di sì. Poi appoggia un braccio sullo schienale del divano e avanza verso di me di un paio di centimetri.

«Voi uomini siete semplici. Noi donne invece siamo più sfaccettate, complesse.»

«In effetti...»

«Stefano, tu hai paura.»

«Dici?»

«Sì. Hai paura dei sentimenti.»

«Forse hai ragione», annuisco, un po' confuso. Intanto con la coda dell'occhio controllo se accanto a me c'è ancora un pezzetto di divano su cui poter arretrare. Non c'è. Aiuto.

«La tendenza a chiudersi a riccio per difendersi e non soffrire è tipica dello Scorpione, lo sapevi?» sussurra Ada, avvicinandosi ancora un po'.

«Veramente io sono del Sagittario.»

«È tipica anche del Sagittario», dice senza scoraggiarsi. Allunga una mano per togliere dalla mia camicia un pelucco che vede solo lei. Poi smette di parlare di colpo, com'è tipico delle donne quando vogliono farti capire che sei libero di provarci.

Scatto in piedi. «Vuoi ancora un po' di spaghetti?» butto lì, tanto per dire qualcosa.

«Ma abbiamo già mangiato il dolce!»

«Mi piace mescolare i sapori», rispondo sforzandomi di usare un tono convincente. Poi vado dritto in cucina e rovescio nel mio piatto l'avanzo della pasta ai frutti di mare. Il sugo l'ho preparato io. Modestamente, ai fornelli me la cavo. Lo dicono tutti. Anche Ada, durante la cena, mi avrà fatto i complimenti almeno dieci volte, ma lei forse aveva un secondo fine e quindi non conta.

Mi siedo al tavolo, mastico e intanto prendo tempo.

Ada rimane immobile sul divano e mi fissa, un po' delusa dalla mia fuga e impressionata dal mio buon appetito.

Non era così che immaginavo questa serata.

Mi aspettavo una delle solite cene tra colleghi del terzo piano, di quelle che si organizzano con un intervallo tra una e l'altra abbastanza lungo da farci dimenticare quanto siano noiose, perché già agli antipasti mancano gli argomenti e si finisce sempre a parlare di lavoro.

Quando ho visto la tavola apparecchiata per due era troppo tardi. Ada aveva già chiuso a doppia mandata il portoncino blindato del suo appartamento da single ai confini tra l'Eur e il nulla e mi stava raccontando qualcosa sulla varicella del figlio del collega Carlo, sulla Ferretti che aveva la suocera autoinvitata a cena e su altri impicci domestici che, in un modo o nell'altro, avevano bloccato tutti a casa.

«Tutti, tranne il più bello dell'ufficio», ha concluso, con un sorriso che non le avevo mai notato prima.

Ho provato a scherzare e le ho detto che, vista la media dei nostri colleghi maschi, diventare Mister Terzo Piano non è così difficile: basta avere ancora tutti i capelli in testa e riuscire a vedersi i piedi, senza la pancia in mezzo a ostruire la visuale.

Ma lei, anziché farsi una grassa e amichevole risata, ha sussurrato: «Non sottovalutarti», avvicinandosi troppo al mio orecchio sinistro. Poi mi ha accompagnato a tavola tenendomi a braccetto.

Forse le piacevo già da un po' e non me n'ero mai accorto.

Oppure è talmente disperata che farebbe la vamp anche se al mio posto fosse arrivato il collega Carlo, che ha i piedi piatti e le lenti bifocali.

«Sei un tipo strano, sai?» rilancia, lisciando con la mano il tessuto del sofà.

«Io mi vedo normale. Magari un po' noioso», rispondo, seduto sull'orlo della sedia, mentre raschio il fondo del piatto con la forchetta.

«Noioso non direi. Misterioso, piuttosto. Sei sempre tranquillo, taciturno. Sembri così sicuro di te in mezzo agli altri. Invece se una ti conosce meglio, capisce che sei fragile... E anche timido.»

Alzo le spalle e mi verso un goccio di vino bianco. Ada ne approfitta e mi chiede di riempirle il bicchiere. Così devo avvicinarmi di nuovo.

«Anch'io sono timida, sai?» dice inclinando la testa. Mi afferra un braccio, attirandomi verso di lei.

«E sono anche molto selettiva», continua, abbassando la voce. «Non sono il tipo da storie di una notte.»

«Neanch'io!» esclamo a voce troppo alta.

Eccome se lo sono, invece. Mi piacciono le storie di una notte. Le adoro. Fanno bene all'autostima. Non rappresentano la mia ragione di vita, chiaro. E nemmeno sono una grande autorità in materia, al contrario del mio amico Gianfranco che, da quando aveva sedici anni, non ha altro per la testa, e passa il tempo ad annotare nomi, numeri, punteggi e fa pure le medie stagionali e i grafici.

Se capitano, sono contento, tutto qui.

Ma c'è storia e storia: un conto è fare sesso con una ragazza olandese ubriaca che festeggia la sua ultima sera in un villaggio per single (Otranto 2001, settembre) o con la cassiera di un bar, di un centro commerciale oppure di una discoteca, separata da poco e un po' più grande di te (Roma 1998, Roma 2002, Rimini stesso anno), un altro è farlo con una collega che lavora alla scrivania di fronte alla tua, e che rivedrai ogni giorno della tua vita per i prossimi trentacinque anni, fino alla pensione.

Non me la sento.

Un altro al mio posto forse si farebbe meno scrupoli. In fondo è venerdì, serata per noi uomini geneticamente deputata alle cazzate: sbornie assurde, locali assurdi, discorsi assurdi, donne assurde.

E poi Ada è intelligente e piena di interessi. Le piacciono l'acqua gym, il cinema e i viaggi con Avventure nel Mondo. Non sarà uno schianto, ma ha dei bei capelli e delle belle gambe, dritte e magre.

Però qualcosa in lei tiene alla larga gli uomini. Saranno le sue labbra, così chiare e sottili. Oppure i nervi ai lati del collo magro, che si tendono troppo quando ride e dice che sta benissimo da sola, e che le single vivono più a lungo delle sposate.

Fatto sta che non ha una relazione seria con un uomo da almeno sei anni, cioè da quando la conosco.

Io sarei davvero contento se trovasse un bravo ragazzo, e spero che succeda presto. Nel frattempo vorrei farle capire, senza offenderla, che il mio profilo non è idoneo alla sua ricerca di un fidanzato, o di un amante.

Ma di questi tempi è difficile tirarsi indietro di fronte a chi si è messa in testa che voi due siete destinati a finire a letto. Le ragazze hanno guardato troppe puntate di *Sex and the City* e ora pensano che sia normalissimo per una femmina prendere l'iniziativa. Sono così convinte che vanno avanti come caterpillar, anche se il tipo in questione non lancia nessun segnale di disponibilità. Poi si arrabbiano se lui sparisce dopo aver fatto sesso, e gli dicono «egoista», «infantile» e altri insulti che non stanno bene sulla bocca di una signorina.

Quando inizio a pensare che non ci sia via di scampo, ecco il miracolo. Suona il mio cellulare.

Sul display lampeggia il nome di Norberto, un impiegato delle Poste che gioca a calcetto con me e forse vuole solo avvertirmi che lunedì il campo è prenotato un'ora dopo. Lo so già, ma rispondo lo stesso, fingendo che sia una questione della massima urgenza.

Mi alzo, vado in corridoio, premo il tastino verde e intanto tiro un sospiro di sollievo.

«Ti disturbo?»

«Macché. È un piacere sentirti.»

È la verità. Conosco Norberto da meno di un anno. Facciamo le solite cose dei compagni di squadra che si frequentano poco: qualche chiacchiera negli spogliatoi, una pizza dopo la partita. Non è un amico, non è un nemico. In campo non è esattamente l'elemento decisivo, ma ho visto schiappe peggiori.

È brutto ammetterlo, ma è la tipica persona di cui dici «mi è indifferente». Eppure adesso vorrei che mi parlasse per ore, vorrei sapere tutto di lui: com'è stata la sua infanzia, qual è il suo piatto preferito, qual è il suo sogno più grande e quale il suo incubo peggiore se mangia troppo la sera. Qualsiasi cosa, pur di non tornare di là.

Mi chiudo in bagno, per parlare meglio, e continuo la conversazione lì, in piedi, con lo sguardo che vaga distratto sulle piastrelle a fiori rosa.

Norberto, come immaginavo, mi avvisa del cambio di orario. Ma, per fortuna, deve anche parlarmi di qualcos'altro.

La prende un po' troppo alla larga. A un certo punto mi viene persino il dubbio che sia gay e ci stia provando. Oppure che voglia chiedermi un prestito.

Invece mi racconta che da poco ha iniziato a uscire

con Sofia, l'avvocatessa che tiene i corsi sulla privacy nel suo ufficio. Per almeno cinque minuti continua a ripetermi quanto è bella, brillante e intelligente.

«Sono contento per te», dico. Intanto penso che deve essere proprio messo male, se non ha nemmeno uno straccio di amico a cui dare la buona notizia, e per confidarsi deve chiamare un tizio che conosce appena.

Ma poi arriva al dunque e la faccenda si fa più chiara: «Sofia mi chiede sempre se conosco qualche ragazzo da presentare alla sua migliore amica. Mi sei venuto in mente tu».

«Che pensiero gentile.»

«I primi sette giorni con una ragazza sono determinanti. E io ci tengo a fare bella figura.»

Alzo gli occhi verso la mia immagine riflessa nello specchio sopra il lavandino. Sorrido, incredulo. Di là c'è una donna che non vede l'ora di tuffarsi con me tra le lenzuola, e adesso Norberto mi chiama perché vuole fare bella figura... Da quando sono così figo?

Avvicino la faccia allo specchio e la scruto per capire se negli ultimi tempi si è verificato qualche cambiamento che mi è sfuggito. No, è sempre la stessa: gli occhi marroni, quasi neri, la pelle un po' scura, eredità del nonno materno originario di Sciacca, il naso normale, solo di poco più grande della media. Forse sono i riccioli che fanno la differenza. Se è così, spero che rimangano lì dove sono il più a lungo possibile.

Per qualche secondo mi illudo di somigliare vagamente a Lenny Kravitz. Mi giro di tre quarti e provo due o tre espressioni sexy adatte alla copertina di un cd.

Ma Norberto mi riporta subito tra i comuni mortali: «Spero che non ti dia fastidio. Sai com'è, tutti i miei amici sono già fidanzati, sposati, padri. Non sai quanto è difficile trovare un uomo normale che dopo i trenta sia ancora sulla piazza».

Ecco spiegato il mistero. Sono l'unico disponibile, perciò mi ha scelto. Abbandono le pose davanti allo specchio e, mortificato, mi siedo sull'asse del water.

«Potremmo andare a cena tutti e quattro, se ti va. Prenoto io al Pigneto, ultimamente va di moda», propone Norberto.

«Perché no. Ma lei com'è?»

«Carina.»

«Nel senso di simpatica?»

«Anche, ma non solo.»

«Come si chiama?»

«Valentina.»

«Il nome non è male.»

Così accetto l'invito, perché nella vita non si sa mai, e intanto fisso la finestra del bagno, valutando la possibilità di una fuga spettacolare. Però mi ricordo che siamo al terzo piano, quindi riattacco, studio davanti allo specchio una faccia di circostanza, torno di là e annuncio alla collega Ada che devo scappare perché mi ha appena chiamato un amico rimasto in panne con la macchina a Ostia.

«Se vuoi ti accompagno...»

Scuoto la testa, serio e grave.

Le bugie hanno questo di buono: una volta che rompi il ghiaccio è fatta. Inventata la prima e sciolte le briglie alla fantasia, tutte le altre arrivano senza sforzo, sempre più raffinate, ciascuna meglio della precedente. Puoi partire da una cosa da niente e ritrovarti con un vero romanzo messo su in poche frasi.

«Sei gentile. Ma è una situazione un po' delicata. Il mio amico è assieme a una ragazza. Che non è sua moglie. Mi ha raccomandato la massima riservatezza, anzi, non avrei nemmeno dovuto parlartene. Sai come vanno queste cose.»

«Certo che lo so. Una volta uscivo con un tipo; abbiamo tamponato sulla Cassia e lui, per non farsi beccare dalla moglie, mi ha obbligato a prendere un bus notturno.»

Non so come commentare un simile esempio di squallore maschile, così mi limito a una faccia contrita e dico: «Mi dispiace», come ai funerali.

Ada fa un gesto come per dire: acqua passata. Però è bastato il ricordo per farle salire le lacrime agli occhi.

«Grazie per la cena, allora. Ci vediamo lunedì in ufficio.»

«Grazie a te per la bella serata», mormora lei. Se c'è una sfumatura sarcastica nella sua voce, non ho tempo di coglierla, perché scappo via troppo veloce.

Torno a casa prima di mezzanotte.

Non sono mai andato a dormire tanto presto di venerdì. Ma, per via della tensione della serata, sono esausto e crollo appena tocco il cuscino, cullandomi in un sogno in cui la ragazza che Norberto mi vuole presentare in realtà è Angelina Jolie sotto falso nome.

Risvegliarmi mi dispiace.

2

Il mio amico Igor si lamenta perché, secondo lui, con le donne ho tutte le fortune.

«Chi troppo e chi niente», protesta, posando il bicchiere vuoto sul bancone e infilzando un'oliva con lo stuzzicadenti. Evita di usare direttamente le mani, non perché sia diventato all'improvviso un gentleman: semplicemente, dopo cena gli è rimasto qualcosa tra i denti e ha urgente bisogno di uno stecchino.

«Cazzate», taglio corto, senza nessuna voglia di mettermi a discutere del mio ingiusto e (secondo lui) immotivato successo con le donne.

«E allora come mai in trent'anni di vita nessuno mi ha mai telefonato perché voleva presentarmi una?»

«Perché tu con le donne non ti sai comportare», rispondo. «Fai troppe figuracce.»

«Tipo?»

«Tipo usare gli stuzzicadenti per pulirti le unghie.»

Colto sul fatto, butta rapido lo stecchino nel posacenere e arraffa la seconda oliva. Con le mani, stavolta

«La tua donna non ce l'ha un'amica per me?»

«Non è 'la mia donna'. Non la conosco nemmeno.»

«Magari è un cesso.»

«Grazie per l'incoraggiamento. Ci voleva proprio.»

«Pagami da bere, almeno.»

«Perché?»

«Perché stasera tu scopi e io no.»

Inutile replicare. È irrecuperabile. Finisco la mia birra e chiamo Cosimo per pagare.

Cosimo non mi guarda nemmeno, prende i soldi e li butta in cassa senza farmi lo scontrino e senza dire grazie o buongiorno, come al solito.

Non si scompone mai, e la sua faccia un po' storta sembra scolpita nel legno da quanto è ferma. Dirà in media venti parole al giorno, ma serve la birra rossa a prezzi che in città non trovi più, neppure qui in periferia, e a noi piace così.

Io non vado mai da nessuna parte se prima non ho fatto un salto al bar di Cosimo. È un locale spoglio e buio, in cui il profumo più buono, quando c'è, è quello dell'ammoniaca per lavare i pavimenti, con certi clienti fissi, che fanno la spola tra i tavolini zoppi e il centro scommesse dell'isolato accanto, che ti fanno venire voglia di toccarti le tasche per controllare se hai ancora il portafoglio. Ma io ci sto bene. Mi sento a casa, forse perché attraverso la vetrina opaca posso vedere un pezzetto della ringhiera del mio balcone, sul lato sud di piazza dei Gerani. E poi qui ritrovo i miei amici, i giornali sportivi, il megaschermo con Sky e vent'anni di ricordi.

Sono talmente affezionato a questo posto che, per quanto interessante sia il nuovo locale dove devo andare, o per quanto mi piaccia la donna con cui ho un appuntamento, c'è sempre un istante in cui, finita la mia birra, avrei voglia di ordinarne un'altra, e poi un'altra ancora e passare qui, al sicuro tra questi muri con la tappezzeria macchiata e annerita dal fumo, tutto il resto della serata.

Però poi mi ricordo che ho trent'anni e non settanta. Oltre la porta del bar c'è il mondo, e il mondo aspetta me. Quindi mi sbrigo, saluto tutti e vado a conoscere Valentina.

3

Ho sempre creduto che l'incontro con la donna della mia vita sarebbe stato speciale. Non mi aspettavo le campane dentro la testa o l'apparizione di Cupido in persona, ma qualche segno preciso, quello sì. Confidavo in una trama spettacolare, in circostanze bizzarre e coincidenze di quelle che sembrano fatte apposta per essere raccontate agli amici e, più in là, ai nipoti: uno scambio di valigie all'aeroporto, oppure un tamponamento in tangenziale, con un bel litigio da film, in cui volano insulti ma sotto sotto è chiaro che è già scoccata la scintilla. O ancora, per scendere nel melodrammatico, una storia complicata in cui lei è la tua migliore amica, tu scopri di amarla due giorni prima del suo matrimonio e la convinci a fuggire con te in motorino quando ha già addosso il vestito da sposa.

Non che certe cose non mi siano mai successe. Solo, nessuna di queste si è mai trasformata nell'inizio di una love story. Sono rimaste quello che erano: seccature, e niente più. Mi è capitato di avere le valigie scambiate all'aeroporto, ma il proprietario del bagaglio sbagliato era un signore turco, con umore e baffi neri. Sono stato tamponato in tangenziale dalla Lancia Musa di una ragazza bruna, che ho poi rivisto qualche settimana dopo soltanto per farle notare che quel criminale del suo carrozziere di fiducia aveva eliminato le righe sul paraurti della mia Golf ripassandole con il pennarello nero. Non ho nemmeno notato se fosse bella o meno: la odiavo e basta. Infine una volta, tanti anni fa, sono anche andato a letto con una mia amica, due giorni prima che si sposasse. Ma non è stato amore, è stato un errore di cui ci siamo pentiti entrambi mezzo minuto dopo. Il giorno del matrimonio ero un po' in ansia, per la paura che, al momento dello scambio degli anelli, lei si lasciasse prendere dai sensi di colpa e raccontasse la verità davanti a tutti. Invece ha detto «sì» normalmente, e io ho pregato, cantato e tirato il riso, e tutto è andato come doveva andare. Per fortuna, perché era una cara amica e una brava ragazza, ma non esattamente il tipo con cui sarei scappato in motorino.

Con Valentina, invece, non capita nulla di speciale.

«Piacere, Stefano.»

«Valentina.»

Una stretta di mano normale, né troppo energica né

debole. E basta. Non ci sono sorprese o avvisaglie particolari. Tutto fila liscio, anche un po' piatto. Lei è proprio come me l'aspettavo: bassa ma ben proporzionata, con i capelli rosso scuro, un po' mossi, che le arrivano alle spalle, una bocca carina, jeans, canotta verde intonata agli occhi e gioielli etnici da fricchettona chic. Non è il tipo che ti fa voltare per strada, però una volta che l'hai notata resti a guardarla volentieri.

«Chi mangia carne ha molte più probabilità di ammalarsi di cancro e malattie cardiovascolari. Ma il peggio è che la sofferenza e la disperazione dell'animale macellato passano direttamente nell'organismo di chi lo divora», sono le prime parole che mi rivolge.

Poi guarda con disprezzo la tagliata di manzo da mezzo chilo nel mio piatto, considera chiusa la questione, si rivolge a Norberto e Sofia ed espone per filo e per segno la sua opinione sull'ultimo film di David Lynch.

Non esattamente roba da colpo di fulmine.

Mi concentro sulla bistecca, mentre intorno a me i discorsi riguardano argomenti su cui non ho niente da dire. Valentina parla quasi solo di libri e film. Dev'essere quel tipo di donna che vive con l'incubo di non sembrare abbastanza intellettuale.

Ogni tanto Norberto cerca di coinvolgermi con domande sciagurate del tipo: «Hai letto Amélie Nothomb?» «Ti piace Paul Auster?» o «Adori Kim Ki-duk?» Devo rispondere almeno otto «no» prima che capisca che è meglio lasciarmi in pace.

Non so come faccia lui a essere così aggiornato. Negli spogliatoi parla quasi sempre di calcio o del suo lavoro alle Poste. Forse ha il BlackBerry collegato a Internet nascosto sotto il tovagliolo e ogni tanto lo sbircia. Oppure ha studiato a casa, l'amore per Sofia (alta, bruna, sicura di sé e con un certo fascino perverso da dominatrice) ha inserito il turbo ai suoi neuroni e gli ha consentito di memorizzare milioni di informazioni in poche ore.

È proprio cotto. Il suo guaio è che appartiene a quella schiera di persone convinte che amare significhi dire sempre di sì. Sicuro che sia un buon metodo per conquistare per l'eternità il cuore della sua ragazza, compie la sua trasformazione irreversibile da uomo a zerbino in meno di cinque mosse: anche se detesta tutto il pesce tranne il tonno, ordina insalatina di seppie come antipasto, solo perché Sofia ha espresso il desiderio di assaggiarne una forchettata; quando Sofia si accorge di aver scordato le sigarette a casa, lui corre fuori a cercare un distributore automatico nelle vicinanze. Non lo trova, così rientra e fa il giro dei tavoli come un mendicante per riuscire a trovargliene almeno una, ma non una qualunque, perché lei fuma solo Merit; si alza e, in tono che non ammette repliche, ordina al cameriere di spegnere subito l'aria condizionata, fregandosene alla grande se fuori ci sono trentanove gradi e se, fra i cinquanta clienti che affollano il ristorante, Sofia è l'unica a lamentarsi per il freddo; nel tempo ragionevolmente breve tra antipasto e dolce, riesce a rinnegare le sue convinzioni politiche, i suoi gusti musicali e la sua fede calcistica, pur di non dare torto a Sofia nemmeno una volta.

Così, già a metà cena, quando lui si è liberato anche dell'ultima briciola di amor proprio, Sofia lo osserva con quel misto di stupore, riconoscenza e noia che le donne hanno negli occhi quando capiscono che ti terranno in pugno per il resto della vita.

«Allora?» mi chiede Norberto appena le ragazze escono per fumare.

«Sofia è una donna interessante.»

«Questo lo so. Intendevo Valentina. Come ti sembra?» Sorride e si sfrega le mani. Dopato dalle endorfine dell'innamoramento e senza più contatti con la realtà, è davvero convinto che la serata sia un successo.

Guardo Valentina attraverso i vetri. Parla, gesticola e ride con la sua amica. Per un secondo ho la brutta sensazione che stia ridendo di me.

«Strana», rispondo, tenendomi sul vago, per non apparire scortese.

«Potresti invitarla al cinema», suggerisce lui, ottimista. Chissà perché, quando uno è innamorato, pretende che lo diventino al più presto tutti quelli intorno a lui.

«Mi direbbe di no.»

«Non è scontato. Lei cambia idea ogni quattro secondi. Magari accetterebbe lo stesso.»

«In che senso 'lo stesso'?»

Norberto arrossisce e borbotta «niente» ma intanto gli viene da ridere.

«Ha detto qualcosa di me?» insisto. «Mentre ero in bagno, scommetto.»

«Una scemenza», risponde lui, senza smettere di ridacchiare.

«Se è una scemenza allora dimmela.»

Norberto si arrende. «Ha detto che sei carino...»

«Che gentile.»

«Ma un po' troppo peloso.»

Non sono sicuro di avere capito. Norberto ripete. Avevo capito.

E brava, l'intellettuale. Pensavo di non piacerle perché ero poco evoluto in quanto carnivoro, o per la mia conversazione insipida, o perché non sono andato in estasi quando ha raccontato che, per lavoro, le è capitato per ben due volte di cenare allo stesso tavolo con Alessandro Baricco. No. Lei guardava i peli. Questa novità mi irrita e mi rilassa nello stesso tempo.

Osservo le mie braccia. «Ti sembro peloso?»

«No. Sei normale. Forse è per via dei capelli. Ne hai così tanti. Beato te.»

«Ma ce li ho in testa, mica sparsi su tutto il corpo. Altrimenti lavorerei in un circo.»

«Non essere permaloso. Se ti piace, lanciati. Guarda me con Sofia: lo avresti immaginato che una così bella si sarebbe interessata a uno insignificante come me?»

«Vuoi la verità? Sì. Le donne non resistono al fascino dell'uomo zerbino.»

Norberto fa un mezzo sorriso: «Non ti facevo tanto cinico. Scommetto che tu non ti sei mai innamorato per davvero».

«Cazzata. Mi sono innamorato un sacco di volte.»

«Io parlo dell'amore vero. Quello che incontri una volta sola nella vita. E che ti fa perdere la testa.»

«Un conto è perdere la testa. Un altro è perdere la dignità.»

Norberto mi fissa, con lo sguardo di chi ha raggiunto un livello di saggezza superiore. «Ieri sera io e Sofia abbiamo fatto l'amore. Me ne frego della dignità», annuncia, estatico.

Mi sembra di vedere la nuvola di felicità allo stato puro che lo avvolge, soffice e dolce come zucchero filato. Non so cosa replicare davanti a un'argomentazione tanto solida. Per fortuna arriva il cameriere con il conto a interrompere la conversazione.

Per dare uno schiaffo morale a Valentina, pago anche la sua parte. Peloso sì, ma gentiluomo.

Quando usciamo e Valentina scopre il mio gesto di cavalleria, mi lancia un'occhiata sospettosa, inizia a scuotere la testa e fruga nella sua borsa etnica alla ricerca del portafoglio. Anzi, no, niente portafoglio, ha i soldi sparsi nella borsa.

Con una certa fatica, racimola trenta euro e me li porge. «No no, non se ne parla. Tieni.»

Scuoto la testa anch'io, con un mezzo sorriso, deciso a rifiutare. «Figurati, non li voglio.»

Lei si avvicina, mi prende un braccio.

«Dai!»

«No, te l'ho detto.»

«Non fare storie.»

Detesto quelle sempre sul chi va là, perennemente pronte a confondere un gesto gentile con un attentato alla loro indipendenza.

«Paghi tu la prossima volta, d'accordo?» le dico e intanto le respingo il braccio con delicatezza.

Lei lo allunga di nuovo e io ripeto il gesto, con un

po' di decisione in più e, per sbaglio (giuro, giuro che non lo faccio apposta), le sfioro un seno.

Appena appena.

D'istinto faccio un passo indietro.

Lei diventa rossa.

«Hai la testa dura, eh?» dice guardandosi le scarpe. Poi alza lo sguardo e finalmente mormora qualcosa che somiglia a un «grazie».

«Prego», balbetto io, sforzandomi di sembrare normale.

In pochi secondi, rivivo l'intera serata sotto una luce diversa. Il mio ingresso nel locale, le presentazioni, le parole, i sorrisi, gli sbadigli: è come se rivedessi lo stesso film, ma con una bella colonna sonora e i colori più brillanti.

Mi viene un leggero capogiro, anche se ho bevuto solo una birra media. Sarà colpa del caldo, o della bistecca.

Dev'essere un po' confusa anche lei, perché quando la invito al cinema (glielo chiedo così, a bruciapelo, senza cercare le parole giuste, mentre sta già avviando il motorino) risponde subito di sì.

4

Al nostro secondo incontro, che coincide con il primo, vero appuntamento, Valentina si presenta vestita da spaventapasseri, e questo dettaglio fa vacillare la mia quasi-certezza di aver fatto colpo.

Un interesse anche tiepido nei miei confronti non avrebbe meritato una sosta davanti all'armadio più lunga di cinque secondi?

In effetti, piove a dirotto e nessuna ragazza sana di mente uscirebbe sotto il diluvio con i tacchi alti e il vestito sexy. Esistono donne che non rinunciano a minigonna e stivali tacco dieci nemmeno quando vanno in montagna e, per esperienza personale, so che sono tipi da cui è meglio tenersi alla larga. Ma Valentina ha superato i limiti. Fatico a riconoscerla sotto il cappello di tela cerata verde calato sugli occhi e la mantellina impermeabile gialla, lunga fino ai piedi, che sta inzuppando il sedile della mia Golf.

«Ho sistemato il motorino sotto una tettoia», mi spiega soffiandosi il naso e togliendosi il cappello. Ha il rimmel colato sulle guance e i capelli bagnati appiccicati alla faccia.

«È tanto che aspetti?»

Sì, quaranta minuti.

«No, non ti preoccupare, sono arrivato tardi anch'io.»

«Sono uscita adesso dal lavoro. Ho saltato anche yoga. Hai in mente qualche film?»

Non dice una parola sul suo aspetto. Niente frasi del tipo «scusa ma sono un disastro» oppure «accidenti alla pioggia».

«Se ti va una cosa leggera, all'Adriano fanno *Manuale d'amore*», azzardo. Non lo dico solo perché ci siamo dati appuntamento in viale delle Milizie, e il multisala è praticamente dietro l'angolo. Ci tengo sul serio a vedere questo film, perché Verdone, nella mia personale graduatoria dei miti del cinema, si posiziona secondo, dopo Clint Eastwood e subito prima di Christian De Sica. Forse Clint non sarebbe proprio felicissimo di questa classifica, ma dubito che avremo mai occasione di discuterne insieme, e quindi non mi preoccupo.

Valentina ride: «E allora perché non un bel cinepanettone?»

«Siamo in giugno, il cinepanettone non c'è.»

Lei spalanca gli occhi e ride ancora: «Stai scherzando, vero?»

Se fossi uno di quelli convinti che senza sincerità totale non può esistere alcun tipo di rapporto, le spiegherei che non perdo un cinepanettone dai tempi del primo, leggendario *Vacanze di Natale*. Ormai è una tradizione. Io e i miei amici facciamo la fila al botteghino per vederli rigorosamente il primo weekend. Poi chiedo a Igor di scaricarmeli da Internet per riguardare le mie scene preferite quando ho voglia di tirarmi un po' su. Di un paio di grandi classici, tipo *Natale sul Nilo* e *S.P.Q.R.*, ho i dvd originali con i contenuti extra.

Ma Valentina si sta contorcendo un po' sul sedile per togliersi la mantella impermeabile. Io l'aiuto (attento a evitare altri contatti involontari con le sue tette) e, con sollievo, noto che sotto è vestita come una donna. Ha i pantaloni del nostro primo incontro e una maglietta attillata a righine color panna. Non sarà sexy e maledetta come Angelina Jolie, ma è tornata a essere una ventottenne carina, con begli occhi e belle gambe, seduta in macchina a pochi centimetri da me mentre fuori infuria un impetuoso temporale estivo.

Se non le dico proprio tutta la verità è per una buona causa. Così, fingo di aver scherzato e, quando lei mi chiede se mi piace Wim Wenders, rispondo: «Certo. È un genio».

«Fantastico, allora. Fanno *Il cielo sopra Berlino* al Cineforum di Vigna Clara.»

«Bene», approvo, vago. Evito ogni commento per paura che lei si renda conto che non so di cosa stiamo parlando.

«Se ci sbrighiamo riusciamo ad arrivare in tempo. Tanto ha quasi smesso di piovere.» Ottimista, indica il parabrezza, che sembra debba esplodere da un momento all'altro sotto l'urto violentissimo di una cascata d'acqua.

La guardo.

Ci sono alte probabilità che inizi a grandinare, la visibilità è pari a zero, l'asfalto è scivoloso come una pista di pattinaggio olimpico e Vigna Clara si trova dall'altra parte della città.

Eppure, spinto da quel misterioso istinto, che forse attiene alla conservazione della specie e che spinge un maschio a lasciarsi convincere a fare cose assurde da ogni femmina per cui prova un briciolo di attrazione, non replico, metto in moto e sfido le intemperie per portarla a vedere il film che le interessa.

Arriviamo in tempo.

Dopo la prima ora capisco che ho sbagliato tutto.

Dovevo insistere su Verdone, così magari anche lei si sarebbe fatta qualche bella risata e saremmo usciti contenti, pieni di voglia di divertirci e amare.

Invece, dopo questa storia in cui la gente non fa altro che lamentarsi, piangere o morire, usciremo stanchi e infelici. Io pure con il mal di testa perché, anche se in sala siamo appena in sei, fa un caldo boia e il piccolo ventilatore sistemato in un angolo si fa notare solo per il rumore.

Mi agito sulla sedia scomoda. Senza dare nell'occhio, accendo il cellulare per controllare l'ora. Poi mi perdo a pensare, nell'ordine, a: la formazione per la partita di calcetto di domani sera; un documento essenziale per una pratica in ufficio, che cerco da tre giorni ma sembra inghiottito dai cassetti della scrivania; una barzelletta che Igor ha raccontato ieri sera al bar, così stupida che Cosimo per punizione gli ha fatto pagare una birra piccola quattro euro invece dei soliti due e cinquanta.

Durante il monologo della trapezista, devo pizzicarmi forte la pelle tra il pollice e l'indice per non dormire.

Credo che non resisterò un secondo di più. Provo a voltarmi verso Valentina, con l'ingenua speranza di incrociare il suo sguardo e capire che anche lei si sta annoiando a morte.

Ma Valentina sta piangendo.

Non ha solo gli occhi lucidi e la faccia triste. No, sta proprio singhiozzando, con le lacrime che le scendono lungo le guance fino al mento e poi cascano giù.

Vorrei far finta di non averlo notato, ma non riesco

a rigirarmi in tempo, perché intanto si è voltata anche lei.

Imbarazzato, stringo le labbra e muovo piano la testa, con un gesto che vuole significare «so cosa provi», impegnandomi nell'imitazione del Perfetto Uomo Profondo e Comprensivo che piace tanto alle donne di ogni età.

Lei alza le spalle, mi fissa negli occhi lasciandosi sfuggire una specie di sospiro.

Un'ondata di tenerezza mi travolge a tradimento. All'improvviso ho una voglia pazza di consolarla, di proteggerla.

Comincio a lavorare di fantasia. Vedo temporali, diluvi, guerre e cataclismi. Noi due soli in mezzo a questa raffica di sfighe. Lei che piange e io lì vicino, che la tengo tra le braccia per farla sentire al sicuro.

Le immagini sono così vivide e realistiche che per poco non mi metto a piangere anch'io.

Senza pensarci troppo, le prendo la mano e gliela stringo forte. Lei ricambia la stretta. Allora mi spingo un po' più in là e le poso un bacio leggero e innocente sulle dita. Poi continuo a stringerla, senza fare altro.

Dopo un po' mi giro di nuovo a guardarla: ha ancora le guance rigate di lacrime ma almeno ha smesso di singhiozzare, e il suo sorriso dolce, fragile, grato, mi fa sentire un uomo migliore.

5

«Ti piacciono i gatti?»

«Li adoro.»

La prospettiva di mettere piede nel suo appartamento già stasera mi autorizza a rilasciare qualsiasi dichiarazione. Se mi avesse chiesto se mi piacciono i pitoni, i pidocchi ammaestrati o le collezioni di bombe a mano, avrei comunque risposto di sì.

«Allora entra un attimo, così conosci Dinamo e Bukowski.»

Valentina gira la chiave nel portoncino e io faccio il grande passo.

Il primo impatto con il suo minuscolo bilocale a Monteverde Nuovo è una potente zaffata di cibo per gatti.

Mi blocco per un secondo sulla soglia. Deglutisco, e intanto mi dico che devo smetterla di esagerare con le aspettative.

Sì, perché nella mia fantasia la casa di Valentina era lo specchio di lei: graziosa, fresca, spumeggiante. Immaginavo tendine rosa, candele profumate e vasetti di margherite sui davanzali.

Invece mi ritrovo in mezzo a vestiti buttati sul divano, piatti sporchi nel lavandino, quattro o cinque vecchie Barbie accatastate su una mensola impolverata, pile di libri per terra e due radio modello anni Settanta, sicuramente fuori uso, abbandonate in un angolo da chissà quanto tempo.

Un gatto striato e ciccione, accoccolato su un mucchio di panni da stirare sopra il tavolo, domina il caos. Quando si volta verso di me, mi lancia un'occhiata sprezzante che incute soggezione.

«Questo è Bukowski», mi informa Valentina tutta allegra, scavalcando almeno tre paia di scarpe per farsi strada verso il frigo. Prende due birre, poi si avvicina al micio e gli schiocca un bacio sulla testa. Lui subisce rassegnato, ma è chiaro che non va pazzo per le smancerie davanti agli sconosciuti.

Intanto la sua padrona chiama a rapporto l'altro gatto: «Dinamo? Ti nascondi, fai gli scherzi?» Poi mi guarda: «Sarà sotto il letto», dice tranquilla, e va di là a cercarlo.

Che fare?

Seguirla in camera, fingermi coinvolto nella ricerca del gatto? Sorprenderla con un bacio e pilotarla con virile dolcezza verso il letto?

Meglio di no. Non mi sembra la tipa che brucia le tappe. Anzi, forse mi ha invitato davvero solo per presentarmi i suoi mici, perché tutto sommato ho l'aria del bravo ragazzo. Forse si fida di me e resterebbe offesa a morte da un'avance esplicita.

E se invece lo avesse fatto apposta, ad andare subito in camera?

Non mi starà facendo capire che non ha tempo da perdere e che, se voglio dare un senso alla serata, devo mostrarle subito le mie doti migliori?

Mentre mi dibatto tra i dubbi, sento un sibilo minaccioso e poi un dolore improvviso al polpaccio.

Spaventato, guardo in basso e vedo un gattino nero, sollevato a una spanna da terra, ancorato con le unghie alla stoffa dei miei Dockers nuovi. Mi lascio sfuggire qualche parolaccia a bassa voce, poi provo a spingerlo via con un tocco gentile della mano. Ma il micio, rapidissimo, infila i dentini nella carne del mio polpaccio e mastica con entusiasmo. Ogni morso è più forte e fa più male.

«Credo di aver trovato Dinamo», dico a Valentina, cercando di mantenere un tono normale.

Lei torna in fretta in soggiorno, si avvicina, fa un versetto tipo «hop» o «yep» (non saprei di preciso, perché il dolore mi rende poco lucido) e il gatto, con un volo da acrobata, salta direttamente dalla mia gamba al tavolo.

Valentina, ridendo, lo provoca e gli porge un braccio. Lui morde, graffia e si rigira. Intanto Bukowski, senza abbandonare la sua postazione sui panni, si scosta di mezzo centimetro e, per chiarire che non desidera essere coinvolto, si gira e inizia a fissare una macchiolina di umidità sul muro con la concentrazione di un bonzo.

«Sai, è piccolo, deve farsi i dentini», spiega Valentina, con il tono inquietante di una madre che giustifica il figlio bullo dopo che lui ha incendiato i capelli del vicino di banco.

Poi, sempre con il felino saldamente attaccato al polso, mi racconta per filo e per segno di quando, sei mesi prima, l'ha trovato nel motore della macchina della sua amica Sofia.

Appena Dinamo, stufo del suo gioco sadico, usa

spalle e testa della padrona come rampa di lancio e balza sul pensile dell'angolo-cottura, Valentina apre il rubinetto del lavandino di marmo bianco e, senza curarsi del rivoletto rosso che scende giù per lo scarico, mi chiede se voglio disinfettarmi la gamba.

«Anche se non ti può attaccare niente, sta sempre in casa», aggiunge.

Traffica per un po' nel mobiletto sotto il lavandino, poi scuote la testa e va a prendere qualcosa in bagno, mentre io arrotolo i pantaloni per valutare il danno.

«Ho finito il disinfettante, ho solo del profumo, va bene lo stesso?»

Senza darmi il tempo di replicare, spruzza sul mio polpaccio una nuvola incandescente di essenza al caprifoglio. Questa volta non ce la faccio a trattenermi. Urlo.

Il gatto grasso, che nel frattempo si era assopito, apre un occhio, si rigira un po' per trovare una posizione più comoda e per una frazione di secondo, potrei giurarlo, sorride.

E poi parliamo, parliamo, parliamo.

Io seduto sul divano, lei per terra di fronte a me, a gambe incrociate, mentre fuori piove sempre più forte.

Vengo a sapere che ama la musica di Björk, la world music e il jazz, il cinema tedesco, francese e indiano e i musical a teatro, che se n'è andata di casa appena ha iniziato a lavorare ma è molto legata alla sua famiglia (mamma, papà, una sorella più giovane di un paio di anni. Vivono a Mostacciano e lei va a trovarli quasi tutte le settimane), che ha una laurea in Lettere, che ha un contratto a progetto in una casa editrice piccola ma abbastanza importante (che io fingo di conoscere per non fare la figura dell'ignorante) in cui si occupa un po' di tutto, oltre a curare direttamente una collana dedicata agli animali. Adora i viaggi, ma non quelli organizzati, è stata due volte in India, le piacerebbe studiare medicina ayurvedica e trovare tempo e voglia di fare yoga tutti i giorni. È stata vegetariana per diciannove giorni, ma per via dell'anemia ha appena ripreso a mangiare ogni tanto la carne, però poca, e continua a preferire il pesce. Sofia è la sua amica del cuore e, prima di Dinamo e Bukowski, ha avuto sedici gatti, di cui dodici strappati alla strada e nessuno comprato in un negozio.

Inserendomi abilmente tra una pausa e l'altra, riesco a dire che vivo solo con mia madre, perché mia sorella è sposata e mio padre è morto da tanti anni, che mi piace la musica italiana, Tiziano Ferro più di tutti, che gioco a calcetto e sto in porta e che esco dall'ufficio tutti i giorni alle cinque, tranne il venerdì che esco all'una.

Intanto cerco di capire.

Parla così tanto perché desidera che resti qui con lei?

Oppure lo fa apposta perché non vuole lasciarmi spazio per mosse azzardate?

Approfitto della frazione di secondo in cui si interrompe per prendere fiato e, per studiare la sua reazione, butto lì un banale: «Beh, è proprio tardi, meglio che vada».

Lei scatta in piedi come una molla: «Oddio, che ora abbiamo fatto!»

A sottolineare il momento critico, un tuono scuote i vetri.

Valentina trasale. Però non si butta tra le mie braccia per lo spavento. Accidenti.

Si avvicina alla porta, pronta a dirmi «arrivederci» come se niente fosse.

Ma non siamo gli unici ad aver sentito il tuono. Mentre Bukowski, da vecchio conoscitore delle cose della vita, ha aperto gli occhi per quattro secondi per poi decidere che non c'era da preoccuparsi, il giovane Dinamo, dalla sua postazione sul pensile, si è impaurito ed è saltato sulle quattro zampine, colpendo una bottiglia non del tutto vuota e facendola cadere di lato.

«Oh no», fa Valentina guardando sopra la mia testa, mentre io sento tre gocce cadermi sulla schiena. Poi, per tranquillizzarmi, alza le spalle e aggiunge: «È solo vino».

È solo Armani, vorrei risponderle a proposito della mia camicia. Ma sono un signore, e mi limito a chiedere: «Bianco o rosso?»

«Rosso», confessa lei un po' preoccupata. «Se la sciacqui subito magari va via.»

In bagno, mi sbottono la camicia e controllo i danni.

Mentre provo a passarla sotto l'acqua e a strofinare le macchie con il detergente liquido per le mani, Valentina entra senza bussare e mi porge una maglietta scolorita con su Jim Morrison: «Puoi metterti questa per andare a casa. Era del mio ex, dovreste avere più o meno la stessa taglia...»

Mi sto chiedendo se davvero su questo pianeta esistono persone che se ne vanno ancora in giro con le maglie di Jim Morrison, quando mi accorgo che Valentina si è bloccata e mi sta guardando.

Incredibile ma vero, ha smesso di parlare.

È la prima volta, a parte le due ore al cinema, che resta zitta per più di dieci secondi.

Fissa il mio petto con sguardo un po' vitreo.

Si avvicina, per vedere meglio.

Avanza ancora, oltre ogni tollerabile distanza di sicurezza.

«Non hai tanti peli», sussurra con un sorriso leggero mentre, lentamente, posa una mano sul mio petto, come per avere conferma di ciò che sta dicendo.

«Il giusto», ho appena il tempo di mormorare, con un filo di voce e un po' di imbarazzo.

Poi ci baciamo.

Quando ci spogliamo, non mi chiede di spegnere la luce. Allora lo sa, di essere bella.

Tutto è straordinariamente semplice, naturale, fluido.

Nella sua minuscola camera da letto, al momento giusto, dolcemente, senza dire niente e senza spezzare l'atmosfera, con una mano mi accarezza la nuca e i capelli e con l'altra fruga con discrezione in una scatola di legno laccato appoggiata sul comodino, prende un preservativo e me lo porge.

Previdente, la ragazza.

Se dovevo pensarci io, diventava tutto più complicato.

Non che non li avessi. Ma, un po' per questioni di spazio e un po' per scaramanzia, li avevo lasciati nel cruscotto della Golf. Sarebbe stato abbastanza imbarazzante e scomodo mettermi a correre tutto nudo sotto la pioggia per andare a recuperarli.

«Penserai che faccio così con tutti.»

«Non penso niente.»

«Guarda che non mi era mai capitato prima.»

«Cosa?»

«Di farlo così. Subito. Non ci credi?»

«Sì che ci credo, ma non è un problema, davvero. È stato bello.»

«Sì, è stato bello.»

Le accarezzo un po' i capelli e lei, rassicurata, torna ad accoccolarsi nell'incavo della mia spalla.

Nell'altra stanza, Dinamo, offeso perché si sente escluso da qualcosa di molto interessante, non smette di miagolare e di graffiare disperato la porta chiusa della camera.

Valentina non ci fa caso. Sospira e mi passa la mano sul petto.

Poi mormora: «È stato come se ci conoscessimo da tantissimo tempo. Vero?»

Per qualche secondo ho l'impressione che uno spiffero d'aria gelata si sia infilato chissà come nella stanza calda e mi abbia colpito proprio in mezzo alla fronte.

«Vero», confermo, dopo un secondo di esitazione. Poi l'accarezzo ancora, gentilmente, in silenzio e lei si lascia coccolare, mentre gli occhi le si chiudono.

Un'ora più tardi, sto soffocando.

Valentina mi si è addormentata addosso e io non sento più il braccio destro.

Fa sempre più caldo.

La finestra aperta dietro il letto non aiuta. Anzi, mi mette un po' a disagio perché dalle persiane mal accostate ogni tanto qualche goccia di pioggia arriva fino alla mia faccia.

La porta chiusa (che non impedisce comunque all'odore di cibo per gatti di insinuarsi fin qui) fa sembrare questa camera ancora più piccola. C'è posto giusto per il letto, un comodino e una struttura metallica con due ripiani di compensato e quattro bastoni curvi sotto il peso dei vestiti, che dovrebbe servire da armadio.

Fino a mezz'ora fa mi pareva più grande. Ma, come dice Gino Paoli, in certi momenti le stanze non hanno pareti.

Avrei voglia di andare a casa e passare il resto della notte nel mio letto. Domattina lavoro e alle sei ho la partita di calcetto. Anche se sfidiamo i ragionieri del ministero delle Finanze e abbiamo già la vittoria in tasca, vorrei evitare figuracce in campo e per questo mi serve almeno qualche ora di vero riposo.

Ma non sarebbe carino dileguarsi come un ladro nel cuore della notte.

Così resto ancora un po' a fissare il soffitto a cassettoni, poi mi volto verso Valentina, che si stringe di più a me e borbotta qualcosa nel sonno. Notevole: non sta zitta nemmeno mentre dorme.

La osservo per un bel po'. Parto dal viso e poi vado giù, sbirciando sotto il lenzuolo.

Mentre facevamo l'amore era fantastica, quasi abbagliante. E anche adesso è davvero graziosa.

A guardarla nei particolari, non ha niente di perfetto. Le gambe sono un po' troppo muscolose, il seno è piccolo, una seconda al massimo, mentre il sedere, anche se bello tonico e rotondo, è più grande della media. Nessuno la chiamerebbe per la pubblicità delle mutande Sloggi, tanto per fare un esempio chiaro.

Eppure, tutta insieme, è speciale.

Mi dico che, anziché pianificare la fuga, devo ritenermi fortunato a trovarmi, in questa calda e piovosa sera di fine giugno, nel letto di una ragazza tanto attraente e passionale.

Provo a chiudere gli occhi e, sollevato perché il gattino di là si è stufato di piangere e di fare trucioli contro la porta, mi arrendo a un sonno leggero e agitato.

Nel sogno sta grandinando e i gatti mi hanno divorato un braccio.

Il bilocale si è trasformato in una cella blindata con le grate alle finestre. Io cerco di scappare (sempre meglio la grandine dei felini inferociti) ma ogni via di fuga è bloccata. Valentina è scomparsa e i gatti non sono solo due, ma dieci, venti, cento. Sono ovunque: nel letto, tra i vestiti nell'armadio. Saltano fuori in gruppo dal frigo e dai cassetti. Provo a rifugiarmi in bagno, e lì c'è un omino con gli occhiali e una maglietta di Jim Morrison che sta leggendo un manuale di zoologia seduto sul gabinetto. Senza alzarsi, mi saluta e dice che si chiama Wim Wenders. Sto per porgergli la mano per presentarmi, poi mi ricordo che non ho più un braccio e urlo.

Mi sveglio, ancora più sudato di prima. Sono seduto sul letto con il cuore che mi batte a mille. Valentina mi sta guardando stordita, con gli occhi socchiusi, mentre io verifico di avere ancora le braccia e faccio qualche movimento per riattivare la circolazione.

«Come stai?» mi chiede.

«Bene», rispondo, sperando che non noti che mi trema la voce. Il sogno è ancora così vivido e spiacevole e non ho nessuna voglia di raccontarglielo. «Vado un attimo in bagno.»

Lei sospira, sorride, dice «okay», girandosi su un fianco e abbracciando il cuscino, decisa a continuare a dormire.

Mentre apro la porta della camera, si ricorda di qualcosa e scatta seduta: «Non camminare nudo, se no...»

Con un tuffo al cuore capisco tutto prima che finisca la frase, proprio nell'istante in cui sento un minaccioso e rapido scalpiccio di zampette sul pavimento.

Scatto, con la fulminea prontezza che un uomo sa tirare fuori quando si tratta di proteggere il suo bene più caro. Il piccolo Dinamo spicca comunque il salto, ma si schianta contro le mie mani chiuse a coppa.

Non è il dolore che mi fa urlare. È il pensiero di quello che poteva succedere. Bastava un po' meno prontezza di riflessi, e quello che ora sta accadendo alla mia mano poteva accadere al mio pisello.

Il micio non molla e io, che non posso usare le mani per mandarlo via, perché per nulla al mondo le sposterei dalla posizione di difesa, per salvarmi mi butto a terra. Batto una spalla e aggiungo dolore ai dolori. Per un attimo mi immagino come sarebbe finire in ospedale così, nudo come un verme, con un braccio a pezzi e un gatto attaccato alle palle.

Valentina si alza, si infila una maglietta e corre ad afferrare il micio per la collottola. «È geloso», lo giustifica. L'animale non mostra segni di pentimento, si contorce e sferra graffi all'aria.

«Ti sei fatto male?»

Mi sono fatto male? Che domanda è? Come se avessi combinato tutto da solo.

«No», mento. Lei va a chiudere il gatto in bagno, io mi sollevo dal pavimento e provo a ricavare qualcosa di buono da questo disastro: «Devo passare a prendere dei documenti a casa prima di andare in ufficio. Se mi muovo adesso riesco a evitare il traffico».

Esco dall'appartamento di Valentina alle cinque del mattino. Sta albeggiando, finalmente ha smesso di piovere e io indosso una maglietta di Jim Morrison che mi sta troppo stretta. Per un istante mi sembra di essere ancora nel sogno. Sorrido e non capisco bene perché.

6

Nei sei mesi successivi non accade niente di straordinario. O almeno, non accade niente di straordinario agli occhi di un comune spettatore.

In breve, ecco le cose da sapere.

Richiamo Valentina cinque giorni dopo il primo appuntamento. Nel periodo in cui non ci sentiamo, mi godo il ricordo della notte insieme e cerco di capire se ho davvero voglia di rivederla, nonostante il mio incubo, il suo carattere bizzarro, i gatti sanguinari e la sua passione per i film noiosi. La risposta è sì.

Per Valentina cinque giorni sono troppi e si offende. Ciò nonostante, accetta il mio invito a mangiare una pizza. Durante la cena diventa molto seria, spiega che ha chiuso da poco una storia difficile, che non è pronta per una relazione e che forse è meglio se restiamo solo amici. Quando usciamo dalla pizzeria provo a baciarla lo stesso, perché, anche se le ho appena detto che mi va bene, questa storia dell'essere amici non mi convince fino in fondo. Lei non se la prende, anzi ricambia stringendomi forte e finisce che facciamo l'amore in macchina, proprio lì, nel parcheggio.

Questa volta non perdo tempo, la richiamo la mattina dopo, dall'ufficio

Da quel momento. iniziamo a vederci quasi tutti i giorni.

Trascorriamo parecchio tempo a perfezionare l'aspetto sessuale della nostra relazione, e raggiungiamo livelli di eccellenza di cui siamo fieri e soddisfatti. Sperimentiamo posizioni e varianti che riescono sempre piuttosto bene, tranne una volta, quando Valentina per gioco prova a fare lo strip tease, ma inciampa sui tacchi dodici (non è abituata a quelle altezze, infatti scopro più tardi che è stata Sofia a prestarle le scarpe), così devo portarla al pronto soccorso e sono anche un po' geloso di tutti quei medici che, mentre le sistemano la caviglia distorta, ne approfittano per sbirciare il perizoma rosso che si era messa apposta per me.

Parliamo anche parecchio, dopo aver fatto l'amore oppure durante passeggiate romantiche lungo il percorso classico che tocca tutti quei luoghi che di solito non frequento, tranne nel primo mese di una nuova relazione: la terrazza del Pincio al tramonto, piazza Navona di notte, Villa Pamphili di mattina.

Valentina mi racconta di quando, da piccola, sua sorella le ha infilato uno shangai in un orecchio e io le racconto che a sette anni ero convinto di essere stato adottato, così quando suonava il citofono mi nascondevo sotto il letto, per paura che fossero i miei veri genitori che venivano a riprendermi. Lei insiste per farsi dire tutto sul mio primo bacio, fa domande indiscrete sulla prima volta, del tipo con chi è stata, e quando e perché e come mi sono sentito dopo. Poi mi parla di tutti i suoi ex (ripensandoci, non sono proprio sicuro che siano tutti. Però spero di sì, visto che ne ho contati sedici, e mi sembra un numero limite per una ragazza della sua età); io mi accorgo che mi dà fastidio più del previsto, e sento di detestare già questi tizi anche se non li conosco e sembrano tutti peggiori di me. Uno di loro era clinicamente depresso e ha subìto un trattamento sanitario obbligatorio dopo essersi presentato in ufficio completamente nudo, solo per fare un esempio. Valentina mi spiega che, secondo la sua psicoterapeuta, lei tende a scegliere uomini inadeguati perché da piccola non si è sentita amata abbastanza dal padre. Io spero che l'analisi le stia facendo bene, quindi mi illudo di essere un po' meno inadeguato degli altri, ma non chiedo niente perché forse non sono pronto ad ascoltare la risposta.

E poi facciamo tutte le cose tipiche delle coppie, come prendere due pizze diverse e dividerle a metà, cantare in macchina le vecchie sigle dei cartoni animati, ridere se la pioggia ci sorprende all'uscita di un locale, meravigliarci di fronte a certe piccole coincidenze, del tipo che nemmeno lei sopporta i pezzetti di melone nella macedonia, gli squillini al telefono e le Crocs di qualunque colore, o che tutti e due da ragazzini guardavamo il telefilm *Saranno Famosi* al pomeriggio e abbiamo pianto durante la puntata in cui, senza nessun preavviso, fanno morire Nicole, il personaggio più bello.

Mangiamo parecchio, molto più del solito: gelati fuori orario, crocchette, supplì, o cose stupide e infantili come lo zucchero filato e le rotelle di liquirizia. Andiamo al ristorante, oppure stiamo da lei. Io sfoggio tutte le mie doti da chef e preparo linguine alla zucca, gamberetti al peperoncino, vongole al gratin, crema catalana alle fragole. Lei cucina una volta sola, fa la pasta con le zucchine, ma dimentica il sale ed esagera con l'aglio.

Con calma, proviamo a capire quali aree delle nostre vite possono essere sovrapposte e quali, invece, è meglio tenere separate. Distinguere le cose che possono diventare comuni e quelle che non lo saranno mai è abbastanza semplice. Io mi addormento sul tappetino durante la prima lezione di yoga e mi metto pure a russare, Valentina viene due volte a vedermi giocare a calcetto, e la terza litiga con gli ultras della tifoseria, perché secondo lei in una partita è importante anche l'audio e perciò si ostina a fare «ssh» per richiedere silenzio, come al cinema. A proposito di cinema, riesco a trascinarla a vedere l'ultimo film di Verdone e per fortuna lei ride abbastanza. In più, scopriamo che a tutti e due piacciono i film di Stanlio e Ollio, di Clint Eastwood e la maggior parte di quelli con Angelina Jolie.

Usciamo con Norberto e Sofia almeno una volta alla settimana, ma quando Valentina partecipa alle sue cene di lavoro non mi chiede mai se voglio accompagnarla e io un po' ci resto male. In compenso mi ha presentato alle sue amiche del liceo, quelle che incontra almeno una volta al mese, in riunioni casalinghe a base di dvd, pettegolezzi, dolci, ricordi e scrosci di risate improvvisi e senza motivo, e io dopo un quarto d'ora lì in mezzo, con gli occhi di tutte puntati addosso, mi sentivo interessante come un pesce lesso ed è finita che mi è venuto il mal di testa.

Potrei continuare per un bel po'. Se solo mi lasciassi andare, comincerei a snocciolare un elenco interminabile di piccoli eventi, dettagli, sfumature, sguardi, chiacchiere e sorprese. Ma so bene che le persone all'inizio di una storia d'amore possono risultare parecchio noiose. Ho ancora bene in mente certe sere di dieci anni fa, quando Igor ci bloccava sulle panchine fredde dei giardinetti di piazza dei Gerani per spiegarci quanto fossero incredibili le sfumature dorate che comparivano negli occhi della sua fidanzata Isabella ogni volta che c'era il sole. Quindi, visto che non rientra nelle mie aspirazioni assomigliare a Igor nonostante sia un caro amico, eviterò di dilungarmi oltre anche se, per quanto mi riguarda, varrebbe la pena di raccontare ogni singolo istante.

Vita di coppia

1

Più ti piace una donna, meno piacerai ai suoi genitori. E viceversa. È una regola universale, valida per tutti o quasi, fin dai tempi di Giulietta e Romeo.

Io l'ho imparata da ragazzino, quando mi lasciavo coccolare da mamme sorridenti e chiacchierine che mi offrivano merende, cene di quattro portate e il posto d'onore sul divano davanti alla tv, trattandomi come uno di famiglia mentre le loro figlie, che di me se ne fregavano alla grande, mi invitavano solo per farsi aiutare con i compiti di disegno.

Se invece riuscivo a colpire il cuore di qualcuna, ecco che tutto cambiava. Madri accigliate in ciabatte e vestaglia mi accoglievano con un grugnito e un «Quello ha deciso di piantare le tende in casa nostra?» urlato in cucina a volume abbastanza alto perché io potessi sentire.

Per non parlare di certi padri appostati di notte alle finestre come cecchini, pronti a colpire chiunque costringesse la loro bambina a sforare di cinque minuti il coprifuoco.

Da allora non è cambiato molto. I genitori adorabili sono sempre abbinati alle figlie stronze, quelli sprezzanti e minacciosi alle più carine, disponibili o addirittura innamorate.

Per questo, mentre vado a conoscere la famiglia di Valentina, devo fare i conti con un'inquietudine strisciante, che si trasforma in vera ansia quando mi accorgo che lei è più agitata di me.

Sale in macchina con gli occhi rossi e i capelli strani, troppo dritti e un po' stopposi. «Dal parrucchiere c'era molta gente e li ho lisciati da sola con la piastra. Come sto?»

«Bene», rispondo senza quasi darle il tempo di finire la frase, con la rapidità che ogni femmina pretende quando dev'essere rassicurata sul suo aspetto fisico.

«In questi giorni al lavoro è un delirio. Ieri sera la mia responsabile mi ha bloccato alle sei e mezzo e mi ha fatto riscrivere tutta la quarta di copertina del libro sui canarini. Sono uscita che era già tutto chiuso, così non ho comprato il regalo per mia madre. Dobbiamo andare a prenderlo adesso», mi dice tirando su col naso e tormentandosi l'orecchino sinistro. Le faccio notare che è tardi e che ho la torta gelato in macchina, ma lei si volta di scatto e mi lancia uno sguardo duro: «Mia madre compie sessant'anni. Si aspetta qualcosa di più che una torta».

Non sarà che ci tiene tanto a fare bella figura con il regalo perché non ha speranze di fare bella figura con me?

Sarà una buona idea questa presentazione ufficiale?

È vero che tra noi funziona tutto a meraviglia ma, pensandoci bene, sei mesi insieme non sono così tanti... Per dire, a Natale, appena il mese scorso, ognuno è rimasto a casa propria e non è stata una tragedia. Anzi. È stato ancora più piacevole, dopo un giorno di bagordi, parenti e mal di testa, passare l'intera giornata di Santo Stefano nel suo letto, a coccolarci, bere birra e tisane, guardando dvd al calduccio del piumone.

Così, mentre seguo Valentina nella sua corsa da una libreria all'altra, con soste proibite in doppia fila e contrattazioni infinite con commercianti, antiquari, ricettatori e persino un lontano parente di un suo ex, che ha una bancarella di libri vecchi in piazza della Repubblica, mi chiedo se questo pranzo non rischierà di rompere il nostro bell'equilibrio. Ma mi guardo bene dal condividere con lei i miei dubbi, per non metterla ancora più in crisi.

Alla fine, la sviolinata di un commesso brufoloso di una libreria aperta solo la domenica ci convince a comprare a peso d'oro un albo storico di Superman, che negli anni Cinquanta si chiamava Nembo Kid, una vera perla per i collezionisti, di sicuro interesse per la signora Parisi, docente universitaria di Letterature Comparate e appassionata di arti alternative. Francamente, centotrenta euro per un giornaletto usato e anche un po' sporco mi sembrano uno sproposito, ma ormai conosco Valentina troppo bene e so che quando inizia ad attorcigliarsi una ciocca di capelli intorno all'indice significa che è nervosa e basta un niente a farla scoppiare in lacrime. Quindi taccio e fingo di essere convinto del regalo almeno quanto lei.

Facciamo il nostro ingresso nel piccolo giardino alberato della villetta bifamigliare a Mostacciano con quasi quaranta minuti di ritardo. Valentina tira fuori il suo vecchio mazzo di chiavi e apre la porta senza suonare. Intanto io, evitando di dare nell'occhio, cerco di combattere l'ansia facendo respiri profondi, come mi ha insegnato lei. Dentro fumo bianco, fuori fumo nero.

Lì per lì nessuno ci viene incontro e per un attimo temo che, offesi per la mancanza di puntualità, se ne siano andati tutti in pizzeria, lasciandoci soli per punizione.

La prima cosa che noto quando entriamo è il quadro a tinte scure appeso alla parete di fronte alla porta: una donna completamente nuda e spettinata, con le mani in testa e lo sguardo triste abbassato a osservarsi il seno floscio. Che angoscia, penso. Per stemperare la tensione provo a fare il simpatico: «Questo lo usate come antifurto?»

Valentina mi fulmina: «È un ritratto di mia madre».

Cerco di ritrovare il fiato per correggere un po' il tiro, ma la voce roca della signora Parisi blocca ogni mio tentativo di recupero. «Le piace? Lo ha dipinto mia figlia», mi dice stringendomi energicamente la mano e avvolgendomi in una nuvola di Opium. «Io lo adoro, perché riesce a cogliere la mia dimensione tragica. Cosa non facile, dato che sono una persona molto solare, almeno in apparenza. Ma lei ha saputo vedere oltre, forse perché noi due abbiamo sempre avuto un rapporto viscerale, speciale... Si è capito subito che aveva talento. In prima elementare la maestra le ha chiesto di disegnare la sua mamma e lei ha fatto un ragno enorme che vomitava fuoco. Un disegno inquietante e splendido, lo tengo ancora appeso nel mio studio.»

Mi volto verso Valentina: «Non sapevo dipingessi!»

Lei scuote la testa e, senza guardarmi negli occhi né dire una parola, corre in giardino a salutare i gatti.

Sua madre mi appoggia una mano sul gomito con una risata sommessa: «Oh, no, io parlavo di Lavinia, la piccolina di famiglia. Certo, anche Valentina scarabocchiava, come tutti i bambini... Venga, le faccio vedere il disegno del ragno».

Al momento dell'aperitivo, prima ancora di bere un sorso dal mio bicchiere di vino bianco ghiacciato, mi gira già la testa.

Il padre di Valentina mi guarda con l'aria di chi domani si sarà scordato il mio nome, ma non le informazioni essenziali che mi ha appena estorto: titolo di studio (geometra. Ho dato due esami ad architettura, ma quello è un periodo della mia vita che non ricordo volentieri), professione (impiegato), posto di lavoro (la sede periferica di una società di assicurazioni piuttosto nota), mansione ricoperta (vicecapoufficio organizzazione. Lo dico perché è vero e poi suona bene. Non è il caso di spiegargli che nell'Ufficio Organizzazione siamo solo in tre e tutti con lo stesso grado, quindi, nei fatti, nessuno dà ordini e nessuno li riceve), stipendio netto percepito (milletrecento al mese, quattordici mensilità, contratto a tempo indeterminato. Non male visti i tempi che corrono, ma lui, a giudicare da come arriccia le labbra, non è d'accordo con me), quali sono i miei margini di carriera (zero. Anzi, per l'anno prossimo si prospettano tagli al personale, ma non vedo perché dovrei condividere questo dettaglio con lui prima che con sua figlia).

«Interessante», non fa che ripetere, in tono perplesso e distratto. Se non mi dice chiaro e tondo che sono uno sfigato forse è solo per rispetto verso Valentina.

«Interessante», ahimè, è anche il commento della signora Parisi quando scarta il nostro regalo. «È molto... vissuto. Chissà in quante mani è passato, quante storie avrà da raccontare», commenta con un sorrisetto agrodolce mentre porge la guancia a sua figlia per ricevere il bacio di buon compleanno.

Il sospetto che non sappia cosa farsene di quel fumetto diventa certezza quando, alzandosi in fretta per andare ad aprire la porta («Ecco Lavinia!»), ci appoggia sopra il suo bicchiere, lasciando un cerchiolino umido sulla copertina. Con la coda dell'occhio sbircio la reazione di Valentina. Ma lei è troppo occupata a rispondere alle domande poco incoraggianti di suo padre («Ti rinnoveranno il contratto, a marzo?» «Davvero la gente ha voglia di leggere tutti quei libretti sui cavalli?»

«Con le nuove tecnologie per quanto potrà sopravvivere l'editoria?») e pare che non ci faccia caso.

Sarà una lunga giornata.

Quando Lavinia entra in sala da pranzo, sono già in possesso delle seguenti informazioni sul suo conto:

- Lavinia è un'artista. Sa dipingere, modellare la creta e in passato ha organizzato una mostra personale di sculture fatte con le bottiglie di plastica;
- delusa dalla volgarità e dal clientelismo dell'ambiente, l'anno scorso Lavinia ha clamorosamente chiuso con la pittura e la scultura e ha iniziato a buttare le bottiglie di plastica nella differenziata, come tutti. Secondo sua madre, in seguito alla sua decisione, la scena artistica nazionale ha fatto un grave passo indietro;
- Lavinia ora recita e fa teatro contemporaneo. Ha tentato di entrare al Centro Sperimentale ma non è stata ammessa perché ha litigato con una della commissione;
- Lavinia è in analisi da un professore junghiano da quando aveva quattordici anni. È stata lei a voler iniziare la terapia, annunciando ai suoi genitori che era arrivato il momento di affrontare i fantasmi della sua anima. A sedici anni è scappata di casa perché si era innamorata del suo analista. È tornata dopo settantadue ore. Cosa sia davvero accaduto in quei tre giorni, rimane a tutt'oggi un mistero;

- Lavinia aveva un fidanzato giornalista e proprietario di un attico con vista su piazza Navona, ma l'ha lasciato per un ragazzo turco più giovane di lei che lavora in un negozio di kebab. Con malcelato sollievo di suo padre, Lavinia ha da poco lasciato anche il turco.

Quello che nessuno mi aveva detto è che Lavinia è una ragazza incredibilmente, pazzescamente brutta.

Sia chiaro: io sono un cultore delle imperfezioni femminili. Con l'unica eccezione di Helena, la mia ex storica che era la fotocopia precisa della Barbie Ballerina (pezzo forte della sgangherata collezione di Vale), sono quasi sempre uscito con ragazze che, a un occhio poco esperto, potevano apparire del tutto ordinarie. A volte anche bruttine. Perché, se c'è una cosa che mi piace, è proprio scoprire la bellezza nascosta in una donna.

Ma c'è un limite a tutto. Lavinia, mi dispiace per lei, sta ben oltre questo limite.

Appena la vedo, il Sauvignon ghiacciato mi va di traverso.

Per fortuna nessuno se ne accorge, perché sono tutti intorno a lei (Valentina compresa) a baciarla e abbracciarla come se fosse appena tornata dalle crociate. Fatto piuttosto strano, visto che abita nella mansarda proprio qui sopra.

Non me l'aspettavo così. Da chi avrà preso? Dopo il primo attimo di dubbio, escludo che sia stata adottata, perché i suoi capelli hanno lo stesso colore di quelli di

Valentina. Mi arrendo ai misteri della genetica e cerco di non fissarla troppo.

Con gli occhi un po' strabici carichi di matita nera, il naso adunco, i denti giallastri da fumatrice incallita, il collo lungo e le mani magre e nodose, sembra la strega di Biancaneve reduce da un rave a Ibiza. Mi fa persino un po' impressione vederla mentre abbraccia la mia Valentina e ho paura che da un momento all'altro le conficchi a tradimento nella schiena uno dei suoi artigli dipinti di viola.

«Così tu sei il misterioso Stefano! Evviva! Finalmente Vale non ti tiene più nascosto», esclama dopo avermi abbracciato stretto, confermando la totale assenza di seno sul busto ossuto. «Da come ti descriveva la mia sorellina mi aspettavo peggio», soggiunge seria, squadrandomi da capo a piedi.

Io spalanco occhi e bocca e mi volto verso Valentina. Però lei ride, proprio come i suoi genitori. Così, spero che sia solo una battuta e fingo di divertirmi anch'io.

Per il resto del pranzo tutti pendono dalle sue labbra mentre racconta dello spettacolo teatrale che ha messo in scena in un teatrino di Acilia. Sarebbe una pièce stupenda, dice, se non fosse per lo sceneggiatore raccomandato, il regista isterico, il pubblico impreparato, cafone e per nulla ricettivo.

Invece di scoppiarle a ridere in faccia, come sarebbe normale, fanno tutti sì con la testa.

Ma la cosa che più mi sorprende è che Valentina per l'intero pranzo riesce a pronunciare soltanto qualche frase smozzicata. Incredibile, per una che parla anche nel sonno, in bagno e con la febbre a trentanove. Mi sembra più piccola del solito, come se con i suoi genitori non fosse più la ragazza dinamica, decisa e un po' testona che conosco da sei mesi, ma solo una bambina che non osa muoversi per paura di essere sgridata.

Vorrei prenderle la mano sotto al tavolo e stringergliela forte, come ho fatto la prima sera al cinema, giusto così, per farle capire che sto dalla sua parte.

Valentina continua a tacere anche quando, finalmente, verso le quattro la porta di casa Parisi si chiude alle nostre spalle.

In macchina, tiene gli occhi chiusi con la testa appoggiata all'indietro e la mano ferma nella mia.

«Allora. Come sei stato?» mi chiede cogliendomi di sorpresa. Ero sicuro che si fosse addormentata.

«Bene», rispondo in fretta. «Simpatici, i tuoi. Persone speciali.»

«Speciali, sì», sospira lei. «E mia sorella?»

«Forte.»

«Ti piace?»

«In che senso?»

«È una donna piena di fascino. Piace sempre a tutti. Una volta, tanti anni fa, uscivo con uno che mi ha lasciato per mettersi con lei.»

Per poco non imbocco una rotonda nel senso sbagliato. «Scherzi?»

Lei scuote la testa, con un sorriso un po' stanco.

Bella zoccola, tua sorella.

«Bell'idiota, quel tipo.»

Valentina alza le spalle.

«Dobbiamo andare a vederla a teatro, una di queste sere...» aggiunge. «Lavinia riesce bene in tutte le cose che fa. Ma non sfonderà mai come attrice.»

E ci credo, è un mostro! sto per sbottare. Per fortuna, mi blocco esattamente a metà frase.

«Infatti. È troppo poco diplomatica. Dice sempre quello che pensa e in certi ambienti quelli come lei li stroncano subito.»

Pazzesco: è davvero convinta che sia così.

Vorrei dirle che lei è cento, mille volte migliore non solo di sua sorella, ma di tutta la famiglia messa insieme, che Lavinia dovrebbe essere verde di invidia, perché è bruttissima e nemmeno simpatica e i suoi quadri fanno venire voglia di buttarsi nel Tevere, mentre Valentina è bella, brillante, in gamba, ha un lavoro figo che le piace da impazzire, una vita piena di interessi, delle amiche che le vogliono bene e adesso sta pure con un ragazzo niente male. Ma non intendo mostrarmi aggressivo o superficiale, né impicciarmi troppo nelle sue delicate questioni famigliari, così cerco di chiudere il discorso e, per distrarla, le chiedo se, prima di rientrare, le va una piccola deviazione verso Ostia, per un giretto sulla spiaggia.

Appena mette il naso fuori dalla macchina, Valentina mi domanda se sono matto.

In effetti, fa un freddo cane. Un vento tagliente solleva la sabbia e sospinge veloci le nuvole in cielo.

Per convincerla a fare due passi devo prenderla per mano e trascinarla quasi di peso.

Ma, una volta sulla spiaggia, anche lei si gode l'aria che ci schiaffeggia senza fare male, togliendoci il respiro e arruffandoci capelli e vestiti, mentre il profumo del mare agitato spazza via i cattivi pensieri.

Passeggiamo sulla sabbia per quasi un'ora, e facciamo gli scemi giocando a chi ha il coraggio di avvicinarsi di più all'acqua. Vinco io, ma un'onda più lunga delle altre arriva a tradimento a bagnarmi le scarpe e i pantaloni fino al ginocchio. Non importa. Tanto il pranzo in famiglia bene o male è superato, non sono più obbligato a essere pulito ed elegante per far bella figura, e posso rilassarmi.

Peccato che a gennaio le giornate siano così corte.

Quando il sole tramonta mi accorgo che ci siamo allontanati un bel po' dalla macchina, così la bacio ancora, poi la stringo e le dico piano nell'orecchio: «Andiamo?»

Lei si scosta leggermente, per guardarmi in faccia. Ha un'espressione che non le avevo mai visto prima. Gli occhi le sono diventati lucidi. Mi chiedo se ho sbagliato qualcosa. Forse senza accorgermene ho infranto qualche regola cardine di quel misterioso Codice di Comportamento di Coppia conosciuto a memoria da ogni donna e solo vagamente intuito da noi maschi?

Ma poi vedo che, lacrime a parte, Valentina sta sorridendo e mi rilasso.

Si avvicina di nuovo, lenta, senza staccare lo sguardo dai miei occhi, con il naso dritto contro il mio.

«Anch'io», sussurra. E mi bacia.

Anch'io cosa?

Impiego qualche secondo per comprendere, ma intanto mi godo il bacio, che è proprio da film, di quelli che ti lasciano senza fiato.

Poi finalmente capisco.

Il vento e il rumore del mare si sono portati via qualche lettera, ne hanno aggiunte altre...

Invece di «andiamo» ha capito «ti amo».

Un piccolo equivoco da niente.

E adesso?

Beh, adesso niente, mica posso rettificare. Ci sono cose che nessuna donna è disposta a perdonare. Una di queste è di sicuro la frase «non ho detto che ti amo».

E poi mi ha appena risposto «anch'io» e questo cambia del tutto le prospettive.

Anche lei mi ama!

Il mio cuore inizia a battere forte, come quello di un tredicenne al primo appuntamento.

Forse non è stato un vero e proprio sbaglio, ma solo un segno del destino. Valentina ha semplicemente colto in anticipo una cosa che era nell'aria già da un po'. Mi ha preceduto, come al solito.

La guardo. Se sapevo che bastavano due parole a farla diventare così felice, mi sbrigavo e le dicevo un po' prima, magari in una giornata senza vento.

«Andiamo?» mi chiede, con gli occhi che brillano.

E qui non posso fraintendere, perché urla per sovrastare il rumore del mare e, al contrario di me, scandisce bene le parole. Lei non sarebbe mai scivolata in una goffaggine come la mia. Su questi argomenti, le donne non si permettono di sbagliare una mossa, e stanno bene attente a non creare equivoci.

Valentina guarda la macchina e si passa le mani tra i capelli spettinati. «Oddio, siamo lontanissimi! E abbiamo pure il vento contro!»

«Ti porto in braccio?»

«Piantala», ribatte con una bella risata, e mi dà una spinta che per poco non mi butta a terra.

Ma non mi arrendo. Le faccio un po' di solletico per metterla fuori combattimento poi, per dimostrarle che per amor suo sono pronto a tutto, me la carico a forza sulle spalle e, mentre lei ride e grida «Sei fuori di testa!» sfido le forze della natura e cammino a testa bassa contro il vento, ben deciso ad arrivare sano e salvo alla meta assieme a lei.

2

«Perché non vieni a vivere qui?»

Alzo la testa di scatto. Chiedo: «Cosa?» anche se ho capito benissimo.

Intanto, d'impulso, con una manata spingo giù dal divano il gatto Bukowski, che era appena salito sulle mie ginocchia confidando nella sua bella razione di grattini sulla testa. Il micio atterra sul pavimento con un «miao» sommesso, mi lancia uno sguardo deluso, poi si allontana sbatacchiando la coda e per vendetta va a coricarsi sul mio giaccone di pelle nuovo.

Quello che provo ora è panico allo stato puro. Vorrei nasconderlo ma lo sguardo mi tradisce. Lo capisco da come Valentina si lascia cadere sul divano, arrotolandosi una ciocca di capelli intorno all'indice e iniziando a fare zapping nervoso col telecomando che mi ha strappato di mano.

«Ti ho chiesto una cosa tanto strana?» dice dopo due minuti di silenzio pesantissimo. «No, certo che no. Un po' inaspettata, ecco.»

Valentina si volta verso di me. La delusione nei suoi occhi mi fa male.

«Inaspettata? Come no! In fondo io ho ventinove anni e tu trentuno. Siamo dei bambini, mica possiamo fare sul serio», replica, e sul finale la voce le si incrina.

«Io voglio fare sul serio», rispondo, sincero, mentre provo ad abbracciarla.

Lei si divincola e si alza di scatto.

Nella mia personale visione dei rapporti di coppia, non si affrontano decisioni serie (convivenza, matrimonio, figli) se non si sta insieme da almeno un anno. Io e Valentina adesso siamo insieme da otto mesi, quindi, sinceramente, non mi ero posto il problema. Grave errore. Dovevo pensarci comunque, per non farmi cogliere impreparato.

Il momento è cruciale. Mi sento come se fossi in piedi sul parapetto di un ponte, pronto a lanciarmi con l'elastico. Saltare giù mi fa morire di paura. Ma mi spaventa un bel po' anche l'idea di tornare sui miei passi e di deludere tutte le persone che sono arrivate fin lì solo per godersi lo spettacolo.

So bene come dovrebbero andare le cose, in teoria. A questo punto dovrei alzarmi anch'io, afferrarla per le spalle, dolce e deciso, guardarla dritto negli occhi e giurarle che vivere assieme a lei è quello che desidero di più al mondo.

E allora?

Cosa faccio qui, fermo e bloccato come se mi avessero incollato il sedere al divano col Super Attack?

Perché, invece di lasciarmi travolgere da ondate di felicità e ottimismo per questa straordinaria svolta nella nostra storia, mi lascio distrarre da mille piccole e stupide preoccupazioni, che nemmeno dovrebbero sfiorare un giovane uomo innamorato?

Più cerco di riordinare le idee, più mi stupisco per la qualità poco nobile e romantica dei miei pensieri.

Penso che questo appartamento è troppo piccolo per una persona, figuriamoci per un uomo, una donna e due gatti.

Penso a come sarebbe fare colazione ogni mattina in compagnia dei felini che divorano il loro puzzolente rancio mattutino sotto il tavolo. E a come sarebbe dormire sempre col pensiero che Dinamo potrebbe essere colto da un raptus notturno e lanciarsi all'attacco del mio naso o di altre parti vitali del mio corpo.

Penso a dove infilerei i miei vestiti, visto che Vale tiene i libri nell'armadio, le pentole in bagno, le scarpe sul pavimento e le vecchie Barbie ammucchiate sulle mensole. Dov'è lo spazio per il portatile, la playstation, la roba da calcetto?

Penso alla scomodità degli spostamenti. Il mio ufficio è dall'altra parte della città, proprio come casa mia (cioè, casa di mia madre), i campi da calcio e il bar di Cosimo. E poi Valentina non ha il garage, e sarei costretto a lasciare la Golf sempre fuori.

Ma il pensiero peggiore di tutti è quello del bagno con la micidiale porta a soffietto.

Secondo Valentina, quella è una trovata originale e divertente. Dice che quando il padrone di casa ha ristrutturato il box auto per ricavarne il suo appartamento, non c'erano più soldi per fare una porta vera e la questione si è chiusa lì.

A lei non importa molto se, quando qualcuno è là dentro, chi rimane in camera o, peggio, in cucina, può sentire anche il più leggero fruscio.

Non sono contrario all'intimità e alla confidenza, ma come posso vivere in una casa dove non riesco a fare la cacca?

Certo, le soluzioni ci sarebbero. Potrei sempre cambiare i miei ritmi in modo da approfittare ogni mattina del bagno dell'ufficio. Per le emergenze e i weekend, localizzerei nel quartiere un paio di bar con le toilette in buono stato. Presto diventerei un habitué, e tutti mi guarderebbero storto. La notizia si diffonderebbe, forse gli abitanti di Monteverde mi darebbero un soprannome cattivo. Diventerebbe un'ossessione e tutta la mia vita ruoterebbe intorno a quello!

«A cosa stai pensando?»

Se, di colpo, tutti i maschi della terra iniziassero a rispondere sinceramente a questa domanda, sarebbe la fine del genere umano.

La guardo, un po' smarrito, cercando in fretta una risposta plausibile.

Intanto Vale ha preso in braccio Dinamo. Forse per calmarsi un po' accarezzando il suo pelo lucido, o forse per lanciarmelo in faccia se la mia risposta non le piace.

«Penso che è un passo molto importante.»

«Giusto. Per questo te l'ho chiesto.»

«Infatti. Sono felice che tu l'abbia fatto. Davvero.»

«E allora?»

«Allora ci sono tante cose da considerare. Tipo che non posso mollare mia madre da sola, così, da un giorno all'altro.»

Valentina alza gli occhi al cielo e lascia cadere il gatto. «Lo sapevo.»

«Cosa?»

«Non riesci a staccarti dalla mamma.»

«Cerca di capire, è da sola, conta su di me.»

«Anche la madre di Norman Bates contava su di lui!»

«Chi?»

«Norman Bates, il protagonista di *Psyco*. Il pazzo omicida.»

«Ah, sì. Grande film. Dovremmo rivederlo un giorno o l'altro.»

«Non cambiare discorso.»

«È solo che mi hai preso un po' alla sprovvista...»

«Vuol dire che non ci avevi mai pensato? Allora perché stai con me?»

«Perché ti amo!»

«Se è vero che mi ami, come mai non vuoi prenderti impegni?»

«Voglio prendermeli! Però non sono uno che fa le cose in fretta. Ho i miei tempi.»

«Quali tempi?»

Annaspo. «Beh, forse prima dovrei vivere da solo per un po'...»

«Certo, come no. Prima devi riuscire a dirlo a tua madre, poi, con tutta calma, ti cerchi una casa, e quando la trovi fai un po' il single. Per quanto? Due, tre anni? E quando la vita da scapolo inizierà ad annoiarti, forse sarai pronto.»

«Mica male come idea.»

«Tu sei fuori!»

«Scherzavo!»

«Non è il momento di scherzare. Stefano, guarda che l'ho capito. Se non vuoi stare con me, la verità è che non ti piaccio abbastanza.»

Quando una donna inizia a parlarti con i titoli dei suoi libri, significa che la crisi è vicina. Va bene che sono distratto, ma l'ho visto due giorni fa, quel manuale per cuori infranti appoggiato sul suo comodino. Spero che sia un regalo di un'amica poco delicata e che non se lo sia comprato da sola.

«Mi piaci da morire, lo sai. E voglio stare con te.»

«Sono soltanto parole, Stefano. Sono stanca di avere accanto uomini che rifiutano le responsabilità.»

Se c'è una cosa che detesto, è sentirmi buttato nel grande mucchio dei suoi ex. Vorrei ricordarle che non è colpa mia se prima di me ha incontrato solo uomini stronzi. Non è colpa mia se Nicola era sposato, se Giovanni l'ha tradita sette volte, se Andrea era incerto sulla sua sessualità o se Hidetoshi era tanto dolce ma viveva in Giappone. Pretendo troppo se dico che mi piacerebbe essere scelto per quello che sono, e non perché lei vuole la rivincita su quindici anni di storie malate?

Mi impongo di mantenere la calma e resto zitto.

Lei però interpreta il mio silenzio come un'ammissione di colpa. «Vuoi pensarci con calma? Va bene. Prenditi qualche giorno, il tempo che ti serve. Poi, quando ti sei deciso a crescere davvero, me lo fai sapere. D'accordo?»

Poi si alza. Veloce e nervosa, con uno strattone afferra il mio giubbotto, strappandolo a Bukowski che ci si era addormentato sopra. Il povero gatto si sveglia di soprassalto, si ritrova catapultato in aria e così, nel disperato tentativo di appigliarsi a qualcosa, dà una bella graffiata al cuoio nuovo nella zona del colletto.

Mi manca il tempo di imprecare, perché in un secondo Valentina mi butta il giubbotto addosso, mi spinge fuori casa e mi sbatte la porta in faccia senza nessun riguardo.

Non male, come primo litigio.

3

Capisco subito che non posso fare troppo affidamento sui consigli di chi mi sta intorno.

Al bar di Cosimo non sto a spiegare più di tanto. Anche se non c'è una regola scritta, chi introduce una donna, di persona o nei discorsi, è sempre guardato un po' male. Del resto, il bar di Cosimo ci piace pròprio perché è così: un'oasi protetta per maschi ruvidi, riservata al calcio, alle carte, ai motori, alla birra e al cazzeggio.

Per accennare qualcosa agli amici più intimi, devo aspettare l'orario di chiusura.

Gianfranco non mi dice granché, perché è troppo occupato a mandare sms in contemporanea alla sua fidanzata di Viterbo e a una ragazza di Latina, convinta che lui non sia un magazziniere in un grande centro commerciale, bensì un funzionario Mediaset in grado di metterla in lista d'attesa per *Il Grande Fratello*.

Igor, invece, mi dà una pacca sulla spalla. «È una decisione importante», commenta. Poi, con gli occhi che brillano, mi chiede se mi ricordo di quando ci siamo presentati ubriachi all'esame di riparazione di estimo.

È più forte di lui. Non riesce a finire un discorso senza metterci in mezzo qualcosa che è capitato come minimo dodici anni fa.

Colpa della sua ex, Isabella, che l'ha mollato alla vigilia dell'esame di maturità da geometra.

Da allora, per Igor il tempo si è fermato. Dopo di lei

non ha più avuto storie serie. Né storie di una sera. Ogni tanto conosce qualcuna in chat, ma non mi risulta che abbia mai azzardato un incontro dal vero. E anche adesso che Isabella è diventata una casalinga con venti chili di troppo e la passione del videopoker, Igor dichiara che, se lei decidesse di tornare sui suoi passi, lui forse farebbe un po' il difficile all'inizio, ma poi cadrebbe dritto tra le sue braccia come una pera dal ramo.

Per questo con lui evito sempre di soffermarmi troppo sulle mie questioni sentimentali. Con Igor è più semplice parlare d'altro. Tolta la fissa di Isabella, è una persona in gamba, e sa tantissime cose su mille argomenti interessanti. Perciò, se un giorno avessi bisogno di un'opinione autorevole sulle formazioni storiche della Roma, sui messaggi subliminali nelle canzoni rock e nei cartoni animati, sugli ultimi giochi per l'X-box, sulle teorie sui complotti internazionali e sulla saga del *Signore degli Anelli*, saprò che posso fare affidamento su di lui. Ma, per i problemi di cuore, meglio lasciar perdere.

In ufficio non è meglio.

«Salvati finché sei in tempo», sussurra il collega Carlo, guardandomi da dietro le lenti bifocali e chiudendo con un colpo secco la *Gazzetta dello Sport* del giorno prima.

«Mi ha chiesto solo di vivere insieme», provo a giustificarmi. «Non mi ha fatto firmare col sangue una promessa di matrimonio.»

Carlo scuote lentamente la testa. «Sono bravissime a farti credere che siano tutte cose da niente. Anche le ragnatele sono quasi invisibili, ma questo non impedisce alle mosche di finirci dentro e morire», sentenzia, lapidario. Dopo di che resta immobile come una lucertola a fissare il bianco di una pagina word vuota sul suo computer.

Quarant'anni, sposato da quindici, due figli, un mutuo e un trilocale con balcone a Ladispoli, Carlo si considera un prigioniero di guerra. A sentire lui, ha incontrato sua moglie quando era un giovanotto aitante e allegro. Lei, con le diaboliche arti femminili, lo ha obbligato a sposarla e poi si è dedicata anima e corpo alla demolizione dei suoi ideali, del suo entusiasmo e delle sue aspirazioni. Carlo sostiene che è tutta colpa della moglie se lui fa un lavoro che odia, se non ha viaggiato per il mondo con lo zaino in spalla, se non ha mai fatto sport estremi (o qualsiasi altro sport diverso dal Fantacalcio) e se ha il colesterolo troppo alto per uno della sua età.

Una volta che era particolarmente di cattivo umore è arrivato a dire che, se non si fosse sposato, a quest'ora avrebbe molti più capelli in testa.

Io non sono proprio convinto di questa cosa, perché Carlo sembra nato con addosso i suoi completi grigi comprati all'Oviesse e non credo che, anche se fosse libero e single, farebbe la vita di Indiana Jones. E poi, se davvero a casa la moglie non gli lascia spazio, potrebbe almeno coltivare qualcuno dei suoi interessi in orario d'ufficio, approfittando di questo periodo fiacco, in cui il carico di lavoro giornaliero si può smaltire in meno di tre ore e tutto il resto è lasciato alla fantasia del singolo impiegato.

Io lo faccio, per quanto possibile, altrimenti il tempo non passa mai: telefono per organizzare le partite di calcetto, rivedo su YouTube i cartoni animati di Goldrake, cerco ricette interessanti sui siti di cucina, leggo le recensioni aggiornate dei ristoranti, seguo le aste su eBay e ultimamente, con il nickname Bimbodentro, intervengo spesso nel forum del fan club di Tiziano Ferro.

Il diversivo preferito di Carlo, invece, è quello di fare etichette con la Dymo. Passa ore a scrivere il suo nome e appiccicarlo alle matite, al righello, al mouse. Per la pinzatrice ha fatto un'etichetta speciale con tre nomi (Ada, Carlo, Stefano, rigorosamente in ordine alfabetico), visto che ne abbiamo in dotazione solo una per stanza.

Alla festa di Natale i colleghi della contabilità, per scherzo, lo hanno inseguito per tutti i corridoi del terzo piano e volevano attaccargli sulla fronte un'etichetta con su scritto SCEMO. Lui si è offeso e per dieci giorni non ha parlato con nessuno.

Ma il Premio Oscar per il Sostegno Mancato va sicuramente a mia madre.

Impiego quasi una settimana a trovare il coraggio di affrontare l'argomento. Temo che resti scioccata alla sola idea della partenza dell'ultimo figlio rimasto al riparo della sua ala di chioccia, e che pianga e si disperi per via dello spettro della solitudine e per la paura di non servire più a nessuno.

Invece dice solo: «Vuoi ancora polpette?»

«Hai sentito, mamma? Sto pensando di andare a vivere con Valentina!»

«Eh, ho sentito sì, mica sono sorda. Le vuoi, le polpette, o no?»

«Ancora due, grazie.»

In effetti, non dovrei stupirmi troppo. Mamma, su certe cose, è una persona discreta.

Ha fatto così anche quando le ho detto che con Helena era tutto finito.

Anche quella volta mi ero fatto strane idee. Temevo che mi avrebbe rincorso per la cucina cercando di picchiarmi in testa col mattarello perché, dopo due anni di fidanzamento quasi ufficiale, mi ero lasciato scappare una ragazza tanto brava e soprattutto tanto bella.

Invece niente. Quando le ho annunciato che ci eravamo lasciati, aveva borbottato: «Oh beh».

Poi aveva alzato il volume della tv per seguire meglio *La Corrida* di Gerry Scotti.

Forse il suo è soltanto un modo per farmi capire che non vuole interferire nelle mie decisioni, perché per lei l'unica cosa importante è che io sia felice.

Insomma, devo decidere da solo. Nel frattempo, Valentina segue la linea dura. Per una settimana non si fa sentire. Non mi chiama, non manda messaggi.

La nostra è una vera pausa di riflessione.

Ora, noi maschi sappiamo fare tante cose: sollevare pesi, costruire case sugli alberi, fissare tasselli e viti per appendere le mensole, dipingere le pareti, giocare a calcio, a biliardo, a pallacanestro. Ce la caviamo bene con il disegno tecnico e la matematica. Conosciamo le regole di ogni sport praticato nei cinque continenti, compresi il cricket, il curling e la pallamano. Facciamo le partenze in salita fin dalla prima lezione di guida e sappiamo che per far funzionare una macchina non basta metterci la benzina ogni tanto, ma bisogna anche controllare motore, acqua, olio e gomme.

Ma c'è una cosa che proprio non ci riesce, ed è passare attraverso una pausa di riflessione senza finire a letto con un'altra.

Forse è perché usiamo il cervello in un altro modo.

Per le donne riflettere è un'attività a tempo pieno. Loro riflettono e parlano, riflettono e piangono, riflettono e guardano vecchi film in bianco e nero, e poi scrivono sui diari e sui blog, stanno ore al telefono, compilano liste, formulano ipotesi.

Anche noi riflettiamo, è chiaro. Anche parecchio. È solo che non siamo capaci di stare lì a pensare e basta. Abbiamo bisogno di azione.

Non voglio generalizzare: esistono anche quelli che, durante le pause di riflessione, si chiudono in casa e, davvero, meditano senza fare altro per settimane intere. Li riconosci dallo sguardo spento e dalle spalle curve. Sono quelli che, terminata la pausa, hanno cinque chili in meno (o in più) e la pelle che vira al verde. Purtroppo per loro, quando le fidanzate li rivedono in questo stato pietoso, di solito li mollano così, su due piedi.

Tutti gli altri, quelli che tornano dalle loro pause belli, distesi, con gli occhi che brillano, le idee chiare e tanta voglia di ricominciare, nove volte su dieci, puoi scommetterci, tra una riflessione e l'altra hanno trovato il tempo per distrarsi un po'.

La verità è che siamo troppo fragili per affrontare certi momenti da soli. Purtroppo, quando ci sentiamo così tristi, confusi, sbagliati, può succedere che il nostro bisogno di sicurezza e calore umano ci renda poco lucidi e per niente selettivi. In poche parole, capita che, senza stare troppo a sottilizzare, ci buttiamo tra le braccia della prima che incontriamo.

La prima che incontro io è Ada.

Ci ritroviamo seduti vicini alla cena aziendale organizzata apposta per festeggiare la recente acquisizione di una quota importante della nostra società da parte di un noto colosso bancario.

Io, a dire il vero, non ho molta voglia di festeggiare, un po' per i miei problemi sentimentali, un po' perché il colosso compare ogni giorno nella pagina economica di tutti i quotidiani, e il suo crack nel giro di un anno è dato quasi per certo. Però, chissà perché, questo dettaglio inquietante stasera sembra non disturbi nessuno. Anzi, l'euforia regna sovrana. Tutti, dall'amministratore delegato, alle segretarie, fino all'usciere appena assunto con contratto a progetto, sono immersi nello stesso bagno di assurda allegria, bevono, parlano, ridono e si godono questa atmosfera da ultime ore del *Titanic*. Sarà colpa del vino cattivo, o forse abbiamo esagerato con i corsi di motivazione aziendale.

Pure Ada è travolta dal buonumore generale, anche per merito della sua ultima vacanza in Guatemala, da cui è tornata con tre chili in meno e una bella abbronzatura che le dona.

Ha voglia di scherzare e di farmi qualche confidenza sul ragazzo di Torino che ha conosciuto in viaggio.

La cotta per me dev'esserle passata e ultimamente i nostri rapporti sono tornati quelli di prima. Sembra persino contenta per la mia storia con Valentina e, a parte qualche frecciata del tipo «Hai trovato quella che ti fa rigare dritto», tutto procede liscio.

«È vero quello che si dice in giro?» mi chiede verso la fine della cena, subito dopo il discorso del dottor Giuliani, il nuovo direttore del personale, che si è appena presentato davanti a centoventi persone senza fare una grande figura perché regge poco l'alcol.

«Dipende. Cosa si dice?»

«Che vai a convivere con la tua fidanzatina», mi mormora in un orecchio.

«Veramente non ho ancora deciso.»

Ada svuota in un sorso il suo calice di spumante dolce e alza un sopracciglio. «E cosa aspetti?»

«Ci sto pensando.»

«Siete tremendi», mi dice appoggiandomi la mano sul braccio. «La sindrome di Peter Pan ormai è un'epidemia.»

Eh no, basta con questa storia di Peter Pan. E pensare che quando ero piccolo mi piaceva da pazzi, era tra i miei eroi dei cartoni preferiti. Poi, da quando le donne se ne sono impadronite per usarlo contro di noi, ho iniziato a odiarlo. Povero Peter Pan, trasformato in una patologia. Che brutta fine per un ragazzino tanto allegro.

Non replico perché non voglio essere polemico, preferisco tenere la conversazione su argomenti più leggeri e la faccio divertire con qualche barzelletta di Igor scelta tra le meno volgari.

Poi Ada insiste perché mi unisca ai temerari che, dopo cena, hanno ancora la forza di proseguire la serata in discoteca.

Accetto e le do un passaggio.

In macchina vuole ascoltare un po' di musica. Metto su un cd di Tiziano Ferro. Con Valentina non lo posso mai ascoltare perché lei non lo sopporta. Ada invece conosce le parole di quasi tutte le canzoni, e mi chiede di alzare il volume. Mi sento talmente vulnerabile, in questi giorni, che mi basta questo particolare per trovarla piuttosto attraente. Lo so che sembra poco. Ma chi ritiene i gusti musicali ininfluenti nella scelta di un partner forse non ha mai guidato da Roma a Matera, in un rovente pomeriggio di metà agosto, obbligato ad ascoltare a ripetizione, per ore, lo stesso live di Vinicio Capossela.

Così va a finire che, per colpa di Tiziano Ferro, io e Ada ci baciamo nel parcheggio della discoteca. Non c'è molto altro da fare, quando la tua ragazza ti ha messo in castigo, tu hai bevuto troppo, hai accanto una donna che ti ha eletto Mister Terzo Piano, l'aria sa di primavera e in sottofondo sta passando *Sere nere.*

Nel locale, balliamo vicini, senza perderci d'occhio. Intorno a noi tre o quattro colleghi molto ubriachi, capeggiati dal nuovo direttore, danno penosi spettacoli di sé, mentre altri un po' meno ubriachi ne approfittano per filmarli col telefonino, tutti contenti di poterli sputtanare in ufficio tra meno di settantadue ore.

Per sottrarre Ada alle pesanti avance del dottor Giuliani, convinto che la sua nuova carica lo autorizzi a baciare le sue impiegate sul collo, la porto prima a bere qualcosa al bancone e poi a cercare un po' di intimità nel bagno delle donne.

E qui il brivido della trasgressione finisce. Almeno per me.

Ci baciamo ancora un po'. Dopo di che, mentre io inizio a pensare che sarebbe il momento di tornare seri e andarcene a casa, Ada, da perfetta donna *Sex and the City*, cogliendomi un po' di sorpresa, salta i preliminari e infila una mano nei miei pantaloni.

Devo trattenere un urlo. Ha cominciato a stringere e a muovere la mano a scatti, come un idraulico alle prese con un tubo difettoso che non ne vuole sapere di svitarsi. La sensazione è proprio quella: che me lo voglia letteralmente svitare.

Ecco cosa si intende per situazione senza via d'uscita. Cosa faccio adesso? Le dico di smetterla? No, la offenderei. Mi concentro sulla scena della doccia di Angelina Jolie in *Lara Croft* e cerco di concludere? Impresa impossibile, mi fa troppo male.

Intanto lo stordimento piacevole dell'alcol se ne va lasciando posto a una nausea diffusa. Nella testa mi passano immagini orribili e fuori da ogni controllo, con Ada che riesce a staccarmelo e se lo porta a casa, per aggiungerlo a una tremenda collezione di trofei appesa alla parete.

Non posso farcela.

La nausea aumenta di pari passo con il dolore nelle parti basse.

Non mi trattengo e finisce che vomito, sporcandole anche un po' le scarpe.

Ada non la prende bene, come è giusto che sia.

Esce dal bagno lasciandomi lì, mezzo svestito e piegato in due. Poi chiama un taxi e se ne va senza salutare nessuno.

Sporco, puzzolente e dolorante, torno a casa anch'io.

Sarà imbarazzante rientrare in ufficio, lunedì, sedermi alla scrivania davanti alla sua e fare finta di niente.

Ma sarà ancora più imbarazzante mostrarmi indifferente la prossima volta che qualche collega in vena di pettegolezzi mi domanderà perché, secondo me, una ragazza carina e simpatica come Ada alla sua età è ancora single. Forse m'inventerò qualcosa sulla sindrome di Peter Pan, che funziona sempre.

4

Non dico che il fine giustifica i mezzi. Vorrei non aver mai vomitato addosso ad Ada, vorrei non averla mai baciata e tutto il resto.

Però intendo essere costruttivo e concentrarmi sugli aspetti positivi di questo scivolone: adesso ho le idee chiare e, in più, il senso di colpa per il mezzo tradimento si è portato dietro una bella dose supplementare di passione e romanticismo. Valentina mi manca da morire. Se non mi decido ad andare a vivere con lei, presto non sarò che un nome nella lunga lista delle sue storie sbagliate. E la paura di perderla è più forte di tutte le altre paure.

Quindi studio un menu adatto all'occasione, mi preparo un bel discorso romantico e corro da lei, pronto a ricominciare come si deve.

Cucino una cenetta leggera. Insalata di songino e noci, pesce spada al pepe verde, macedonia e crema catalana con le fragole. Il giusto grado di raffinatezza per sancire un passo importante, ma senza esagerare, per farle intendere che questa decisione non mi è costata chissà quale sforzo, anzi, è stata normale, spontanea, nell'ordine naturale delle cose. Non è il caso di festeggiare l'inizio di una convivenza fra trentenni come se lanciassimo una sonda spaziale dal cortile.

Sistemo tutto e poi aspetto che Valentina rientri dall'ufficio.

Sono un po' nervoso.

È la prima volta che sto nel suo appartamento senza di lei. L'effetto è strano. Dovrò abituarmici, così come a tutto il resto.

Mi fa persino un po' impressione usare le sue chiavi di casa. Me le ha date tre mesi fa, in fretta e senza caricare il gesto di significati, quando è stata a Spoleto per accompagnare sua sorella a un concorso per monologhi teatrali. Era sicura di stare via tre giorni, perché Lavinia, secondo lei, sarebbe di certo arrivata in finale. Invece è stata eliminata per prima, perché ha avuto un attacco di panico e sul palco ha scordato tutte le parole, così sono rientrate a Roma la notte stessa, nemmeno tanto di buonumore.

Ai gatti ci ha pensato lei e io non ho mosso un dito.

Però le chiavi non me le ha più chieste indietro. Sono sempre rimaste in camera mia, nella cassettiera della scrivania, assieme alla copia di riserva di quelle della Golf e al tesserino dei mezzi scaduto.

Stasera le ho usate per la prima volta. È un bel gesto simbolico, che le farà capire tutto ancora prima che io le dica chiaro in faccia: «Sì, voglio vivere con te».

Per ingannare l'attesa, mi occupo della scenografia. Accendo una dozzina di candele e le piazzo sul tavolo, sui mobili e per terra, così, senza un criterio preciso, un po' da artista, come piace a lei.

Soddisfatto del risultato, mi dico che non sarebbe male, d'ora in poi, curare i dettagli e creare quest'atmosfera magica a ogni cena. Ma un brutto odore di pollo bruciato mi distoglie dalle fantasticherie. Mi prende un colpo. Dinamo si è bruciato le vibrisse, a forza di gironzolare intorno alle fiammelle accese, adesso sta arretrando veloce e scrolla la testolina, mentre Bukowski, al sicuro sul frigo, lo guarda dall'alto in basso e gli fa un verso che forse vuol dire «Cretino» in linguaggio gattesco.

Cerco di catturarlo per valutare il danno, e lui, prima di scappare sotto il letto, risponde con una tremenda morsicata tra pollice e indice, che mi rassicura sul suo stato di salute.

La mia idea di sorpresa non è esattamente quella di far trovare a Valentina il suo gatto preferito carbonizzato, perciò soffio su tutte le candele e le metto via in fretta.

Per l'atmosfera romantica potrò contare solo sugli sguardi, sui baci e sulle parole giuste.

Ma sono motivato e caldo, e so che posso farcela.

Valentina rientra alle nove e mezzo, molto più tardi del previsto, e mi trova addormentato sul divano davanti a una puntata dei *Cesaroni*.

Apro gli occhi in tempo per cogliere la sua espressione felice e stupita di vedermi qui. Mi strofino la faccia, ancora stordito e confuso. Lei si butta tra le mie braccia.

La sua stretta forte e la luce nei suoi occhi mi rendono un uomo appagato e, una volta tanto, ho la sensazione di essere al posto giusto con la persona giusta, senza più dubbi, ripensamenti o paure.

Ci baciamo come se non ci vedessimo da tre anni e non solo da dieci giorni.

E poi lei si mette persino a piangere! Mi abbraccia e piange. Mi bacia e piange. Mi dice «ti amo» e piange.

Tra me e il vecchio Clint ne *I ponti di Madison County*, quanto a romanticismo, il distacco è minimo. Questione di pochi passi.

La stringo e intanto ripasso mentalmente il bel discorso che ho preparato, pieno di frasi meravigliose, tipo che ogni cosa che mi capita durante la giornata appare più bella se so che poi gliela posso raccontare e che, per questo e per mille altri motivi, che non riguardano solo il fatto che facciamo splendidamente l'amore, ho capito che lontano da lei non so più starci.

Non ho fretta di iniziare, assaporo l'attimo, e intanto provo a immaginare la colonna sonora giusta per un momento così importante: un medley di canzoni romantiche e struggenti, tipo *Always* di Bon Jovi e tutto *The best of me* di Bryan Adams.

Visto che io sto zitto, Valentina parla per prima.

«Mi hanno confermata», annuncia sorridendo tra le lacrime.

Bryan Adams smette di cantare nella mia testa.

Non ero io il motivo di tanta gioia. Almeno, non del tutto.

«Ho un contratto a tempo indeterminato! Non ho ancora trent'anni e ho un contratto! Sono troppo felice», dice Valentina mentre si soffia il naso. «Iniziavo a pensare che non ci sarei mai arrivata.»

Salta per la casa, solleva i gatti in aria e li accarezza contropelo, insiste per stappare il vino e ride quando ci lascia dentro il tappo spezzato. «Ti rendi conto? Ero sicura che la Mamba mi odiasse, in sei mesi non mi aveva mai rivolto la parola!»

«La Mamba?»

«Vedi che non mi ascolti? È il soprannome della mia nuova capa, te ne ho parlato cento volte! La chiamiamo così per via del serpente, perché è rapida e letale. Da quando è arrivata ha fatto licenziare due editor, un redattore e tre signore delle pulizie. Pensavo che sarei stata io la prossima. Invece oggi mi chiama nel suo ufficio, dice che mi ha tenuto d'occhio e le piace come lavoro, che si capisce che sono una che ha voglia di crescere professionalmente, che su di me ha molte aspettative, che è un momento difficile e non devo deluderla...»

È così emozionata che le manca il respiro.

Le porgo un bicchiere.

Lei mi ringrazia, mi bacia ancora, poi guarda la tavola apparecchiata. «Oddio, non so nemmeno se riesco a mangiare, ho lo stomaco chiuso.»

È bello vederla al settimo cielo, anche se un po' mi sorprende tanto entusiasmo per una cosa che, a mio avviso, era abbastanza scontata. Che fosse brava, si sapeva già. Quindi, prima o poi, avrebbe comunque trovato qualcuno che la assumeva, lì o da un'altra parte. Ma forse fatico a capire, perché per me è stato tutto più semplice. Il mio contratto a tempo indeterminato è arrivato nove anni fa, grazie al generoso intervento del mitico Tonio, un vecchio amico di famiglia con conoscenze politiche che, all'epoca, contavano parecchio. Non ci ha mai chiesto niente in cambio, almeno che io sappia. Si limita a ricordarmelo ogni volta che mi vede, mi dà una pacca sulla spalla e dichiara che lo ha fatto per rispetto alla memoria di papà.

Per più di mezz'ora Valentina continua a parlarmi di target di vendita, di ristampe e rese, di progetti e di nuove collane, poi dice che forse non riusciremo ad andare in ferie quest'estate, perché non vuole fare la figura di quella che appena assunta già se ne va via e poi avrà un sacco da lavorare, anche a casa, perché d'ora in poi spetta a lei leggere tutto quello che arriva all'editore per capire se bisogna pubblicarlo oppure no.

Mi sommerge con migliaia di parole, e nessuna di queste è vagamente simile a «convivenza».

Sono io a tornare sull'argomento.

«Vale, sono felice per te», le sussurro, accarezzandole una guancia. «E per quello che ci siamo detti l'altro giorno...»

Mi sfiora le labbra con le dita. «Avevi ragione tu, non dobbiamo correre per forza. Così stiamo bene, facciamo le cose con calma. Anche per tua madre. Se ti strappo a lei da un giorno all'altro, mi odierà per sempre. Un passo alla volta, ci stai?»

Accidenti, proprio adesso che mi ero messo nell'ottica giusta lei cambia idea?

Ma quel pizzico di delusione lascia presto spazio a

un po' di sollievo. In fondo sono un abitudinario, sarebbe stato un trauma cambiare vita di colpo.

Perciò mi lascio travolgere dall'entusiasmo della mia ragazza (posso ancora chiamarla così, non convivente, non compagna: ragazza). Copro i piatti con la pellicola trasparente e li sistemo in frigo.

Poi la porto fuori a festeggiare.

Facciamo le cose in grande e prendiamo un taxi, almeno possiamo bere quanto ci pare. Dopo tre birre e quattro caipirinhe alla fragola in un pub di San Lorenzo usciamo ubriachi e allegri e quasi ci confondiamo tra la folla degli studenti che cantano, ridono e urlano, come se fosse Capodanno anche se è un giorno feriale.

Poi ci baciamo per strada, corriamo e ridiamo, finiamo a pomiciare in un portone buio e ci sembra di avere di nuovo diciott'anni.

Fare sul serio

1

«ANDIAMO a casa?»

Alzo gli occhiali da sole e mi giro verso Valentina che, avvolta nel suo pareo, sbuffa e si agita sull'asciugamano mentre cerca di scrivere qualche nota a margine di un plico di bozze.

«Ma siamo arrivati da mezz'ora!»

Lei scuote la testa e, sistemandosi meglio su un fianco, non risponde e riprende ostinata a disseminare i suoi fogli di croci, circoletti e punti esclamativi.

Vorrei chiederle se era davvero il caso di portarsi il lavoro anche qui. In una giornata come oggi la cosa migliore sarebbe non pensare a niente, chiudere gli occhi e godersi questo magnifico anticipo d'estate.

Scommetto che, presa com'è dal suo manuale di Fiori di Bach per animali domestici, non si è nemmeno accorta che proprio in questo punto della spiaggia, un anno e mezzo fa, ci siamo detti «ti amo» per la prima volta. Peccato, perché, senza il bisogno di essere sdolcinati, non sarebbe stato male spendere due parole carine in proposito. Solo per dirci che quel momento non ce lo siamo scordati, anche se ora centinaia di bambini urlanti, mamme, papà e nonne con borse-frigo, materassini, sdraio e ombrelloni rendono irriconoscibile questa striscia di sabbia schiacciata tra la strada e il mare torbido, rubandole tutto il fascino romantico e selvaggio dell'inverno.

«Vuoi andare un po' all'ombra?» le chiedo, indicando il chiosco preso d'assalto dai bagnanti disposti a pagare a peso d'oro un panino e una bottiglietta d'acqua.

«No, c'è troppo casino, non riesco a concentrarmi...»

Sbuffa e piagnucola. Il caldo le dà fastidio, la innervosisce e le tira fuori queste reazioni da bambina.

Per sdrammatizzare le spruzzo addosso a tradimento un po' di acqua solare rinfrescante. Ma lei anziché ridere mi dice di piantarla, con un tono irritato che non mi fa per niente piacere.

Si è alzata male, stamattina.

L'ho capito fin dal primo istante. Ormai la conosco bene e certe cose le so cogliere al volo.

Invece di aiutarmi a preparare la borsa con i costumi, la frutta e le birre, si è piazzata in bikini davanti allo specchio del bagno e ha iniziato a fare le contorsioni per guardarsi il sedere. «Sono grassa», ha detto infine con voce afflitta.

«Ma va'.»

«Però sono più grassa dell'anno scorso.»

«A me non sembra.»

«Non mi vedi ingrassata?»

«No.»

Quando Vale entra in questo loop, la giornata è rovinata.

Le capita spesso, ultimamente, soprattutto quando è tesa per qualche motivo, per esempio se deve andare a trovare i suoi genitori, oppure se è in ritardo con una consegna importante e la Mamba la mette sotto pressione. Prima si arrabbia con se stessa per via della ciccia e poi se la prende con me. Come se fosse colpa mia.

Certo, forse un po' di responsabilità ce l'ho davvero, con i miei esperimenti in cucina, la mia mania di provare tutti i nuovi locali con buone recensioni e l'abitudine di mangiare i dolci alla sera, davanti alla tv. Tanto più che adesso, anche se non mi sono ancora trasferito ufficialmente a casa sua, dormo da lei almeno quattro giorni su sette e quindi passiamo un sacco di tempo insieme. Però nessuno la obbliga a prendere tutte le mie abitudini e mangiare quanto me (se non di più). Mica le butto giù il cibo con l'imbuto. È una donna intelligente di trent'anni, sarà pure in grado di regolarsi.

Il punto è che Valentina, da quando ci siamo conosciuti, ha messo su cinque chili.

Non è una tragedia. A me non importa per nulla. È sempre bella, solo un po' più grassa. Tutto qui. Le è persino aumentato un po' il seno, il che mi fa soltanto piacere, anche se non mi posso sbilanciare troppo e confessarle apertamente quanto apprezzi le ragazze tettone, perché è proprio il genere di uscita che lei non sopporta.

Valentina ha comperato una bilancia digitale da tenere in bagno. Di quelle che indicano anche gli etti. All'inizio dell'anno scorso la bilancia segnava cinquanta. Adesso segna cinquantacinque virgola due.

La bilancia non è rotta. Ne siamo sicuri, perché Vale di tanto in tanto prende un pacco di fusilli da un chilo ancora sigillato, lo pesa per verificare e il risultato è sempre un bell'uno virgola zero zero, preciso e tondo.

La mia semplice, banale, forse stupida domanda è: che bisogno ha di chiedermi ogni giorno se è ingrassata?

Lo specchio, la bilancia, i vestiti che stringono non sono indizi sufficienti?

Perché vuole a tutti i costi che io le racconti una bugia?

C'è stata una volta, mesi fa, in cui, in un impeto di coraggiosa e incosciente franchezza, le ho risposto in modo diverso: «Per me sei bella così. Però, se non ti senti a tuo agio, perché non provi a mangiare un po' di meno?»

Non intendevo spingerla a nutrirsi solo di acqua e insalata. Ma ad andarci magari un po' più piano con il pane e i dolci e smetterla con tutti quei Tacos, Pringles e Fonzies che compra al supermercato e poi mangia in ufficio a merenda oppure al posto del pranzo. In fondo non era proprio lei la ragazza che, al nostro primo incontro, aveva tenuto un sermone di mezz'ora sui benefici di un'alimentazione sana e corretta?

Non l'avessi mai detto.

Era partita con una paranoia sul fatto che io non ero più attratto da lei e che anche a me, come a tutti i maschi superficiali e aridi, piacevano solo le ragazze anoressiche da copertina. Poi aveva iniziato a farmi domande dettagliate sulle mie ex e sulle loro misure (ero stato piuttosto sincero. Avevo finto un'amnesia soltanto sui dati di Helena che, con i suoi cinquanta chili meravigliosamente distribuiti su un metro e settantotto, rischiava di farle saltare del tutto i nervi), poi aveva pianto e si era rifiutata di uscire, anche se per quella sera, nel migliore ristorante argentino della città, c'era un tavolo prenotato che mi era costato dodici telefonate e cinque settimane in lista d'attesa.

Ero riuscito a farla ragionare solo verso le due di notte, dopo che per rassicurarla le avevo ripetuto cento volte che era lei in assoluto la più bella di tutte quelle con cui ero stato, di tutte quelle che conoscevo e anche della maggior parte di quelle che si vedono in tv. E che, negli ultimi giorni, mi sembrava più magra del solito.

Da allora, ogni volta che mi chiede se la vedo grassa rispondo «no», in automatico, contro ogni logica e ogni evidenza.

È un piccolo compromesso in nome dell'armonia di coppia, e non mi costa troppa fatica.

Nessun problema.

Però, adesso, quando sento in giro qualche ragazza dichiarare che in un uomo la qualità più importante è la sincerità, devo fare un grande sforzo di diplomazia per restare zitto.

Alla fine, ricordandole che il sole non solo abbronza, ma fa anche bene alle ossa e all'umore, riesco a convincerla a rimanere sulla spiaggia ancora un po'.

Vale posa le bozze e scruta pensierosa l'orizzonte.

Rifiuta la mia proposta di una nuotata, si sistema meglio il pareo intorno alla vita, si sdraia e si controlla le gambe con una smorfia scontenta. «Mi è venuta un sacco di cellulite. Faccio schifo», mormora, stendendo in avanti il piede destro.

«Non dire stupidaggini, sei bellissima.» Mi avvicino per baciarla, ma lei si scosta.

«Non sono bella per niente. Guarda qui. Guarda che cosce.»

«Le tue cosce sono sexy», le dico. Intanto cerco di trasmetterle un messaggio telepatico: Ti prego, non lo fare, non lo fare, non lo fare...

«Erano sexy dieci anni fa, forse. Adesso cadono a pezzi.»

«Non mi pare proprio.»

Non lo fare, non lo fare...

«Come no? Guarda!»

L'ha fatto. L'odiatissimo gesto della pinza.

Qualcuno mi spiegherà, prima o poi, che senso ha piazzare davanti alla faccia del tuo ragazzo le tue belle gambe e poi, appena lui dice che sono carine e magari inizia anche un po' a eccitarsi, stroncarlo con il gesto della pinza.

Vale ormai lo fa tutte le volte. Io la rassicuro che è bella e senza cellulite e lei, zac, a tradimento mi fa il gesto della pinza: si pizzica forte una porzione di coscia con due mani, per dimostrare che io sono un bugiardo e lei è una donna da rottamare.

La pelle nella sfortunata zona pinzata si riempie di tanti bucherelli, che lei fissa desolata.

«Guarda qui», insiste.

Do un'occhiata veloce e dico: «Ma va'».

Non la capisco quando fa così.

È come se io mi mettessi a gonfiare le guance e storcere gli occhi e poi mi lamentassi che sono brutto.

Alla fine, per evitare una discussione, mi tuffo da solo nell'acqua ancora gelata, poi nuoto un po' per allontanarmi dalla riva e dalle tante coppiette che si baciano e che, al momento, dispiace ammetterlo, mi danno sui nervi.

«Che ne pensi di *Bach e Fido?*» chiede Valentina mentre torniamo a casa. Sono le due e mezzo, il sole è a picco sulle nostre teste e, inspiegabilmente, siamo già in coda. Forse dentro ogni altra macchina, sul sedile del passeggero, c'è una ragazza di cattivo umore identica a Valentina che ha insistito per il rientro anticipato, penso, provando un silenzioso moto di solidarietà per i fidanzati al volante.

«Cosa?»

«*Bach e Fido.* Il libro che devo consegnare domani», dice sventolando le bozze. «Non ho ancora deciso il titolo.»

«Nessuno chiama più i cani Fido.»

«Lo so, ma Fido appartiene all'immaginario collettivo.»

«In che senso?»

«Lascia stare.»

«Igor ha chiamato il suo cucciolo Meriadoc Brandibuck, come lo hobbit del *Signore degli Anelli.*»

«Non posso intitolare un libro *Bach e Meriadoc Brandibuck*!»

«Igor però lo chiama Merry.»

«Igor è un matto che, quando mi ha incontrato la prima volta, mi ha fatto vedere un porno sul suo computer.»

«Non era un porno. Era un messaggio subliminale di *Bianca e Bernie*. Se non ti fossi messa a urlare come una pazza, ti avrebbe spiegato tutto per bene.»

Valentina sospira e riprende il filo dei suoi pensieri. «Io dico che Fido suona meglio.»

«Allora va bene.»

«Però non sei convinto.»

«L'importante è che sei convinta tu.»

«No, io non sono convinta», si lamenta, agitandosi sul sedile. «Lo sai, non sono mai convinta di niente... Me lo ripete sempre anche la Mamba.»

«Sei convinta di me», ribatto, per sdrammatizzare. Poi le prendo la mano.

Lei non tenta di sgusciarmi via. Però non risponde «sì» e cambia argomento: «Usciamo, stasera?»

«Non devi lavorare?»

«È presto, se mi ci metto subito in tre o quattro ore ho finito. Possiamo sentire Norberto e Sofia per sapere cosa fanno.»

«Perché invece non ce ne stiamo tranquilli noi due?»

«A me fa piacere incontrare i nostri amici.»

«Li abbiamo già visti martedì scorso.»

«Ne parli come di una tassa da pagare.»

«Sai come la penso su Sofia. Non mi piace come tratta Norberto.»

«Evidentemente a lui va bene così. Sofia è una donna decisa, che sa quello che vuole.»

«Però è un po' rompicoglioni.»

«Non ti sopporto quando sei volgare.»

«Tanto non mi sopporti comunque. Fino a poco fa ero gentile e mi hai maltrattato lo stesso.»

«Con te non si può ragionare.»

Continuiamo a punzecchiarci per tutto il viaggio e anche dopo, quando rientriamo a casa.

L'appartamento di Vale, alla luce impietosa del sole pomeridiano, non è esattamente il posticino ideale per ritrovare armonia e concordia. Stamattina, con gli occhi ancora annebbiati dal sonno, non avevo notato le reali dimensioni del caos. Persino i gatti non sembrano troppo felici di bivaccare in mezzo al disordine e alla polvere.

Valentina si giustifica dicendo che da quando è tornata dalla Fiera del Libro di Torino non ha ancora avuto un attimo per sistemare. Io mi impongo di non fare commenti per non aumentare la tensione. Però mi sento un po' male nel notare che Dinamo sta schiacciando un pisolino nella valigia aperta ancora da svuotare, acciambellato proprio sopra il completino grigio di Cacharel che ho regalato a Vale per il suo ventinovesimo compleanno.

Ma di riordinare non se ne parla. Neanche se è domenica, neanche se è presto. Valentina ha altro per la testa e, senza smettere di parlare, si libera in fretta dei bermuda color kaki, del top verde chiaro e del bikini, perché la salsedine le dà fastidio e vuole fare la doccia.

L'effetto adesso è proprio strano.

Valentina, senza nemmeno un vestito addosso, cammina avanti e indietro per il soggiorno, intanto si lamenta perché nemmeno immagino come sia difficile questo periodo per lei e quante pressioni sente su di sé in ufficio perché i libri vendono poco e sembra quasi che sia tutta colpa sua; poi mi attacca con i suoi argomenti preferiti, dice che non la posso capire perché sono troppo pigro, che mi accontento, che non faccio niente per cambiare e migliorare la mia vita professionale, sociale e culturale, che le piacerei molto più di così se avessi qualche progetto, per esempio quello di mettere su un locale visto che cucino bene, e invece non m'importa di dare una direzione alla mia vita. Le ripeto che la mia vita così com'è non mi va poi tanto male e lei si arrabbia.

La lascio sfogare per un po' e resto a guardarla, mentre le sue parole poco alla volta perdono il loro significato e diventano solo rumore.

Quando inizi a discutere con la tua donna mentre lei è completamente nuda, significa che la tua vita di coppia sta entrando in una nuova fase.

Non sono sicuro di essere pronto.

Io voglio restare nella fase in cui la mia donna, se si

spoglia davanti a me, lo fa guardandomi negli occhi e sussurrandomi parole sexy, e non insultandomi solo perché, uomo stravagante, mi tengo stretto il mio lavoro fisso con la quattordicesima invece di indebitarmi per aprire un ristorante.

Quindi capisco che devo fare qualcosa. Stacco del tutto l'audio, l'afferro gentilmente per la vita e la metto a sedere sulle mie ginocchia.

Lei interrompe una frase a metà, sospira e mi guarda dritto in faccia con aria triste. «Io e te siamo troppo diversi...» mormora, sconsolata.

«Meglio, così non ci annoiamo.»

«Dico sul serio. Perché stiamo insieme, se ci assomigliamo così poco?»

Non mi lascio scoraggiare, perché so che quando è troppo stanca tende a diventare pessimista. Le bacio uno zigomo.

«Perché ci completiamo», rispondo. «Perché se non ci sei tu io alla domenica mi sveglio a mezzogiorno, e se non ci sono io tu ceni con una vaschetta intera di gelato al cioccolato. Perché io ti ricordo che non esistono solo i tuoi libri e tu mi ricordi che non si può vivere di solo calcetto. Perché a te piacciono i miei capelli e il mio profumo e a me piace la faccia che fai quando cerchi una scusa per prendere la seconda porzione di dolce dopo cena. Perché mi piace sentirti cantare anche se sei stonata come una campana. Perché tu sai che se mi viene mal di testa all'improvviso vuol dire che sta arrivando un temporale, e io so che quando ti attorcigli i capelli intorno all'indice stai cercando di non piangere, quando ti tormenti l'orecchino destro sei indecisa e quando ti tocchi quello sinistro sei ansiosa. E il sospiro che fai quando ti bacio dietro il ginocchio lo potrei riconoscere tra altri mille...»

Mentre le parlo la stringo, quindi la adagio piano contro i cuscini del sofà e inizio a baciarle le spalle, poi la pancia. E lei mi lascia fare.

«Stefano?»

«Sì.»

«Sono così stonata?»

«No...» le sussurro. Non è proprio il momento di essere sincero fino in fondo.

«Ma come fai a non arrabbiarti mai?» bisbiglia mettendosi un braccio davanti agli occhi.

«Ho la pazienza di un santo», le dico, un po' per ridere e un po' sul serio. Lei mi accarezza i capelli e tace.

Bukowski, che fingeva di dormire sullo schienale del divano ma in realtà seguiva la conversazione con un occhio mezzo aperto, si alza e, lento, discreto, si allontana e raggiunge Dinamo nella valigia, voltandoci apposta la schiena per concederci la meritata privacy.

2

«Se muoio, devi trovarti subito una brava ragazza.»

«Mamma, è solo un day hospital! E poi ce l'ho già, una brava ragazza.»

Mia madre scuote la testa e sprofonda di più nel cuscino. «Dico una brava ragazza da sposare», precisa.

«Perché, Valentina non lo è?»

La risposta di mamma è una specie di lamento. Non capisco subito che tace per educazione, visto che la mia ragazza è appena comparsa sulla porta della stanza.

«La riunione in ufficio è durata più del previsto e non potevo proprio sganciarmi... E poi ho anche sbagliato reparto...» si giustifica. «Mi sono ritrovata all'obitorio», mormora con un mezzo sorriso.

Mamma si mette ad agitare tutt'e due le mani facendo le corna, e lascia cadere le coperte. Io mi chino per sistemarle e intanto accenno a Valentina di entrare.

Lei arrossisce, sussurra «buongiorno» a mamma con un sorriso cordiale, fruga dentro la sua cartella di cuoio e, dopo aver fatto saltar fuori per sbaglio la bustina viola di un assorbente, trova finalmente quello che cercava. «Un po' di cose buone da mangiare... Così il tempo passa più in fretta», dice, porgendole un sacchetto di dolci biologici.

«Grazie, signorina, ma io qui mica mi annoio. Anzi, mi riposo. Sono servita e riverita come una regina... Non sono abituata, perché a casa non mi fermo un attimo. Sa com'è, un figlio maschio dà tanto da fare.»

Perfetto. Adesso Valentina penserà che dietro la mia facciata moderna e collaborativa si nasconda un maschilista che, appena può, sfrutta il lavoro delle donne.

Per fortuna non fa commenti e si siede sul bordo del letto, mentre mamma si rigira perplessa tra le mani una barretta ai cereali, frutta secca e malto di riso.

«Mi sono informata, li può mangiare. Sono senza zucchero», le spiega Vale, incoraggiante.

«Non è quello, è che i dolci preferisco farli in casa.»

«Stefano mi ha detto che lei è una cuoca bravissima. Del resto, suo figlio avrà pur preso da qualcuno», rilancia Vale in tono gentile, remissivo e, diciamolo, anche un po' ruffiano.

«Sì, Stefano cucina bene», conferma mia madre, lanciandomi uno sguardo amorevole che mi mette in imbarazzo. «Ma lo fa per divertirsi, non deve essere obbligato...»

«Io non obbligo nessuno, signora», precisa Valentina, subito pronta all'attacco. La sua scorta di diplomazia si è già esaurita.

Ecco il guaio di mettere due donne dal carattere forte nella stessa stanza.

Devo intervenire per ripristinare in fretta i toni cordiali: «Non vi davate del tu?»

Mamma e Vale si guardano negli occhi per qualche secondo. Sembrano Eastwood e Volonté nella scena finale di *Per un pugno di dollari*. Poi, per fortuna, Valentina capisce che non può essere troppo maleducata con una signora più anziana e pure sdraiata in un letto d'ospedale (è solo un ricovero di mezza giornata per i controlli cardiologici di routine, ma pur sempre di ospedale si tratta), così lancia per prima un segnale di distensione.

«Stefano ha ragione. A me fa piacere se ci diamo del tu. Vero...?»

Mi chiede silenziosamente aiuto sgranando gli occhi. Ha scordato come si chiama mia madre. Andiamo bene.

Se queste due testone si vedessero un briciolo più spesso, forse scoprirebbero che tra suocera e nuora può nascere un rapporto normale, cordiale, una via di mezzo tra diventare migliori amiche e dimenticarsi i rispettivi nomi. Ma non c'è niente da fare. L'unica cosa che mamma e Valentina hanno in comune è l'ostinazione a frequentarsi il meno possibile.

«Angela», suggerisco col labiale.

«Angela», ripete Vale stringendo i pugni, piena di buona volontà.

Mamma prova a sorridere.

«Allora ti do del tu anch'io. Magari poi mi dimentico e ti do di nuovo del lei, ma tu me lo fai notare, va bene?»

«Okay.»

«Adesso però dovrei andare al bagno, ma sono in soggezione se ci sono estranei.»

«Tolgo il disturbo», risponde Vale, paziente. «Ti chiamo stasera, Angela, così mi racconti come sono andati gli esami.»

Mi fa segno con la mano che mi aspetta di sotto, poi sorride ancora a mamma prima di uscire. Si sforza di essere carina, e per questo le voglio ancora più bene.

La ritrovo fuori, venti minuti dopo, seduta sul muretto di un'aiuola.

Sta piangendo.

Dovevo immaginarlo. Sembra tanto forte e determinata, ma quando si sente giudicata da qualcuno più grande di lei diventa fragile come un'adolescente. È sicuramente colpa di come l'hanno allevata in quella famiglia di matti.

«Dai, amore mio, non fare così», le dico sedendomi accanto a lei, senza preoccuparmi troppo dei miei Dockers chiari. «Mamma è un po' sgarbata perché l'ospedale la mette di cattivo umore. E poi è arrabbiata con quelli dell'elettrocardiogramma sotto sforzo. È convinta che aumentassero la velocità del tapis roulant apposta per farla cadere.»

Vale mi appoggia la testa su una spalla. «Non è quello... Tua madre non c'entra.»

Mi preoccupo. «È successo qualcosa?»

Lei fa segno di sì. «Non è una cosa brutta, eh», aggiunge, rialzando la testa per guardarmi negli occhi. Poi sorride tra le lacrime.

La fisso senza capire. Poi mi viene un dubbio: non starà mica per darmi La Grande Notizia? Ma la pillola non doveva garantire sicurezza al cento per cento? Ce la caveremo con un bambino? E se fossero tre gemelli?

Tutto inizia a girarmi intorno.

Intanto Vale si soffia il naso e precisa: «Ho ricevuto un'offerta di lavoro».

«Ah!»

Incredibile: in questa manciata di secondi ero già riuscito a pensare ai capelli di nostro figlio. Avevo deciso che il massimo sarebbero stati i miei riccioli, però del suo colore.

Valentina mette via il fazzoletto. Poi, intervallando le parole ancora con qualche singhiozzo, mi spiega che stamattina l'ha chiamata la direttrice di una casa editrice importante. Importante davvero. Talmente importante che la conosco anch'io.

«Era alla Fiera del Libro. Ci hanno presentate e lei si è ricordata del mio curriculum. Gliel'avevo spedito due anni fa, quando pensavo che la Mamba non mi avrebbe mai confermata...»

«Però poi ti ha tenuto e adesso stai andando alla grande...»

Vale alza le spalle. «Sei sempre ottimista, tu. Siamo con l'acqua alla gola, vendiamo pochissimo, i grandi ci schiacciano. E poi mio padre ha ragione, i nostri libretti sui cavalli non hanno futuro.»

«Tu non fai solo libretti sui cavalli. L'ultimo era sulle tartarughe d'acqua, giusto? E prima ci sono stati i gatti, i conigli da appartamento, i topolini bianchi...»

Mi interrompe. Di nuovo. «Un'occasione del genere è di quelle che capitano una volta sola.»

«Ti pagherebbero di più?»

Fa una smorfia, come se le avessi fatto una domanda fuori luogo o spiacevolmente intima. «Che ne so. Non è detto. Ma non è una questione di soldi», dice, mentre una luce battagliera compare nel suo sguardo. «È una questione di opportunità. Ho finalmente la possibilità di crescere professionalmente, di fare un salto di qualità...»

«E allora facci un pensierino.»

«Infatti. Mi sono presa un po' di tempo per rifletterci...»

«Ecco, appunto. Pensaci e, se ti convince, rispondi di sì.»

Le accarezzo i capelli e le sorrido, fiero di come, in poco più di due anni, ho imparato a essere all'altezza del mio compito di compagno attento, presente e supportivo.

Poi arriva la mazzata.

«Il lavoro è a Milano», sussurra Vale senza guardarmi in faccia.

Socchiudo la bocca e soffio fuori l'aria, come se avessi incassato un cazzotto nello stomaco.

«A Milano. Capisco...» dico con un filo di voce, sforzandomi di sembrare normale, per non fare la figura del maschio all'antica che vuole la femmina a casa, tutta per sé.

Ma Valentina pare delusa dalla mia reazione civile e composta.

«Come 'capisco'? Non t'importa? Se vado via per te non cambia niente?»

Oddio, sì. Certo che cambia. Certo che m'importa. La sola idea mi fa disperare e venir voglia di mettermi a piangere, proprio qui, accanto all'aiuola del Policlinico, fregandomene se intorno a noi ci sono centinaia di persone con problemi molto più gravi.

Se ascoltassi il primo impulso mi butterei in ginocchio e le abbraccerei le gambe implorandola di restare con me.

Però non lo faccio. E non perché sono freddo, arido e non so esprimere i miei sentimenti.

Non lo faccio perché so bene che se Valentina si è messa con me e ci resta da due anni senza lasciarmi per un maestro di yoga, un giornalista di fede vegana o qualcuno dei suoi colleghi intellettuali tutti reading, vernissage e cineforum (non sono esempi buttati lì tanto per dire. Prima di conoscermi, la mia ragazza è davvero uscita con almeno un esemplare di queste categorie, perciò c'è poco da scherzare), è perché, al di là di tutte le nostre differenze e dei miei difetti, io posso offrirle quel minimo di stabilità ed equilibrio mentale di cui una come lei ha bisogno. Se adesso mi mettessi a frignare come uno scolaretto, rischierei di rovinare l'immagine virile e affidabile che sono riuscito a costruirmi ai suoi occhi e che è il pilastro di tutta la nostra storia.

Devo trovare la giusta misura per farle capire quanto soffro se lei se ne va, e quindi convincerla a restare, ma nello stesso tempo darle l'impressione di lasciarla libera e di appoggiare qualunque sua scelta.

Come se fosse facile.

Il peggio è che, mentre rifletto su cosa dire e su cosa fare, me ne sto zitto a testa bassa e sembra quasi che stia pensando ad altro, tipo lo schema della squadra per la partita di stasera o le gambe di qualche mia ex fidanzata.

Valentina scuote la testa e si alza. «Io non ci capisco più niente, Stefano. Ti dico che dal prossimo mese potrei andare a vivere in un'altra città e tu reagisci così, come se niente fosse? Allora non te ne frega niente?»

«Me ne frega moltissimo», mormoro.

«A vederti non sembrerebbe. E sai qual è la cosa ridicola? Che fino a cinque minuti fa ero quasi sicura che avrei risposto di no.»

All'improvviso ho l'impressione di respirare meglio.

Ma lei continua: «Però poi sono entrata in quella stanza d'ospedale, ti ho visto con tua madre, che mi odia, e non negare, perché si capisce benissimo che mi odia, e mi sono chiesta: Io cosa c'entro con loro? Chi sono davvero per lui? Beh, mi sono accorta che non avevo la risposta! E adesso, a vederti così tranquillo, penso che sono una specie di accessorio nella tua vita, che per te non cambia niente: se ci sono bene, se non ci sono va bene lo stesso...»

«Non è così, Vale. Tu sei importante per me. Sei la cosa, cioè, la persona più importante. E non voglio che tu parta!»

«E allora perché non me lo dici?»

«Te lo sto dicendo. Però so quanto ci tieni al tuo lavoro, non voglio che tu sprechi un'occasione unica per colpa mia.»

Valentina inizia a camminare avanti e indietro e si tocca l'orecchino sinistro. «Quindi dovrei accettare?» chiede, abbandonando tono e sguardo aggressivi.

«Non lo so, Vale. Sei tu che devi decidere.»

La risposta non le piace e la fa arrabbiare di nuovo. «Siamo in due. Perché devo decidere sempre io?»

La prendo per un braccio: «Va bene. Decido io?

Okay. Fantastico. Allora sai che ti dico? Ti dico un no grande come una casa! Ti dico no perché lontano da te io muoio, perché voglio che tu resti qui, voglio che resti con me, e non per qualche mese o per altri due anni. Voglio che resti assieme a me per sempre. Valentina, io voglio sposarti!»

La frase mi esce perfetta. Lineare, incisiva, appassionata. Se me la fossi studiata a casa, con tanto di prove davanti allo specchio, non sarebbe venuta così bene.

Peccato che la dico proprio mentre un'ambulanza sta passando a mezzo metro da noi.

Valentina, per non essere assordata, chiude gli occhi e si tappa le orecchie, così la prima proposta di matrimonio della mia vita si disperde tra i decibel della sirena.

«Cos'hai detto?» mi chiede appena l'ambulanza si ferma, scaricando una barella con sopra un vecchietto dall'aria piuttosto arzilla che ci saluta con un sorriso gentile.

Prendo un bel respiro. «Ho detto che ti amo e che voglio che tu resti qui. Ma solo se sei davvero sicura.»

Valentina mi scruta per misurare il mio grado di sincerità. Poi mi abbraccia e appoggia la faccia contro il mio petto. «Mi sa che sono sicura», mormora.

E vai! Nella mia testa parte un coro celeste di angeli. L'abbraccio forte e le do un po' di baci sui capelli.

Poi, senza staccarci, camminiamo verso l'uscita, a cercare un bar per mangiare insieme un panino prima che lei rientri al lavoro.

«Sai che è strano?» mi dice Vale. «Ho sempre pensato che avrei fatto di tutto per ottenere un posto come quello. E invece, oggi, mi sono accorta che poteva essere l'offerta migliore del mondo, ma faceva schifo se mi teneva lontana da te. È preoccupante, non trovi?»

«Ma che preoccupante. È una cosa bella.»

Vale si stringe un po' più a me. «Oddio, non mi riconosco più. Se continuo così, un bel giorno pianterò anche il mio lavoro, diventerò una casalinga perfetta e passerò le giornate a cucinare...»

«Non credo che tu corra questo pericolo.»

Valentina ride e stringe di più il suo braccio intorno alla mia vita. «Davvero sei contento se non vado?»

«Sì.»

«Hai paura che poi te lo faccia pesare?»

«No, ho solo un po' paura che un giorno ti penta.»

«E tu non farmi pentire.»

«Te lo prometto.»

Mamma sta bene. Il suo cuore è a posto, e anche tutto il resto.

Deve solo perdere almeno dodici chili, ma per saperlo non c'era bisogno di farla rimanere otto ore in ospedale. Bastava guardarla.

La dimettono alle tre e mezzo. La riaccompagno a casa, mi assicuro che sia tranquilla e che non le manchi niente poi, visto che l'adrenalina in circolo non mi lascia stare fermo, esco di nuovo.

Riesco a entrare in banca due minuti prima dell'orario di chiusura e chiedo un estratto conto aggiornato.

Accidenti.

Più di dieci anni di lavoro fisso, stipendio dignitoso, vita in casa con mamma e quanto sono riuscito a mettere da parte? Quattromilasettecentosessanta euro. Giusto i soldi per uno scooter, oppure per una bella vacanza alle Maldive per due persone. O per tre mesi d'affitto di un monolocale in centro.

Eppure non dovrei stupirmi più di tanto. Milletrecento euro al mese vanno via in fretta tra ristoranti, benzina, assicurazione e rate della Golf, vestiti e uscite varie. E poi sono un tipo generoso: non esco mai dal bar di Cosimo se prima non ho pagato almeno un giro di birre per tutti.

Dovrò rivedere un po' le mie abitudini se d'ora in poi voglio fare sul serio.

Ci penserò con calma quando sarà il momento. Per adesso prelevo cinquecento euro e vado a cercare un anello.

Dopo essere stato mortificato da almeno tre commessi delle gioiellerie più importanti del centro, che arricciano il naso non appena capiscono che non sono disposto a ipotecare due anni di stipendio per l'acquisto di un trilogy, trovo quello che fa per me in un negozietto in franchising nascosto in una via stretta dietro Campo de' Fiori: un anello d'oro bianco con un diamantino minuscolo al prezzo concorrenziale di quattrocentonovantanove euro virgola novantanove.

Valentina non se la prenderà se il suo anello di fidanzamento non è come quelli dei film. Non è mai stata particolarmente sensibile al fascino dei gioielli principeschi. È più la tipa da collane di perline e braccialetti indiani d'argento, e questo mi ha aiutato non poco quando le ho fatto dei regali. Perciò mi sento piuttosto tranquillo, perché, se la conosco bene come credo, so che non correrà da un orafo per farsi fare una valutazione e non misurerà il mio amore in carati.

Con la scatolina in tasca, mi godo il tardo pomeriggio gironzolando come un turista. Passeggio senza meta per le strade assolate, mi rifaccio gli occhi in via Condotti, poi salgo due gradini alla volta la scalinata di Trinità dei Monti e rimiro lo spettacolo di piazza di Spagna vista dall'alto. Mi sento forte e ottimista, così felice che non riesco a non sorridere. Mi prenderanno per matto o ubriaco, ma non ci faccio troppo caso, preso come sono dai miei pensieri.

Valentina non ha tutti i torti a dire che per comodità lascio sempre decidere tutto agli altri. Lo faccio con lei, con mia madre, in ufficio. Anche a calcio, ho sempre e solo fatto il portiere. Sempre a parare e difendere. Presente e pronto, ma senza mai una mossa imprevista, un guizzo, una strategia.

Oggi però è diverso. Oggi ho voglia di decidere e prendere in mano la mia vita.

È una fortuna che Valentina non abbia sentito quello che le ho detto. Una proposta di matrimonio fatta nel piazzale del Policlinico non è proprio il massimo.

Posso rimediare.

Non capita spesso di poter rivivere una scena importante della tua vita e di essere in grado di migliorarla. Io ho questa opportunità e non la voglio sprecare.

Alle sette vado a giocare a calcetto, come sempre.

Al quarto minuto siamo già sotto di uno, ma quando l'arbitro fischia un fallo ai temutissimi Dragons (sette praticanti avvocati poveri, giovani e molto incazzati), sorprendo tutti, salto fuori dalla porta e insisto per calciare il rigore, attirandomi le occhiate perplesse dei miei e i sorrisetti sprezzanti degli avversari.

Posiziono il pallone, mi concentro, prendo fiato, tiro.

Non è una palla, è un missile. Segno.

Non facevo un goal dai tempi delle superiori. Avevo dimenticato quanto fosse grande l'emozione. Urlo come un pazzo e abbraccio i miei compagni di squadra.

La mia rete ci carica di buonumore e finiamo quattro a due per noi. Esaltato come non mai, penso che niente sia meglio di questa bella vittoria per segnare l'inizio di una nuova, felicissima fase della mia vita.

3

Ho scelto un ristorante fuori porta molto famoso tra noi intenditori, con una terrazza sul lago che sembra inventata apposta per gli innamorati.

Valentina resta a bocca aperta mentre il cameriere ci

accompagna al tavolo. Stupita e imbarazzata, liscia con le mani la sua gonna patchwork lunga. Sottovoce, mi chiede perché non l'ho avvertita che la portavo in un posto tanto elegante. «Così magari evitavo di vestirmi come Joan Baez a Woodstock.»

«Chi?»

«Niente, volevo dire che, se lo sapevo, mi mettevo qualcosa di più carino.»

«Sei bella così», la rassicuro. Ed è vero. Anche se la gonna le evidenzia il sedere un po' grosso, la camicia bianca e ampia con la scollatura morbida fa risaltare il suo décolleté che, visto alla luce fioca e calda delle candele, mi sembra più sexy che mai.

Ci sediamo sulle pesanti sedie rivestite di velluto e studiamo in silenzio la carta.

Le fantasiose proposte dello chef sono autentiche promesse di paradiso, e solo leggerle è un godimento. Per qualche istante mi lascio cogliere da una piacevole vertigine e mi perdo in un turbinio di carpacci, sfoglie e consommé, dimenticando il vero motivo per cui sono qui.

Con una certa difficoltà, mi ricordo che non devo abbuffarmi come un bisonte. Mica posso tirare fuori la scatolina magica a fine cena, con l'occhio a mezz'asta, la digestione in corso e la cintura dei pantaloni slacciata.

Quindi scelgo un antipasto leggero a base di vongole e tartufo, e mi concentro sul vino. «Ti va un Sassicaia 2005?»

«Okay», risponde Vale senza alzare la testa dal menu, indecisa sulla non facile scelta tra gnocchetti alla crema di scampi e spaghetti al polpo.

Le piace bere, ma non è un'intenditrice. Vorrei trovare il modo di farle capire che ho scelto una delle bottiglie migliori e più costose. Ma non mi viene in mente nulla di raffinato. Potrei sempre specificarle: «Ti va un Sassicaia da duecento euro?» però non mi sembra il caso di fare la figura del cafone proprio stasera.

Appena il cameriere, più bello di un attore di Hollywood, se ne va con le prime ordinazioni, arrivano le paure e i dubbi.

Di colpo non sono più sicuro di niente. Non so se sia meglio fare la proposta ora, dopo un brindisi romantico, oppure se sia meglio mettere prima qualcosina nello stomaco, per placare i morsi della fame ed evitare svenimenti (mica suoi, miei). E poi: mi devo inginocchiare? Come reagisco se mi dice di no? Esiste una faccia di circostanza per questo genere di rifiuto? Se non mi sposa cosa devo fare? Fingere indifferenza, continuare a mangiare le mie vongole e cambiare argomento? Oppure offendermi, alzarmi e lasciarla qui da sola a meditare sul suo errore?

La voce di Valentina mi obbliga a uscire dal vortice di paranoie. «Non è che sei già stato qui con qualche ex?» mi chiede sorridendo.

«Mai. Giuro.»

È così. Una volta stavo per farlo, nel senso che avevo riservato un tavolo per portarci Helena e tentare di ricucire il nostro rapporto, ma lei mi aveva lasciato prima.

Valentina, soddisfatta della risposta, si sporge per darmi un bacino, ma si tira subito indietro per non bruciarsi i capelli con la candela.

Ridiamo. E proprio mentre io mi rilasso e dimentico il copione, ecco che accade il fatto imbarazzante.

I fatti imbarazzanti, in questi casi, devi sempre metterli in conto.

Sai che possono capitare cose poco simpatiche, del tipo che proprio durante la proposta ti viene da starnutire e lo fai, ma hai scordato il fazzoletto, così resti lì con il moccio al naso e sei costretto a pulirti con il tovagliolo di lino. Oppure a metà frase ti scappa un rutto, o peggio.

Ma quello che succede a me è al di là di ogni previsione.

L'atmosfera romantica, il lago, l'emozione e il pensiero dell'antipasto che sta per arrivare hanno quasi azzerato la mia prontezza di riflessi. Perciò, quando il cameriere accompagna al tavolo accanto al nostro una coppia di clienti eleganti, non noto nulla di strano, se non che sembrano contenti e su di giri, esattamente come noi, con in più quella corrente speciale che passa tra due persone che non sono ancora state a letto insieme ma sanno che è solo questione di ore.

Quando si siedono a mezzo metro da noi, e il cameriere accende la candela, li vedo finalmente in faccia. E loro vedono me.

Restiamo tutti e tre immobili per qualche secondo. Non muoviamo un muscolo. Non respiriamo nemmeno. Poi, una volta preso atto che è troppo tardi per fuggire, ci rassegniamo all'evidenza e fingiamo di essere disinvolti.

«Geometra Ruocco.»

«Direttore», rispondo, scattando in piedi come un militare.

Poi mi volto verso Ada e porgo la mano anche a lei, cercando di mascherare dietro un sorriso tranquillo le cose orribili che sto pensando sul suo conto.

«Stefano, che bella sorpresa», mormora la mia collega evitando di guardarmi negli occhi. Le luci soffuse non riescono a nascondere il color porpora sul suo viso.

Io invece lo faccio apposta a fissarla. In fondo mi ha appena rovinato la serata, mi pare il minimo che si senta un po' in colpa.

Valentina è l'unica tranquilla. Ma lo rimane solo fino a quando, gentile, sposta una sedia rimasta libera e dice al dottor Giuliani: «Faccio un po' di spazio, così sua moglie può appoggiare la borsa», e io le tiro un calcio sotto il tavolo.

«Ahia!» esclama, sobbalzando e peggiorando ancora di più la situazione. Ci vogliono un bel po' di occhiatacce e tutta la mia mimica per farle capire che deve stare attenta a come parla.

Ma la cena deve proseguire. Siamo troppo vicini per ignorarci, quindi diventiamo nei fatti un tavolo unico, con quattro commensali che vorrebbero trovarsi da tutt'altra parte e cercano disperatamente un argomento di conversazione. Impresa non facile, visto che non si può parlare di:

– lavoro, perché il dottor Giuliani stringe nei suoi palmi grassocci l'intero organico aziendale, e in questo periodo resta ore chiuso nel suo ufficio, con contabili e consulenti, a discutere della crisi del settore. Quando esce e cammina rapido nei corridoi del terzo piano, evita di guardare gli impiegati dritto negli occhi e questo non è un buon segno;

- politica, perché il dottor Giuliani non perde occasione per manifestare le sue simpatie per il centrodestra e Valentina non brilla per diplomazia, soprattutto quando parla di immigrazione, bioetica, precariato e scuola pubblica;
- vita personale e altri argomenti generici come famiglia e vacanze, per ovvi motivi. A questo proposito, noto che il direttore, vista l'occasione speciale, non porta la fede. Stasera siamo due uomini con un anello in tasca, ed è l'unico punto che abbiamo in comune.

Finisce che per due interminabili ore parliamo del tempo, delle stagioni impazzite, dell'autunno che si preannuncia freddo e dell'ultima fiction con Raoul Bova, che ha fatto record di ascolti ed è un po' su tutti i giornali.

La preziosa bottiglia di Sassicaia rimane a metà. L'antipasto di vongole è favoloso, ma lo butto giù come se fosse un'aspirina, senza provare nemmeno un decimo del piacere che merita.

«Il dolce te lo preparo io a casa», propongo a Valentina approfittando della pausa in cui Ada va in bagno e il direttore riceve una chiamata della moglie, che lo tranquillizza e gli dice di finire con calma la sua cena d'affari, visto che al bambino più piccolo la febbre è quasi passata.

Il conto ammonta a trecentosettanta euro. Colpa del vino, perlopiù. Non buttavo via i soldi così da quando ho sottoscritto per sbaglio l'abbonamento alla formula *Oroscopo e Suonerie* sul telefonino.

Pago con la carta di credito. Un po' perché fa figo, un po' per non vedere il mio portafogli assottigliarsi inutilmente.

A casa, preparo due coppette di crema catalana con sopra le fragole disposte a forma di cuore.

Considero la possibilità di nasconderle l'anello nel dolce, per essere almeno un po' originale. Ma mi rendo conto che rischierei di farle spezzare un dente, dettaglio che potrebbe influenzare la sua risposta, perciò lascio perdere.

Il misero fallimento del mio piano A si è portato via un bella fetta di entusiasmo. Così non riesco a improvvisare niente di speciale. Non mi inginocchio, non le faccio chiudere gli occhi, non canto, non ballo.

Semplicemente, aspetto che Valentina finisca di mangiare il dolce, poi la interrompo mentre sta ridendo e facendo battutine sciocche sul direttore e su Ada («Va bene farsi l'amante, ma non poteva sceglierne una un po' più carina?»), le prendo le mani, la guardo negli occhi e le dico solo: «Valentina».

Le porgo la scatola.

Lei la apre, sorride e dice: «Grazie!»

Grazie?

Tutto qui? Nei film a questo punto le donne piangono, ridono, impazziscono, vanno in estasi. Valentina no. Valentina dice «grazie», poi si infila l'anello.

Accidenti. Questa parte toccava a me. Ho scordato un passaggio fondamentale. Ma non posso chiederle di toglierlo per rifare tutto per bene.

Così, mentre lei osserva un po' la sua mano inanellata e un po' la mia faccia, ritrovo il filo e farfuglio: «Vuoi sposarmi?»

Risponde: «Sì».

La bacio, mi bacia. Ci guardiamo un po' negli occhi, e siamo abbastanza contenti. Poi lei mi chiede se posso dar da mangiare ai gatti mentre lei va in bagno, perché quando si emoziona le scappa sempre la pipì.

«Devo una pizza a Sofia», si lascia sfuggire più tardi, seduta sul divano davanti alla tv, mentre si rigira l'anello al dito per capire se la misura è quella giusta o se è il caso di farlo allargare un po'.

«Perché?»

Valentina ride. «Perché ha scommesso che me l'avresti chiesto entro la fine di quest'anno.»

«Ah.»

«Io invece dicevo che avresti temporeggiato, come al solito, e che avrei dovuto chiedertelo io.»

Mi accarezza i capelli e mi dà un bacio sull'orecchio. «Però è una scommessa che perdo volentieri», mormora, con il naso appoggiato alla mia guancia.

Un po' ci resto male. Mi ero illuso di aver fatto un gesto pazzesco e romantico, di quelli che sconvolgono la vita di una donna e ora scopro che lei non solo se l'aspettava, ma ci scommetteva pure sopra come all'ippodromo.

Ma con Valentina è così, è normale faticare un po' per starle al passo. Arriva sempre un attimo prima di me su tutto. Sarà anche per questo che mi sono innamorato di lei.

Matrimonio

1

Il bar di Cosimo si è trasformato in un resort su una spiaggia della Tunisia.

Io, Igor e gli altri improvvisiamo una partita a calcio sulla sabbia bianca. Cosimo sorride, prepara tramezzini e stappa birre ghiacciate. In vent'anni non l'ho mai visto sorridere, quindi capisco fin da subito che questo è un sogno. Però è un sogno meraviglioso, in cui l'aria è tiepida, il mare è caldo e trasparente, io sono tonico e abbronzato, faccio certe parate acrobatiche che nemmeno in Coppa del Mondo e a guardarmi ci sono modelle in bikini che applaudono e gridano il mio nome. Quindi non ho nessuna intenzione di svegliarmi e, quando la più carina tra le ragazze fa invasione di campo e mi afferra per un braccio, subodoro la fregatura, non le do retta, dico «lasciami» e cerco di spostarmi. Ma lei insiste, mi scrolla sempre più forte, finché tutto scompare e io devo dire addio a quel paradiso terrestre a misura di maschio medio.

Mi rigiro e mormoro «no, lasciami» ancora una volta. Sto per implorare Valentina di farmi dormire ancora un po', con l'illusione di poter ritrovare il filo e riprendere il sogno da dove l'ho interrotto. Ma poi mi rendo conto che il viso preoccupato proprio sopra il mio non è quello della mia bella fidanzata, bensì quello di uno sconosciuto sui venticinque anni con il pizzetto biondo.

«Tutto bene, signore?» chiede piano il ragazzo, toccandomi ancora il braccio, questa volta più delicatamente.

Intontito e disorientato, balzo a sedere sul letto, aggrappandomi al piumino. Il ragazzo mi guarda e sorride. Poi, con fair play tutto svedese, inclina la testa e ripete: «Tutto bene?»

Le forti luci al neon, la folla e infine il tesserino con la scritta IKEA appeso alla sua camicia gialla mi riportano alla realtà. Cerco di darmi un contegno.

«Scusi, ho solo chiuso gli occhi per un secondo...»

«Veramente è rimasto lì per mezz'ora», mi rivela lui a voce bassa. «Non ho osato chiamarla prima, aveva un'aria così beata. Qualche cliente mi ha anche fatto i complimenti per la trovata pubblicitaria...»

Mi strofino la faccia e chiedo ancora scusa: «Sono desolato. È che mi sposo tra un mese e mezzo. Ormai vivo in una dimensione parallela fatta di mobilifici, catering e liste nozze. Non ricordo più l'ultima volta che ho visto la luce del sole».

Lui m'interrompe, gentile e complice: «Ha tutta la mia comprensione. La mia ragazza mi costringe a passare i giorni liberi all'outlet a caccia di stivali a metà prezzo. Per riposarmi a volte fingo di avere la febbre».

Ci facciamo una risata. In casi come questo il senso dell'umorismo aiuta. Vorrei spiegarlo anche a Valentina, che mi ha appena visto da lontano e ora si sta sbracciando nella mia direzione. «Stefano! È da un'ora che ti cerco!» urla.

Un paio di signore che le passano accanto si voltano, curiose di vedere la faccetta birichina del bambino Stefano, che fa arrabbiare così la sua giovane mamma. Restano deluse quando, invece di un tenero cucciolo d'uomo, si ritrovano davanti un maschio di trentatré anni, con le occhiaie e la barba scura di due giorni.

«Stavo provando il letto. Sai che il materasso Sultan non è male?» dico alla mia dolce metà, alzandomi e strofinandomi il braccio destro per riattivare la circolazione.

«Lo sai che non possiamo scegliere il materasso finché non abbiamo sistemato le mensole in soggiorno», replica lei, scuotendo la testa.

Chi si sta chiedendo cosa c'entrino le mensole con il materasso non si è ancora sposato e non sa che l'aspetto più stressante dei preparativi per un matrimonio non sta tanto nella quantità delle cose da fare, quanto nei mille link invisibili eppure essenziali che collegano ogni singolo elemento ad altri duecento.

Valentina mi prende a braccetto e, senza consultarmi, punta dritta verso il reparto cucine, dove vuole risolvere una volta per tutte la scottante questione delle maniglie dei pensili.

Da due mesi le è cambiata la voce.

Il volume è più alto, il tono più acuto. E ogni frase ha la stessa intonazione di rimprovero. Ormai qualsiasi cosa mi dica, anche un semplice «che ora è?» mi fa sentire in dovere di giustificarmi.

Colpa dell'ansia. Era prevedibile, conoscendo Valentina. Le sembra di non fare mai abbastanza ed è sempre agitata. Spero che quando saremo marito e moglie e questo delirio sarà finito, tornerà come prima. Mi manca la sua vecchia voce.

E dire che stavamo andando bene. Dopo la mia proposta di matrimonio abbiamo passato un bel periodo. Il pensiero che ci saremmo sposati era dolce e rassicurante. La cosa che mi piaceva più di tutte era vedere le sue guance diventare di un tenero rosa quando, di fronte agli amici e ai parenti, allungava la manina con l'anello e dava la grande notizia con gli occhi che brillavano.

Per qualche tempo non abbiamo parlato dei dettagli tecnici, fatta eccezione per qualche vaga idea per il catering, a base di pesce fresco e frutta biologica.

«Sarà una cerimonia semplice», ripetevamo sorridenti a chi faceva domande indiscrete sull'organizzazione dell'evento. Dopo di che ci guardavamo negli occhi pensando entrambi la stessa cosa: Non faremo come tutti gli altri.

Poi, una domenica di gennaio, mentre fuori pioveva, i gatti ronfavano e io giocavo alla playstation, Valentina aveva chiuso di colpo il manoscritto che stava valutando (l'opera prima di un presentatore abbastanza noto che sosteneva di poter parlare con i pesci rossi), si era tormentata un po' l'orecchino destro senza mettermi al corrente dei suoi pensieri, poi si era alzata e aveva preso fiato: «È meglio se ci sposiamo in chiesa».

L'avevo guardata, stupito: «Come mai hai cambiato idea?»

«Non ho cambiato idea», aveva risposto. «Per me la cerimonia in Comune è l'ideale, sai, per una questione di coerenza. Però pensavo alle nostre famiglie. Tua madre è molto religiosa.»

«Non particolarmente...»

«Come no? Per Natale mi ha regalato un portapillole di Padre Pio!»

«Le sembrava un'idea originale e raffinata. Sai che mamma ha dei gusti un po' personali.»

«Però me l'hai detto tu che quando ha saputo che volevamo sposarci in Municipio si è messa a piangere.»

In realtà, mamma era scoppiata in lacrime quando le avevo detto che mi sposavo e basta, senza darmi il tempo di aggiungere se lo facevo in chiesa, in Comune, sott'acqua o lanciandomi col paracadute. Era talmente emozionata e confusa che la sua prima domanda è stata: «Con chi?» ma ho preferito tenere Valentina all'oscuro di questi dettagli.

Da allora, ogni giorno, mamma si fa almeno due bei pianti regolari. Si commuove per tutto: piange quando le chiedo in che cassetto ha messo i miei calzini, piange quando porta in tavola la minestra, piange quando guarda le miniserie su Raiuno. Una volta l'ho beccata a lacrimare persino davanti a una lite tra condòmini a *Forum*.

Come immaginavo, il contrordine non era servito granché. Mamma, anziché essere contenta che Valentina avesse deciso di venirle un po' incontro, mi aveva abbracciato stretto mormorando: «Allora ti sposi sul serio?»

Ma ormai la decisione era presa. Avevamo imboccato la via del matrimonio tradizionale e non potevamo più tornare indietro.

Non sapevo quanto avrei rimpianto quella domenica sonnacchiosa, perché da quel giorno la pace è finita e noi siamo stati risucchiati dal vortice dei preparativi.

È partito tutto dalla lista degli invitati, che ha iniziato a espandersi in modo incontrollato. Ogni volta che la guardavo era più lunga. Sembrava animata di vita propria. In base alla regola universale dei matrimoni, per cui se inviti ics devi per forza invitare anche ipsilon, moglie di ipsilon e bambini di ipsilon, ogni persona aggiunta se ne portava dietro almeno altre sette, e non c'era verso di tagliare da nessuna parte, senza il timore di offendere qualche parente o amico.

Così, in poche settimane, siamo passati dal matrimonio ideale di Valentina (io, lei, i testimoni, una firma in Comune e un brindisi davanti al tramonto) al matrimonio ideale di nessuno, con centotrenta invitati, festa in agriturismo, chiesa addobbata dal flower designer, coro gospel, bomboniere e segnaposto e una miriade di piccole seccature indispensabili, che per organizzarle e incastrarle senza combinare disastri devi avere l'abilità strategica di un campione di Risiko.

Al momento, il novanta per cento dei nostri discorsi

è costituito da elenchi di incombenze grandi, piccole e medie.

In più Valentina, che per sua natura è abituata a guardare sempre avanti, ogni volta che si occupa di un dettaglio, invece di concentrarsi su quello ed essere un po' felice di risolverlo, si mette a pensare a tutto quello che ancora non è a posto. Così, mentre sceglie il colore della cucina telefona all'estetista per la prova trucco, mentre prova le scarpe medita sul colore delle tende, mentre fa l'elenco delle persone che ci siamo scordati di invitare chiama il negozio per la lista nozze, mentre scrive a mano gli indirizzi sugli inviti decide di proporre un'alternativa vegetariana al catering eccetera.

Ogni giorno che passa è un po' peggio del precedente.

Con la scusa che il lavoro mi impegna di meno, mi telefona almeno quattro volte al giorno, affibbiandomi un assortimento di commissioni da fare quando esco dall'ufficio. Così, alle cinque in punto, mentre tutti i colleghi vanno a casa a riposarsi, io inizio una seconda giornata lavorativa, molto più faticosa della prima.

A malincuore, ho dovuto smettere la palestra e diradare il calcetto. In più di vent'anni non ho mai rinunciato alle mie tre partite settimanali, e adesso è già tanto se mi presento in campo due volte al mese.

Ho spiegato ai miei compagni di squadra che, appena avrò sistemato la faccenda del matrimonio, tornerò quello di prima. Loro fanno sì con la testa, ma è chiaro che non ci credono. Un po' scherzando e un po' no, hanno iniziato a chiamarmi «lo schiavo» e hanno ingaggiato un portiere nuovo, con i capelli rossi e il collo taurino, che non so ancora se mi è antipatico o mi fa solo paura.

Infine c'è stata la sorpresa della casa. Il padre di Valentina, tanto per infliggermi l'ennesima umiliazione, ha versato di sua iniziativa un anticipo di centomila euro a un amico costruttore per un tricamere alla Bufalotta.

Ci ha messo davanti al fatto compiuto.

«Vi accompagno a vedere il nostro regalo di nozze», ha detto un giorno, a tavola. E, senza darci il tempo di finire il caffè, ci ha caricato sul suo SUV e ha puntato deciso verso l'estrema periferia nordest. Per un attimo ho sperato che stessimo andando al centro commerciale per vedere il megaschermo a cristalli liquidi che, in un lampo di ottimismo, avevo aggiunto di straforo in lista nozze. Invece no. Ci ha portato al quinto piano di un palazzone appena costruito poco lontano dallo shopping center e ci ha consegnato le chiavi, assicurandoci che l'immobile sarà parecchio rivalutato negli anni a venire. Mi sono imposto di dargli retta e pensare positivo, ripetendomi che quella che a me sembrava una gabbia di cemento in realtà era una miniera d'oro. Ma ho dovuto comunque discutere con Valentina, perché la mia faccia non era abbastanza felice e ho fatto la figura dell'ingrato.

Sia chiaro, non ho cambiato idea. Sono felice di sposarmi. Ho l'età giusta, un lavoro fisso, un rapporto di coppia più solido di quello della maggior parte delle persone che mi circondano e, soprattutto, sono convinto che in vita mia non incontrerò mai più una donna come Valentina.

Sono solo esausto e credo di avere diritto a un minimo di comprensione se di sera crollo addormentato davanti alla televisione, e di giorno in ufficio con la testa sulla scrivania o su un qualsiasi letto in esposizione. Oppure se, nei brevi momenti di tregua, invece di portare Valentina a vedere il nuovo film di Spike Jonze, preferisco correre dietro a un pallone, o da Cosimo a farmi una birra. Oppure se mi capita di provare una forte attrazione sessuale per qualche ragazza tutta diversa dalla mia futura moglie. È solo il bisogno di riposo e la voglia di evadere, almeno con la testa. Non è niente di grave.

Spero.

2

Valentina non è mai stata gelosa. Almeno non nel senso tradizionale. Non le verrebbe mai in mente, per esempio, di fare come la mia ex, Helena, che non perdeva occasione per controllare il mio cellulare, le mie tasche e la mia mail, convinta che dietro ogni donna si nascondesse una nemica.

Valentina non mi spia, non fa scenate e, se qualcuna per strada si volta a guardarmi (a volte succede ancora, per fortuna), lei ci ride su e poi le trova subito qualche difetto, quasi ci tenesse a ricordarmi che solo le sfigate mi trovano attraente. I primi tempi ci rimanevo male, convinto com'ero che gelosia e amore fossero sempre direttamente proporzionali. Però poi ho ripensato alle piazzate di Helena, ai suoi interrogatori ogni volta che uscivo con gli amici. Ma soprattutto ho ripensato all'istruttore di fitness per cui mi ha mollato da un giorno all'altro, e mi sono reso conto che forse chi è ossessionato dall'idea del tradimento in realtà è il primo ad avere voglia di qualche novità. Così ho iniziato a interpretare gli atteggiamenti di Valentina come un segno di fiducia e non di disinteresse, e stare assieme a lei sotto questo punto di vista è diventato parecchio rilassante.

L'unica volta che abbiamo rischiato di litigare per un'altra donna è stato per colpa di Angelina Jolie. È accaduto mesi fa, in tempi non sospetti, quando conoscevamo ancora il prezioso piacere di perdere tempo dopo aver fatto l'amore, di coccolarci, di mangiare il gelato sotto le lenzuola, chiacchierando del più e del meno.

«Ti capita mai di pensare a un'altra mentre sei a letto con me?» mi aveva chiesto di botto.

Il mio «no» forse era stato un po' troppo veloce, e non era servito a convincerla.

«Impossibile», aveva detto sdraiandosi sopra di me, per fissarmi bene negli occhi. «Guarda che è normale. Nel sesso la fantasia è importante...»

«E tu? Pensi a qualcuno?»

«Non vale. Te l'ho domandato prima io.»

Avevo negato per due o tre volte, poi mi ero arreso. «Ogni tanto.»

«E a chi?»

«A chi sono fatti miei.»

«Non fare il timido...»

«Vuoi proprio saperlo? Penso ad Angelina Jolie.»

Non era una bugia. Era solo un'infinitesima parte della verità. Non le avrei confessato nemmeno sotto tortura che mi capita continuamente di fantasticare su altre donne: dalla cassiera del bar dove faccio colazione al mattino alla sorella di Igor, ad almeno dodici colleghe (Ada esclusa per ovvi motivi) e tre o quattro stagiste, più un numero imprecisato di perfette sconosciute incrociate per strada. Un uomo che non fantastica sul sesso è un uomo morto. E non in senso metaforico. Se nella testa di un maschio non ci sono fantasie, significa che non c'è attività cerebrale. Questo non ha minimamente a che fare con l'attrazione che uno prova per la propria compagna. Sono le differenze fondamentali tra maschi e femmine. Sfuggono a ogni logica, perciò è inutile spenderci su troppe parole.

Ma, com'era prevedibile, la mia banale confessione non l'aveva accontentata per niente.

«Dai, racconta», aveva insistito, con gli occhi che le brillavano e la voce bassa e sensuale.

«Mi vergogno.»

«Ci siamo solo noi due, qui. Mica ti vergognerai di me.»

«Prometti che non ridi.»

«Prometto.»

«Stai già ridendo.»

«Sto sorridendo, è diverso.»

«Va bene. Nella mia fantasia preferita, faccio sesso con Angelina Jolie nel prato dello Stadio Olimpico. Proprio nel cerchio di centrocampo. Con le gradinate piene», avevo confessato in un fiato. Poi avevo aggiunto in tono sommesso, senza alzare gli occhi: «E tutti applaudono e fanno la ola».

Ognuno ha le proprie perversioni. Conosco uomini che riescono a fare l'amore soltanto con tipe vestite da infermiera, e altri che non escono di casa se prima non hanno contato quanti calzini hanno nel cassetto. Io ho questo pensiero fisso su Angelina. Non è niente di speciale e sono pronto a scommettere il mio prezioso autografo di Tiziano Ferro (Rosso Relativo Tour, Latina 2002) che non sono l'unico.

Valentina non aveva riso. Però aveva fatto una smorfia che mi aveva fatto ugualmente pentire della mia sincerità.

«E io? Io dove sono?» aveva chiesto, confermando la mia teoria per cui su determinate cose uomini e donne parlano lingue diverse.

Che domanda era «Io dove sono?»

È ovvio che in certi pensieri lei non c'è. Non esiste proprio. Oppure, se esiste, sta a migliaia di chilometri di distanza. Possibilmente in un villaggio nel cuore della foresta Amazzonica senza luce né telefono né Internet, visto che la notizia della Jolie che fa sesso sul prato dell'Olimpico potrebbe diffondersi con una certa velocità.

«Tu sei lì con noi», avevo mentito con dolcezza, accarezzandole una guancia.

La mia risposta però non l'aveva accontentata. Si

era raggomitolata sul suo lato del letto e aveva spento la luce senza nemmeno dirmi buonanotte. Da allora, per un tacito accordo, non abbiamo più visto insieme un film con Angelina. Ma, quel che è peggio, ogni volta che intorno a noi qualcuno nomina per caso lo Stadio Olimpico, Valentina ne approfitta per lanciarmi qualche frecciata cattiva.

Quella conversazione surreale mi torna in mente appena incontro Angelina Jolie in carne e ossa.

Sono appena uscito dall'ufficio, con il mal di testa e una stanchezza diffusa, dovuta non tanto al lavoro, che con la nuova gestione scarseggia ancora più di prima, ma al pensiero della serata estenuante che mi attende: un porta a porta tra zii e conoscenti di Valentina per consegnare personalmente gli inviti. Il che significa buttare giù almeno venti caffè, perché rifiutare non è mai carino, e trovare gli argomenti giusti per una conversazione interessante ma breve con persone sconosciute, spesso anziane e un po' sorde.

Sono talmente a pezzi che, quando sento gridare, per un attimo sono tentato di comportarmi da perfetta bestia metropolitana, e cioè far finta di niente, salire in fretta sulla mia bella macchina, far scattare la sicura e filare via.

Ma poi mi faccio paura da solo: un semplice matrimonio non può già avermi abbrutito fino a questo punto. Scaccio i pensieri di fuga e mi guardo intorno, finché capisco che le urla arrivano da una Mini Cooper rossa parcheggiata a pochi metri dalla mia Golf.

Mi avvicino.

L'auto ha la portiera aperta dalla parte del passeggero. Una ragazza giovane, con i capelli castani lunghi fin quasi alla vita, sta strillando «Lasciami!» e si divincola dalla stretta di un uomo. Poi scende e sbatte forte la portiera, cominciando a correre nel piazzale verso i palazzi dell'ufficio. Per fortuna, in jeans stretti e sneakers basse, può muoversi veloce. Ma il suo carceriere, un tipo smilzo e losco, con la pelle cotta dalle lampade e gli orecchini alla Fabrizio Corona, non si dà per vinto. Esce dalla macchina, la insegue, la raggiunge, le afferra un braccio e glielo torce, bloccandola di nuovo e strappandole un piccolo grido di dolore.

A quel punto la ragazza si volta e mi guarda. I grandi occhi grigio-azzurri, che mi lanciano una disperata e muta richiesta di aiuto, sono quelli di Angelina Jolie.

Il mio respiro si ferma e il mondo si ferma con lui.

Angelina è in pericolo e solo io posso salvarla. Questo è l'unico, semplice pensiero che riesco a formulare.

Il resto è puro istinto.

Senza riflettere, mi metto a correre a testa bassa verso il tizio abbronzato e urlo: «Lasciala!»

Lui si gira, scocciato: «E tu fatti i cazzi t...»

Non termina la frase, perché lo colpisco in piena faccia.

Nel mio pugno non c'è solo tutto il mio amore per Angelina e la voglia di battermi per lei. C'è anche la tensione accumulata negli ultimi mesi, la paura per l'inizio di una nuova vita, la frustrazione di non poter comprare una casa per la mia futura moglie, i sensi di colpa verso mia madre, l'abbrutimento delle ore passate in ufficio a non fare niente, più tanta energia repressa che doveva pur sfogarsi in qualche modo, visto che ultimamente faccio poco l'amore e ho quasi smesso con lo sport.

Lo stendo senza quasi accorgermene.

Il sangue che gli esce dal naso, invece di preoccuparmi, mi procura un piacere primordiale. I battiti del cuore aumentano, i sensi sono all'erta, il mio corpo si riscalda. Se mi lasciassi andare del tutto, mi metterei anche a fare versi animaleschi di vittoria, battendomi i pugni sul petto come un cavernicolo. Ma poi ricordo che ho di fronte una signora e mi ricompongo.

Guardo Angelina e, massaggiandomi le nocche doloranti, le sorrido per farle capire che ora è tutto sotto controllo. Mi aspetterei almeno un «grazie», invece lei mi fissa senza dire niente, poi fruga nella sua borsetta di plastica rosa, prende dei fazzolettini di carta e li porge al giovane criminale.

«È meglio che vai a casa», gli dice in tono quasi materno. Ha una voce bassa, resa ancora più piacevole da un accento straniero che si percepisce appena. «Ti chiamo stasera.»

Lui si rialza, si passa un fazzoletto sul naso, vede il sangue e impallidisce. Mi fissa e mormora «stronzo», poco convinto e ancora stordito. Solo ora noto che, sotto l'abbronzatura, ha ancora i brufoli dell'adolescenza. È più giovane di quanto pensassi. Se è minorenne sono finito.

Mi passa accanto senza farmi niente, sale in macchina e parte sgommando.

Angelina Jolie osserva la Mini che si allontana. «Mi sa che ci è rimasto male», dice, mentre prende il cellulare rosa e inizia a digitare un sms.

«Ti stava picchiando e ti preoccupi per lui?»

Angelina scuote la testa. «Non mi picchiava. Era solo una discussione», mi spiega, paziente. «Patrizio è il mio ragazzo. È un po' nervoso di carattere, però mi vuole bene.»

Invia il messaggio e poi mi guarda ancora, regalandomi un sorriso disarmante, a cui riesco a rispondere soltanto con una smorfia ebete.

Naturalmente lei non è la vera, originale Angelina Jolie. Però è la sua sosia. O meglio, è come sarebbe Angelina se solo si decidesse a mangiare un po' di più e se fosse il tipo che se ne va in giro con la borsa di Hello Kitty e un ciondolo a forma di orso appeso al telefono.

Anche se le ho appena picchiato il fidanzato, non sembra arrabbiata con me. «L'ho capito che volevi aiutarmi. Sei stato gentile. Adesso però devo andare. È il mio primo giorno di lavoro e sono già in ritardo.»

Sto per rassegnarmi a guardarla per l'ultima volta, quando lei punta l'unghia rosa e bianca del suo indice in direzione del portone dell'ufficio. «Faccio le pulizie lì. Mi hanno appena preso in cooperativa.»

So che è sbagliato, ma esulto in silenzio. Il pensiero

che potrò incontrarla ancora mi riempie di stupida felicità.

«Allora ci vedremo, qualche volta», le dico.

Lei annuisce. Poi mi saluta ma prima mi dice che si chiama Marika.

Allungo la mano, ancora indolenzita per il pugno all'orrido Patrizio, e stringo la sua.

La guardo correre e sparire nel portone. L'immagine del suo bel sedere mi rimane stampata nel cervello per qualche piacevole minuto.

Salgo in macchina fischiettando.

La spossatezza di poco fa è svanita. Una immotivata euforia mi resta addosso per tutta la serata, e mi permette di affrontare parenti di ogni età e grado con il sorriso e la voglia di essere gentile e socievole.

Tutti fanno i complimenti a Valentina perché si è trovata un fidanzato così bello e simpatico. Sono talmente entusiasti di me che alla fine lei si scoccia pure un po'.

«Sembrano stupiti di vedermi con un uomo normale. Con chi credevano che mi sposassi? Con Lerch della famiglia Addams?» mi chiede vagamente aggressiva, quando usciamo dall'ultimo appartamento. Però si capisce che non è arrabbiata sul serio e che, sotto sotto, è felice che io le faccia fare bella figura.

Il mio orario di uscita normale è le sedici e cinquantacinque.

Marika attacca il suo turno alle diciassette.

Quindi, di solito, non ci vediamo proprio, o al massimo ci incrociamo sulle scale e ci salutiamo con un semplice ciao in tutta fretta, poi io esco in tempo per sentire il rombo della Mini di Patrizio che sfreccia via.

Qualche volta, però, devo fermarmi di più in ufficio, non per fare lo straordinario (non ce n'è proprio bisogno), ma perché, con il nuovo regolamento aziendale, chi arriva in ritardo al mattino è obbligato a recuperare la sera stessa. A me capita di fare tardi almeno una volta alla settimana, perché sono così stanco che spesso spengo l'allarme del cellulare senza accorgermene, e mia madre impiega un po' a svegliarmi. Sostiene che quando dormo sembro un angelo e le piace starmi a guardare.

Da noi al terzo piano ogni impiegato recupera come meglio può: c'è chi legge il giornale, chi aggiorna il profilo su Facebook, chi telefona. I più creativi disegnano caricature dei colleghi con il Tratto Pen, o scrivono poesie, racconti o autobiografie.

La mia attività di recupero, ultimamente, si chiama «evitare di rimanere nella stessa stanza con Marika». La sua presenza mi scombussola troppo. Faccio il possibile per non guardarla quando spolvera le veneziane arrampicata sulla scala, oppure quando si china per passare bene lo straccio dietro gli schermi dei computer, enormi e ingombranti perché risalgono agli anni Novanta. Al contrario degli altri colleghi maschi, che fanno di tutto per attaccare discorso, le offrono caffè e cappuccini alla macchinetta o cercano le parole giuste per commentare i video su YouTube e farle capire che in fondo non cambia molto tra avere quarant'anni e averne ventitré, io cerco sempre una scusa per andarmene da qualche altra parte, perché starle vicino mi fa sentire un uomo debole.

Capisco che ho esagerato a mantenere le distanze quando Marika mi coglie alle spalle mentre sto riordinando gli archivi nell'armadietto in corridoio.

«Scusa, sei arrabbiato con me?»

Il faldone che stavo maneggiando cade a un millimetro dal mio piede. «Chi, io? Figurati.»

Marika si posa una mano sul fianco. «Sicuro?» insiste. «Sei l'unico che non mi parla mai.»

«No, mi dispiace se ti ho dato questa impressione. È solo un po' di stanchezza. Mi sposo tra due settimane, sono un po' stressato.»

«Ti sposi? Che bello!»

Con un po' di delusione, mi accorgo che sorride. La notizia del mio matrimonio non l'ha sconvolta nemmeno un po'. Chissà cosa mi aspettavo, poi.

Mi dà due baci sulle guance per farmi le congratulazioni e io sento le gambe che tremano. Ha un buon profumo. Dolce. Proprio come me lo immaginavo.

«Sono contenta che non ce l'hai con me», ripete, prima di ritornare alle sue faccende. Quando è già in fondo al corridoio, si volta e mi fa ciao con la mano.

Io le sorrido, con l'aria di chi sta tenendo tutto sotto controllo.

Poi, quando sono sicuro che non mi vede nessuno, batto piano la testa contro l'armadio di metallo.

3

La sposa è bellissima. Ha un abito-sottoveste a vita alta color avorio che la rende slanciata come una modella.

La seta le scivola addosso mentre cammina emozionata e lenta a braccetto di suo padre. Se potessi, prima dell'inizio della cerimonia, la rassicurerei dicendole che sui suoi fianchi non c'è traccia della Viennetta Algida intera che si è fatta fuori da sola per stemperare la tensione.

Mi ha telefonato ieri sera intorno alle undici e mezzo, singhiozzando perché aveva mal di stomaco ed era convinta di aver buttato all'aria tre mesi di dieta ferrea. È arrivata a dire che voleva rimandare tutto. Io, che in quel momento stavo provando ad arginare il torrente di lacrime di mamma, non sono riuscito a consolarla come avrei voluto. Ho detto qualche frase stupida, del tipo «vedrai che andrà tutto bene», ma perlopiù sono stato zitto, confuso e spaventato, con Vale che piangeva sempre più forte nella cornetta e mamma che piangeva lì davanti a me. L'effetto stereofonico del lamento incrociato mi ha causato un'emicrania improvvisa e lancinante, facendomi sfiorare il crollo nervoso. Nessuna delle due donne più importanti della mia vita sembrava ricordarsi che mi sposavo anch'io, e che per questo non ero proprio tranquillissimo.

Però, alla fine, Vale si è calmata, mamma ha preso le

sue gocce di valeriana, io ho rubato di nascosto le gocce di mamma e anche l'ultima notte è passata.

Ora Valentina è qui accanto a me. A vederla da vicino, si capisce che sotto il trucco perfetto ci sono gli occhi rossi di chi ha pianto per molte ore. Ma sta sorridendo e il modo in cui mi guarda mi fa capire che, nonostante gli ultimi mesi faticosi e folli, non ha cambiato idea. Sono sempre io l'uomo che vuole sposare. E io farò di tutto per non deluderla.

Di colpo capisco come mai la gente piange ai matrimoni.

Faccio un respiro profondo, nella speranza che la dose extra di ossigeno si porti via il nodo che mi stringe la gola.

Chiudo gli occhi per un secondo.

Li riapro davanti al viso rubizzo del prete.

Lui mi sorride e fa il segno della croce.

Si incomincia.

Nel silenzio generale rimbombano solo i singhiozzi di mamma e gli incessanti scatti del fotografo Thomas, un biondino che la madre di Valentina ci ha raccomandato caldamente in quanto suo ex allievo particolarmente sensibile e dotato, autore di una toccante tesina fotografica sulle condizioni inaccettabili degli animali d'allevamento. Sarà pure un vero artista, ma a me sembra un po' matto. Quando sono entrato in chiesa l'ho trovato lungo disteso in mezzo alla navata, alla ricerca di una prospettiva originale per riprendere l'ingresso della sposa.

Per quanto mi concentri, non riesco a sentire nemmeno una parola del prete.

Saranno i postumi dell'addio al celibato (un blitz a Rimini con un pulmino organizzato da Gianfranco. Non ricordo niente, nemmeno del viaggio di andata, ma i testimoni assicurano che ci siamo divertiti parecchio) che, a distanza di tre giorni, rendono ancora tutto un po' ovattato. Sarà che ho esagerato con la valeriana.

O sarà che sto morendo di paura.

Non è tanto la paura dell'ignoto, dell'impegno per tutta la vita, l'idea che da stasera non dormirò mai più nel mio letto singolo, o che da adesso in poi dovrò pensare per due, far sempre quadrare i conti e discutere e condividere ogni scelta. Non è la paura di diventare adulto, marito e poi padre, e di far crescere i miei figli in un mondo inquinato, corrotto e inospitale come il nostro.

No.

Io ho paura di sbagliare nome durante la promessa.

Tremo all'idea di fare come Ross in quell'episodio di *Friends*, quando sull'altare, invece di pronunciare il nome della ragazza che sta sposando, dice «Rachel».

Proprio così. Io ho paura di dire «Marika».

Chiariamo subito: non c'è stato niente di fisico tra noi due. Niente sesso, niente baci, niente appuntamenti segreti.

Però è successo qualcosa che nessuno si aspettava. Qualcosa di brutto.

Esattamente sette giorni fa il giovane Patrizio è uscito con Marika e ha passato la serata assieme a lei come al solito, in un discopub in via della Magliana che al sabato fa karaoke. Poi l'ha scaricata a casa prima dell'una, con la scusa che era stanco e voleva andare a dormire presto, e senza dirle niente ha raggiunto certi amici suoi che avevano organizzato un rave in un capannone a Fiumicino. Da lì è uscito alle nove del mattino dopo, imbottito di alcol e pasticche. È salito in macchina, è partito sgommando con l'acceleratore a tavoletta e, senza nemmeno una frenata, è andato dritto a schiantarsi a centottanta all'ora contro un enorme cartellone con la pubblicità di un nuovo outlet.

Marika non si è presentata al lavoro per tre giorni. Il quarto giorno è stata costretta, perché una sola assenza in più avrebbe messo a rischio il suo posto alla cooperativa.

Era pallida e smarrita. Non ha salutato nessuno e, senza una parola, ha iniziato a passare lo straccio sulle scrivanie, come sempre.

È crollata sul pavimento del bagno. L'ho trovata io. Le ho tolto dalle mani il flacone del Lysoform e poi, con il cuore che mi si stringeva a vederla in quello stato, l'ho aiutata ad alzarsi e l'ho accompagnata alla macchinetta insistendo perché bevesse un tè ben zuccherato.

L'intruglio caldo le ha ridato un po' di colore. Non l'ho spinta io a parlare, ha fatto tutto da sola. E una volta partita, come succede in questi casi, non ha più smesso. Mi ha raccontato per filo e per segno la loro storia, dal primo incontro (due anni fa, quando lei lavorava al guardaroba di una discoteca) fino all'iPod con le canzoni più belle del loro amore che gli ha posato nella bara mentre la madre non guardava. Io ho ascoltato e ho lasciato che piangesse sulla mia spalla. È stata per quasi un'ora a singhiozzare e a stringermi forte le braccia al collo. E io intanto mi sentivo un verme perché, mentre lei soffriva in quel modo, l'unica cosa che ero capace di fare era stare lì fermo e respirare il profumo dei suoi capelli, che sapevano di cocco.

Valentina deve darmi un piccolo calcio alla caviglia per ricordarmi che è il mio turno di fare la promessa.

Ci siamo.

Mi schiarisco la voce, faccio uno sforzo di concentrazione, guardo la mia donna negli occhi, stringo la sua mano destra e dico: «Io Stefano prendo te, Valentina...»

È andata. Non ho sbagliato. Anzi, ho detto «Valentina» un po' più forte delle altre parole. Ma suonava bene, come una prova del mio entusiasmo e della mia convinzione.

Vado avanti.

«...e prometto di esserti fedele sempre...»

E sulla parola «fedele» mi trema la voce. Accidenti.

«...nella noia e nel dolore...»

Mi blocco.

Valentina sgrana gli occhi.

Il silenzio di centotrenta persone che trattengono il respiro nello stesso istante è diverso da ogni altro silenzio.

Persino mamma ha lasciato un singhiozzo sospeso a metà. Ha capito che nulla è perduto, e che c'è ancora la speranza che io stasera torni a dormire nella mia cameretta.

Solo Thomas non fa una piega, e continua a scattare senza sosta. Al momento è salito sul pulpito alla ricerca dell'inquadratura perfetta e forse è l'unico che non si è accorto del mio errore.

Non posso credere di aver davvero detto «noia». Questo va dritto in cima alla classifica dei miei lapsus, superando di almeno dieci punti quel giorno d'estate in cui, stravolto dopo una visita agli scavi di Pompei sotto il sole di mezzogiorno, ho chiamato per sbaglio Valentina «mamma».

Non riesco a respirare. Vorrei essere duemila chilometri lontano da qui. In un'altra città, in un altro Stato, in un'altra galassia.

Valentina, con le guance paonazze, stacca la mano dalla mia. Provo a recuperarla, ma lei mi sfugge, senza togliermi di dosso gli occhi che lanciano fiamme. Ma non mi arrendo. La riacchiappo, la tengo ben salda per non lasciarla più scappare. Poi la imploro con lo sguardo di darmi un'altra possibilità.

«Eh-ehm...»

Il prete si schiarisce la voce inclinando la testa, per ricordarci che lui è qui a celebrare una funzione seria e non a condurre *Chi vuol essere milionario*, dove si può aspettare anche mezz'ora prima che il concorrente scelga la risposta.

Vale si volta verso di lui, sospira e annuisce. È il segnale che possiamo procedere.

Stringo le labbra, poi, con il cuore che batte a mille

e fiumi di sudore freddo che scorrono lungo la schiena, riprendo: «...nella *gioia* e nel dolore, nella salute e nella malattia... E prometto di amarti...»

E qui stringo più forte la sua mano. Non solo. Anche se non si dovrebbe fare, alzo anche la sinistra e la poso sulla sua, per stringerla meglio. La mano di Valentina rimane inerte. Sarà un'impressione, ma sembra anche più fredda.

«...e di onorarti sempre, per tutti i giorni della mia vita.»

Alla fine ansimo come se avessi appena corso i cento metri piani.

Mi sento invecchiato di almeno cinque anni.

Valentina invece recita la sua promessa decisa e incazzata. Sul suo viso non passa nessuna emozione diversa dal risentimento. Non mi stupirei se da un momento all'altro infilasse un bel «vaffanculo» tra una frase e l'altra.

Poi finalmente il prete, sollevato, dice: «Può baciare la sposa». Ma Vale si gira all'ultimo e io, che naturalmente miravo alle labbra, mi ritrovo a contatto con la sua guancia.

Quando usciamo, piove.

Saltiamo senza troppi rimpianti la parte con i baci e le foto sul sagrato, e ci mettiamo tutti a correre alla rinfusa puntando dritti sul ristorante, che per fortuna è poco distante dalla chiesetta.

Cento persone vestite a festa che corrono sotto la

pioggia sono uno spettacolo raro e un po' spaventoso. I camerieri che ci attendevano all'ingresso con sorrisi d'ordinanza e aperitivi, pronti a far partire la marcia nuziale in mp3, si scostano un po' preoccupati, per non essere travolti dall'orda fradicia e affamata.

«Per fortuna in giardino ci sono i tendoni», dice Vale, secca, senza dare risposta alla mia richiesta di scuse.

Per dimenticare la figuraccia e il disprezzo di mia moglie (mia moglie!), nonché per trovare il coraggio di affrontare il ricevimento, mi faccio due aperitivi di fila.

Poi brindo con Igor, Gianfranco, Cosimo e gli altri del bar.

Poi con Carlo e i colleghi dell'organizzazione, del commerciale, della contabilità.

Poi con mia sorella, mio cognato e con il cugino Salvatore che abita in Sicilia e non vedevo da dodici anni.

Poi con un paio di tizi che non riesco a mettere bene a fuoco.

Così, quando inizia il pranzo, chiassoso e frastornante ancora più di quanto immaginavo, riesco ad affrontarlo con un sorriso ottimista e sognante dipinto in faccia. Proprio come ci si aspetta da un bravo neomarito.

Il resto del giorno più bello della mia vita scorre via avvolto in una nebbia confusa. Mi restano in mente, non necessariamente nell'ordine, le seguenti scene:

- Io e Valentina che apriamo le danze sulle note di *Ti scatterò una foto*. Appena la riconosco mi emoziono sul serio. Non è solo una canzone, è una dichiarazione d'amore. Valentina è allergica a Tiziano Ferro, eppure ha pensato a me quando ha scelto la musica, e ha voluto farmi una sorpresa. Le dico «ti amo da morire», ma lei non risponde perché è ancora offesa per il mio lapsus in chiesa. Però quando il pezzo finisce e ci stacchiamo mi accorgo che ha gli occhi lucidi.

Io che ballo con un po' di invitate tra cui: Sofia, due compagne del liceo classico di Valentina, mia zia Margherita e Lavinia. Lavinia mi mette le mani sul sedere.

La mamma di Valentina vestita di nero, con lo smalto in tinta e un enorme cappello con la piuma alla Camilla Parker Bowles, che non mostra segni di commozione, né in chiesa né altrove, e passa parecchio tempo al cellulare. Quando mio cognato le chiede cosa si provi a vedere la prima figlia che si sposa, spiega che, tecnicamente, Vale non è la prima, visto che due anni fa, durante un trekking in Algeria, Lavinia ha sposato un turista olandese con rito berbero. Un gesto senza nessuna conseguenza legale, ma ad altissimo impatto emotivo.

Mia madre, che non si è nemmeno comprata un vestito nuovo e ha riciclato il tailleur del funerale di papà, che le tira sul petto e sembra debba scoppiare da un momento all'altro, mi stringe forte e mi dice a voce non abbastanza bassa: «Se va male, puoi tornare a casa tua quando vuoi». Valentina è lì vicino che ascolta e si arrabbia un'altra volta. Ma, invece di prendersela con mamma, se la prende con me.

Igor che si ubriaca con il cocktail di benvenuto, vomita nel bagno delle femmine prima ancora che arrivino in tavola gli antipasti, e passa tutto il pranzo sdraiato su due sedie avvicinate. Più tardi, pallido come un cencio, si fa un caffè doppio al bar, lamentandosi con il barista perché le donne invitate se la tirano troppo.

- Carlo che suda, sbuffa, guarda l'orologio, inghiotte compresse di Maalox, e non fa ballare sua moglie nemmeno una volta, nonostante lei muoia dalla voglia di lanciarsi in pista. La signora, per non dispiacere al marito, gli resta seduta accanto, guardando la folla danzante con gli occhi che luccicano.
- Sofia che si è appena messa a dieta e quindi rifiuta con un sorriso quasi tutte le portate. Però poi, appena il cameriere è abbastanza lontano da non poterlo richiamare, pesca con la forchetta nel piatto di Norberto, soffiandogli da sotto il naso più di mezza porzione alla volta. Norberto si eclissa per una mezz'oretta, forse per ordinare un toast al bar e mangiarselo in pace chiuso in bagno.
- Cosimo che non parla con nessuno e rimane tutto il tempo con la testa bassa a intagliare almeno dieci tappi di sughero a forma di cane, gattino e civetta. I bambini di Carlo si avvicinano e gli chiedono se possono averne qualcuno in regalo. Cosimo risponde di no e, per chiarire che fa sul serio, se li infila tutti in tasca.
- Il fotografo Thomas che, con il nasino appuntito un po' rosso per via del vino, continua a scattare senza più controllo. Ritenendo troppo banale concentrarsi

sugli sposi, orienta l'attenzione su soggetti più significativi quali: gli avanzi di risotto nei piatti, la schiena delle cameriere, il lampadario.
- Il padre di Valentina che, nella pausa tra il sorbetto e i secondi, si alza in piedi, dice tre banalità sul tempo che fugge, sulla vita che è una ruota che gira, e quando si rivolge a me mi chiama «figliolo», forse perché ha scordato il mio nome di battesimo. Poi, a sorpresa, annuncia la sua candidatura alle amministrative in una lista del centrosinistra e dà inizio alla campagna elettorale.

In mezzo al delirio noi facciamo il nostro dovere di sposi, e cioè passiamo tra gli invitati a chiedere il solito: «Tutto bene?» Naturalmente, con lo stress accumulato negli ultimi mesi, la mia gaffe, gli eccessi alcolici e i nervi a fior di pelle, vorrei proprio vedere cosa succederebbe se qualche buontempone trovasse il coraggio di dire «no».

Intanto continua a piovere e, come tocco finale, verso sera, nel bel mezzo di una scoordinata macarena, il telo del tendone comincia a muoversi in modo preoccupante.

I camerieri arrivano di corsa e ci invitano a prendere veloci la nostra roba e ad ammassarci nella saletta del ristorante.

Ci mettiamo in salvo giusto un attimo prima che una tromba d'aria si abbatta sul giardino.

Guardo fuori dalla vetrata e penso che tutti noi potevamo essere là, a volare assieme ai tavoli e alle sedie.

L'effetto dell'alcol svanisce in un secondo. Vorrei che Valentina fosse accanto a me per abbracciarla e tranquillizzarmi un po', ma lei sta salutando le sue amiche del liceo e non si volta nemmeno.

L'unico deficiente rimasto in giardino è Thomas che, miracolosamente incolume, saltella come un pazzo cercando di fermare con il suo obiettivo la violenza degli elementi naturali. Mormora: «Fantastico, splendido», e punta la reflex contro il cielo. Spero per lui che sia ubriaco e che non sia costretto a vivere perennemente in questo stato di incosciente demenza.

Ho i crampi allo stomaco. Le voci degli invitati rimbombano nell'ambiente piccolo e mi fanno tornare il mal di testa, assieme a qualche brivido e a un oscuro senso di paura.

Mi rifugio in bagno e, con la schiena appoggiata contro la porta chiusa a chiave, mi stringo la testa tra le mani. Quando un fulmine colpisce il campanile della chiesetta, approfitto del tuono assordante che copre ogni altro rumore e urlo forte, a pieni polmoni.

4

«Non importa.»

«Non so cosa mi è preso...»

Valentina si rannicchia accanto a me, tirandosi le coperte fin sotto il mento. Sorride ma non mi guarda. «Non fa niente, davvero», ripete.

Io accendo l'abat-jour e mi metto a sedere, appoggiandomi alla testiera in pelle morbida del letto. Oltre la grande vetrata della nostra stanza c'è un panorama mozzafiato di Parigi. In un altro momento correrei alla finestra per gustarmi lo spettacolo della città illuminata, ma adesso non sono dell'umore adatto. La Tour Eiffel, che si staglia dritta e imponente contro il cielo sembra messa lì apposta per prendermi in giro.

«Non mi era mai successo.»

«Sì, invece. Due anni fa, a marzo, la sera che siamo andati a vedere lo spettacolo di mia sorella. La rivisitazione in chiave techno di *Hair*, con gli attori in scena nudi, ricordi?»

«Lo vedi? Dici che non importa, e intanto hai tenuto a mente tutti i particolari, a distanza di due anni. E poi, proprio la prima notte di nozze doveva succedermi?»

«Smettila di pensarci. Non è grave.»

«Sarà stata la cena in aereo...»

«Troppe salse.»

«Già. Però mi spiace, cazzo.»

«Oh, basta con le paranoie! Guarda che anch'io non morivo dalla voglia, eh!»

«Perché?»

«Perché ieri è stata una giornata da incubo. Prima la tua bella uscita in chiesa, poi il pranzo da manicomio, poi la tromba d'aria in giardino, poi le dodici ore di ritardo all'aeroporto, la turbolenza in aereo...»

«Sì, è stato da pazzi.»

Valentina mi tocca piano una spalla e mi tira di nuovo giù, vicino a lei. Appoggia la testa sul mio petto.

«Abbiamo una settimana intera davanti. Spero di recuperare», le dico.

«Non pensarci troppo, però. Altrimenti è peggio.»

Le accarezzo i capelli, e stiamo in silenzio per un po'.

«Non mi sono mai stancata tanto come in questi giorni. Forse era meglio se ci sposavamo solo noi due e basta», mormora Vale, con voce assonnata. «Ci scambiavamo gli anelli, e poi facevamo un picnic in un bel prato. In silenzio. Solo io e te.»

«Sarà per la prossima volta.»

«Come la prossima?»

«Scherzo.»

«Stefano?»

«Sì?»

«Sei contento di avermi sposato?»

«Sì. Tanto.»

Le sistemo meglio il lenzuolo sopra le spalle e le chiedo piano: «E tu?»

Ma mia moglie si è già addormentata, e la risposta posso soltanto immaginarla.

5

Una cena a base di champagne e frutti di mare ha spazzato via la stanchezza e le paranoie. La nostra luna di miele è incominciata ufficialmente in una romantica *chambre d'hôtes* di Honfleur, in Normandia, a pochi metri da uno splendido mare grigio agitato dal vento. È andata alla grande, direi. Non ho pensato a Marika nemmeno una volta. Se qualcuno sa darmi informazioni sul concorso «Marito dell'anno», corro a proporre la mia candidatura.

6

È bello entrare in casa e sapere che qualcuno ti aspetta.

Forse è anche per questo che sono rimasto tanto tempo con mia madre. Perché lei c'era sempre. Potevo arrivare a qualsiasi ora, e sapevo che dalla cucina, o dalla camera da letto, sarebbe arrivata la sua voce, con lo stesso tono a metà tra l'affettuoso e il preoccupato, a farmi ogni volta la stessa domanda: «Sei tu?»

Con Valentina è tutto diverso. Da quando siamo tornati dal viaggio di nozze e abbiamo ripreso il lavoro, non è mai uscita dall'ufficio prima delle otto e mezzo.

Arrivo sempre prima io.

A non farmi sentire troppo solo ci pensano i gatti, che festeggiano il mio ingresso strofinandosi contro le mie gambe e miagolando forte per convincermi che nessuna cosa al mondo è più urgente che versare una pioggia di croccantini al pollo nelle loro ciotole.

Perciò quando, per la prima volta, rientrando in casa, noto che la chiave fa solo mezzo giro, mi stupisco e mi illudo che mia moglie abbia deciso di fare la romantica e festeggiare come si deve il nostro primo mese di matrimonio.

Invece no, Vale è in soggiorno con il fotografo Thomas che, magicamente ricomparso dopo due settimane con il telefono staccato, forse si è deciso a consegnarci l'album.

Mi salutano appena, tutti presi dalla loro conversazione.

«I colori sono negli occhi di chi guarda», sta dicendo Thomas, stringendo le palpebre nel tentativo di dare più intensità alle sue parole. «Fotografare a colori significa violentare lo sguardo. A me non interessa il colore, non interessa l'armonia. Anzi, mi spingo oltre: a me non interessa l'immagine. Io quando scatto cerco l'anima.»

Eccolo lì. Si sta giustificando e la prende alla larga prima di confessare che le nostre foto sono riuscite da schifo. Scommetto che è per questo che non si faceva sentire.

Valentina sembra ipnotizzata, e anziché farsi consegnare subito l'album e prepararsi a chiedere il rimborso dei seicento euro anticipati, si scioglie in un sorriso estatico. È talmente affascinata dai discorsi del giovane fotografo che non si preoccupa nemmeno quando lui, preso dall'enfasi ed esaltato dalla sua stessa voce, appoggia il sedere sullo schienale del divano nuovo (pelle color ghiaccio, euro millenovecentonovanta, tre anni di rate) e affonda gli anfibi impolverati proprio in mezzo ai cuscini.

«Appena ho visto il tuo lavoro sugli allevamenti ho capito che per te arte e vita non erano separate», gli dice. «C'erano i tuoi occhi negli occhi di quelle povere bestie. C'era la tua voce nei loro lamenti.»

«Era quello che volevo: far urlare le mie foto.»

Qui tra un po' quello che urla sono io.

«Ci sei riuscito. Ti coinvolgono, non ti permettono di dire: io non c'entro. Ti inchiodano alle tue responsabilità.»

«Sì, è roba forte. E ne vuoi sapere un'altra?»

Un'altra cazzata? No, grazie.

Purtroppo Valentina fa cenno di sì.

«Ai quei criminali gli ho anche rubato un maiale.»

Valentina, anziché tenerlo d'occhio per controllare che non intaschi di nascosto un posacenere o uno dei calici di cristallo regalati da zia Margherita, ride, come se davvero trovasse la cosa divertente.

Qualcuno mi spiega cosa sta succedendo? Si saranno fatti una canna di nascosto prima del mio arrivo?

Thomas inizia a raccontare questa storia assurda di lui che scavalca la recinzione con un maialino chiuso nello zaino e se lo porta a casa, lo chiama Vito e per qualche mese vivono insieme, felici e contenti, con Vito che diventa subito domestico, arriva quando lo chiami, ti porta gli oggetti e capisce quando gli parli perché lo sanno tutti che un maiale è più intelligente di un cane.

«Era un momento difficile, per me. Avevo rotto con la mia ragazza, stavo imboccando il tunnel dell'autodistruzione. Ero uno zombie, l'ombra di me stesso...»

Come se adesso fosse il ritratto della salute. Invece è alto uno e settanta e peserà cinquanta chili. Le sue gambette esili strette nei jeans attillati sembrano due stecchini. Scommetto che non ha mai giocato a calcio in vita sua.

«È una storia pazzesca», commenta emozionata Valentina, con l'immancabile luccichio erotico-materno che accende gli occhi di ogni donna quando si ritrova di fronte un uomo con problemi di alcol, droga o depressione grave. «Avresti voglia di raccontarmela per bene, da capo?»

Non posso resistere un secondo di più, così vado in cucina, con la scusa di sistemare il contenuto del sacchetto di plastica che tengo stretto tra le mani da quando sono entrato.

«Che cos'è?» mi domanda Valentina, concedendomi un'occhiata distratta.

«Un regalo per il matrimonio.»

«Di chi?»

«Colleghi.»

In cucina mi siedo al tavolo con il piano di cristallo e, delicatamente, tiro fuori dall'imballaggio le tazze da latte *Lui* e *Lei* (una rosa e l'altra azzurra, con i manici a forma di cuore) che Marika mi ha dato oggi pomeriggio, appena mi ha incontrato in corridoio.

«Era un po' che ti cercavo. Già pensavo di dovertelo spedire», mi ha detto con un sorriso, mostrandomi il pacchetto avvolto nella carta argentata.

L'ho baciata sulle guance, com'è giusto quando si vuol ringraziare chi ti regala qualcosa. Però giuro che, per non respirare il suo profumo, ho fatto tutto in apnea.

Le ho offerto un caffè alla macchinetta, sperando che rifiutasse.

Ha accettato.

All'inizio abbiamo parlato del più e del meno. Io le ho chiesto come stava e lei, mentre mescolava la schiuma di latte artificiale nel suo bicchierino di plastica, ha risposto «un po' meglio». Aveva ricominciato a uscire, niente di che, solo qualche giro al centro commerciale con le amiche o una passeggiata in via del Corso, ma era pur sempre un inizio.

Poi, forse per cambiare argomento, mi ha domandato, di punto in bianco: «Com'è essere sposato?»

«Strano.»

«Perché?»

C'è stato solo un istante di sospensione, poi le parole sono arrivate tutte insieme: «Perché, anche se siamo tornati dal viaggio di nozze da venti giorni, ancora non riesco a sentirmi a casa. L'appartamento è troppo grande e c'è un rimbombo strano, che rende le voci metalliche. Di notte dormo male, forse per colpa del materasso nuovo. E poi non trovo gli interruttori, continuo a confondere la porta del bagno con quella del ripostiglio, sbatto contro gli spigoli...»

«Devi abituarti.»

Se non mi avesse interrotto, sarei andato avanti per chissà quanto. Ho ripreso fiato.

«Sì, è vero. Però mi sento rigido, a disagio. Come se io e mia moglie stessimo facendo le prove per uno spettacolo teatrale, lei nella parte della moglie, io in quella del marito.»

Ho pensato quest'ultima cosa nell'istante preciso in cui l'ho detta, e subito è arrivata la paura che Marika si facesse idee strane, tipo che è bastato un mese di matrimonio a trasformarmi nel solito stronzo che finge di essere infelice con la moglie solo per provarci con lei.

Invece ha sorriso, gentile. «Però secondo me è anche bello», ha detto, semplicemente.

«Sì, è anche bello», ho ripetuto. E, lo giuro, ero sincero.

Dopo qualche secondo di silenzio, l'ho ringraziata ancora per il regalo.

«Un pensiero», ha risposto lei, guardandomi negli occhi.

Mi sono spaventato perché ho sentito una voglia pazzesca di baciarla.

Per fortuna, in quel momento Ada è uscita dal bagno e ha spezzato l'incanto. Ha fissato prima me. Poi Marika. Poi di nuovo me, con un mezzo sorriso. «Non dargli retta. È pericoloso», ha avvisato Marika, fingendo di scherzare.

«Io non ho mica paura», ha risposto lei, sostenendo il suo sguardo e facendosi seria.

Le ginocchia mi sono diventate molli.

Poi per fortuna il tempo del recupero è scaduto, Ada si è allontanata facendo risuonare i tacchi lungo il corridoio, Marika è andata a passare la lucidatrice e io sono scappato via più veloce di Beep Beep inseguito da Willy Coyote.

«Stefano! Vieni a vedere.»

La voce di Valentina mi fa sobbalzare. Per poco la tazza *Lui* non mi sfugge di mano.

In soggiorno, Thomas si è deciso a tirare fuori le foto.

L'album, con una copertina assurda in fibra di canapa viola, ha per titolo «Incredibile viaggio verso l'ignoto».

È ancora peggio di quanto pensassi.

Le prime venti pagine sono occupate da foto di soggetti che non c'entrano nulla con me e Valentina.

C'è mia madre in chiesa con le lacrime che le scendono giù per le guance e un'espressione uguale a quella di Anna Magnani in uno dei suoi film senza lieto fine.

C'è il tendone che vola in aria, simile a un orrendo fantasma che incombe sul giardino.

C'è Igor svenuto, con una faccia bianchissima che lo fa sembrare morto.

Ci sono Lavinia e Gianfranco che si baciano sotto la pioggia, con le mani sotto i vestiti, nascosti (o meglio, convinti di esserlo) dietro un cespuglio di bouganville.

Valentina arriva solo a pagina ventisei.

Non c'è una sola inquadratura in cui sorrida. È cupa, pensierosa, afflitta. In una foto si tocca l'orecchino sinistro e guarda di lato con il terrore negli occhi, come se, invece di mia madre, accanto a lei ci fosse una tigre scappata dallo zoo. Nell'altra si tormenta i capelli, nell'altra ancora si rosicchia un'unghia con lo sguardo fisso a terra, mentre intorno tutti ridono e brindano.

«Oddio. Non sembro nemmeno io...» mormora Vale. Sto per tirare un sospiro di sollievo perché almeno su questo la pensiamo allo stesso modo. Ma lei prosegue e aggiunge: «...io non sono così bella», con un sorriso da civetta che non mi fa per niente piacere.

Torno a concentrarmi sull'album.

A pagina trenta finalmente capisco cosa c'è di strano. Io non ci sono! E non è un modo per dire che sono stato poco fotografato o sono riuscito male. La mia faccia non si vede mai. Proprio mai.

Si intuisce che mia moglie non si è sposata da sola dalla foto al momento dello scambio degli anelli: Valentina è in primo piano, che si morde nervosa il labbro inferiore e mi porge la mano sinistra, io sono una massa sfocata, sullo sfondo. Qualcuno che mi conosce molto bene potrebbe riconoscermi dai riccioli.

Mi si intravede anche all'uscita dalla chiesa: sono ai margini dell'inquadratura, voltato indietro a salutare il cugino Salvatore. Al centro della foto c'è Valentina, con gli occhi alzati verso il cielo. So per certo che faceva così perché si era appena accorta che pioveva. Ma, a vederla qui, sembra che si stia avviando al patibolo e che chieda al Signore di darle la forza di sopportare il supplizio.

* * *

Il mio umore peggiora ancora, se possibile, col proseguire della serata, perché Valentina, galvanizzata dalla storia del maialino Vito, chiede a Thomas di fermarsi a cena per raccontarle nei minimi particolari la sua commovente amicizia con la bestiolina e gli promette che domattina correrà dalla Mamba per proporle di pubblicare un libro.

«È una delle storie più toccanti che abbia mai ascoltato.»

«Già, quel maiale è stato il più grande amore della mia vita», conferma lui con gli occhi lucidi.

«E adesso dov'è? Ti sta aspettando a casa?»

«Purtroppo no. Quando è cresciuto ho avuto problemi col condominio. O me o lui. L'ho dovuto portare da amici miei che hanno una fattoria biologica...»

«Quindi ora sta con loro?»

Thomas scuote la testa, in crisi. «Da quel giorno non ho più mangiato prosciutto», sussurra.

Il sorriso si spegne sul volto di Valentina. «Magari il finale lo cambiamo, eh?»

Thomas annuisce, mesto.

Poi inizia a questionare sulla proposta del libro. Fa il difficile, ma si capisce benissimo che è tutta una posa.

«La scrittura non è il mio veicolo», dice mentre si versa il sesto bicchiere di vino rosso, che gocciola sulla tovaglia in lino di fiandra. «Io vado oltre le parole...»

Sta per ripartire con la storia dell'anima, ma Valentina, che quando si tratta di affari sa arrivare dritta al punto, lo interrompe: «Non sei obbligato a scrivere.

Puoi parlare e basta. Io ti registro, oppure prendo appunti. E provo a strutturare la storia».

«Ma i diritti a chi restano?» si informa il puro artista.

«A te, naturalmente. Io faccio l'editor, mica la scrittrice.»

Lo sapevo che avrebbe accettato. Il mio cattivo presentimento era giusto. Questo sciroccato in pochi secondi ha cambiato ruolo nella nostra vita: da semplice comparsa a guest star con cachet astronomico. L'idea mi provoca un brivido spiacevole che cerco di ignorare.

Al momento del caffè, Dinamo, curioso come al solito, salta sul tavolo per capire se ci sono novità interessanti. Io sto per spingerlo giù con una manata, ma Thomas mi blocca, scuotendo la testa con disapprovazione.

«Gli animali ci capiscono, ci parlano. Possiamo comunicare con loro alla pari, senza violenza, senza imporre i nostri codici.»

Lo lascio fare. Thomas avvicina il suo viso a quello del gatto, lo guarda dritto negli occhi e inizia a parlargli in tono lento e basso: «Perché non scendi dal tavolo, micio? Qual è il tuo problema? Ti senti trascurato? Quali sensazioni stai cercando di trasmetterci?»

Dinamo lo ascolta per un po', perplesso. Poi abbassa le orecchie e, senza preavviso, balza in avanti, assestandogli una micidiale morsicata al naso. Per staccarlo dobbiamo impegnarci in due.

È la mia prima e unica risata in tutta la sera, ma almeno è di quelle potenti e me la godo fino in fondo.

7

La cosa più bella di casa nostra è il bagno.

Spazioso, ben illuminato, pulito, quasi sempre profumato. Stamattina, poi, i rubinetti in acciaio inox brillano da far male agli occhi. Merito del lucidante speciale che mia moglie ha voluto provare a tutti i costi. È buffo: quando eravamo fidanzati, Valentina durante la pubblicità in tv cambiava canale. Adesso, appena passa lo spot di un detersivo, mi chiede di stare zitto, lo segue per bene da cima a fondo e poi corre a segnarsi il nome del prodotto.

Il matrimonio in questo senso l'ha cambiata parecchio.

Da quando siamo entrati nella casa nuova, non lascia più le cose in giro. Ha messo le Barbie in uno scatolone e le ha portate in cantina. Stira. Spolvera. È capace di arrivare a casa alle nove di sera, mangiare in fretta e poi, invece di allungarsi assieme a me sul divano, mettersi a strofinare le mattonelle della cucina.

Non gliel'ho ancora detto, però secondo me esagera. Ma lei è così. O una cosa non la fa del tutto, oppure ci si butta a capofitto, e si sfinisce senza mai essere soddisfatta del risultato. Nota la piccola ragnatela sul soffitto, gli aloni sui vetri, la polvere negli angoli, le impronte di mani e piedi sul tavolino davanti al divano. Appena entra in casa comincia con la caccia al difetto. Non si rilassa mai.

Io faccio la mia parte e cerco di non darle motivo di

lamentarsi. Passo l'aspirapolvere una volta alla settimana, mi occupo della spesa, tengo in ordine la mia roba. E poi cucino, naturalmente.

Non dico che mi aspetto chissà quale gratitudine, però vorrei che la smettesse di ripetere che la aiuto poco. Forse è talmente abituata a vedermi ai fornelli che si è scordata che anche quello è un lavoro. Invece di ringraziarmi, si lamenta quasi sempre che le faccio mangiare cibi troppo calorici, con troppe proteine animali, troppo olio, troppi fritti, troppo burro. Però, guarda caso, tutte queste critiche arrivano a fine pasto, dopo che si è spazzolata almeno due porzioni di quello che le ho messo nel piatto. Mai una volta che si ricordi dei fritti, dei grassi e delle calorie prima, quando le chiedo cosa vuole per cena.

Dinamo e Bukowski sono le vittime illustri di questa ansia da prestazione casalinga. Proprio loro, che nell'appartamento a Monteverde erano i boss incontrastati, potevano graffiare mobili e ospiti, dormire nei cassetti della biancheria, bere l'acqua dal bidet e infilarsi assieme a noi sotto il piumone dopo aver scavato per bene nella loro sabbietta, ora devono sottostare a regole militaresche da far rizzare il pelo.

Abolito il cibo in scatola, perché sporca troppo. Sono ammessi solo i croccantini insipidi fatti apposta per i gatti che vivono in casa.

Niente più pisolini in camera, perché Valentina ci tiene molto al parquet in faggio. I due poverini, abituati per anni a occupare il posto d'onore al centro del letto, ora sono obbligati a dividersi l'angusto spazio nel cestino sotto il termosifone della cucina.

Sia chiaro, non mi dispiace, perché dormire con un gatto sul cuscino non è mai stata la mia massima aspirazione. Però devo ammettere che a vederli così smarriti di fronte a tutti questi cambiamenti, mi fanno un po' di tenerezza.

Così, quando Valentina è stata via per la Fiera del Libro di Francoforte, senza dirle niente, la prima notte sono andato a prelevare Bukowski e l'ho portato nel lettone. Non gli sembrava vero. Si è acciambellato tutto contento contro la mia pancia e per un po' abbiamo dormito così. Però poi Dinamo si è accorto della grave ingiustizia e ha iniziato a graffiare la porta, come ai vecchi tempi, ed è finita che ho ospitato anche lui.

Prima che Valentina tornasse ho lavato le lenzuola, che si erano riempite di peli, e sono stato bene attento a togliere tutte le tracce, neanche mi fossi portato a letto un'amante.

È vero che il matrimonio ti cambia.

Valentina lucida i rubinetti e io dormo di nascosto con i gatti.

Non è solo questione di abitudini. Ci sono anche dei cambiamenti fisici. Valentina ha i capelli più corti (qualcuno dovrà spiegarmi come mai le donne, appena si sposano, per prima cosa corrono a tagliarsi i capelli) e uno sguardo più adulto e appagato. E un altro modo di camminare. Un passo da vera donna. Sarà anche perché, per via del suo lavoro, che la porta a incontrare ogni giorno persone diverse e spesso importanti, sta cambiando piano piano tutto il guardaroba. Ormai le gonne indiane e le magliette colorate gliele vedo addosso solo in vacanza o in qualche weekend molto rilassato. Per il resto, sceglie quasi sempre tailleur morbidi, pantaloni classici e camicie, oppure gonne al ginocchio, che mette solo con gli stivali perché è convinta di avere i polpacci troppo grossi.

Anch'io sono cambiato, osservo, togliendo con la mano il vapore dallo specchio grande del bagno per potermi guardare a figura intera.

Ho preso sette chili. Uno per ogni mese di vita coniugale.

Devo correre ai ripari, altrimenti festeggerò il primo anniversario di matrimonio in qualche clinica a farmi segare via un pezzo di intestino. È che non faccio abbastanza movimento. Come temevo, il portiere rosso si è dimostrato un fuoriclasse e, con il suo repertorio di parate di testa e tacco e di ineguagliabili mosse dello scorpione ha regalato alla squadra la vittoria in cinque tornei nel giro di pochi mesi. I miei ex compagni di calcetto sono molto felici di rivedermi quando vado a seguire qualche partita, ma è ovvio che nessuno mi ha chiesto di ritornare. Mi restano solo le amichevoli con i colleghi, o qualche incontro organizzato alla buona con quelli del bar, dopo centinaia di telefonate, perché più si cresce e più è difficile avere tempo libero. Dovrei ricominciare con la palestra, ma quella accanto all'ufficio è diventata troppo cara e io, tra mutuo, bollette, macchina, tasse e spese extra, devo ancora imparare a gestire bene il bilancio famigliare.

La faccenda dei soldi è più complicata di quanto pensassi.

Valentina, anche se lavora dodici ore al giorno, è stabile sui milleduecento euro da oltre due anni. Non le pagano nemmeno gli straordinari. Una volta ho provato a farle notare che con il mazzo che si fa potrebbe chiedere un aumento, ma lei se l'è presa con me perché non capisco cosa significhi lavorare con passione. Poi è tornata alla carica con la storia del ristorante e abbiamo litigato.

Adesso però devo decidermi, penso sistemandomi l'asciugamano intorno ai fianchi e guardandomi di profilo. A fregarmi davvero è la pancia. È la pancia che dice la vera età di un uomo, come gli anelli nel tronco degli alberi. Se non fosse per quella, dimostrerei minimo cinque anni in meno.

Sulle braccia si notano ancora i muscoli. Le gambe mi piacciono perché, nonostante tutto, restano quelle di un calciatore. E la faccia... Beh, la faccia non è male. Solo che ultimamente mi fa un effetto strano vederla allo specchio.

Inizio ad assomigliare a mio padre.

Fin da quando avevo dodici anni, mia madre guardava la foto di papà sul suo comodino, quella in cui lui sorrideva tutto orgoglioso nella sua divisa da autista Atac, due mesi prima di ammalarsi e di lasciarci in poche settimane, senza nemmeno darci il tempo di capire.

Poi mi baciava, piangeva e diceva che avevo preso

tutto da lui. Io rispondevo «sì», la abbracciavo per consolarla, ma intanto tra me pensavo che la somiglianza era solo nella sua testa.

Ora invece guardo i miei occhi e rivedo la stessa espressione di quella foto.

Papà è morto a trentacinque anni. Praticamente, l'età che io ho adesso. E dire che io lo vedevo così grande, così distante. Così tremendamente adulto. Al pensiero, una ruga che non sapevo di avere, piccola e verticale tra le sopracciglia, diventa un po' più profonda.

La porta che si apre mi fa voltare di scatto.

«Scusa, ma è tardissimo», dice Valentina, ancora in camicia da notte.

Poi si siede sul water e fa la pipì.

Io riprendo a fissare lo specchio, cercando di essere disinvolto.

I primi tempi che eravamo sposati, mia moglie mi prendeva in giro per la mia abitudine di chiudermi sempre in bagno.

«Siamo solo io e te, di cos'hai paura?» mi ripeteva sorridendo.

Alla fine le avevo dato retta ed ero riuscito a convincermi che quella di girare la chiave ogni volta era soltanto una mania inutile e un po' antica. Ma, appena mi sono adattato alla novità e sono riuscito a starmene tranquillo con la porta aperta, Valentina ha iniziato a entrare in bagno anche quando c'ero io. Senza bussare. Oppure bussando e poi aprendo subito, senza aspettare la mia risposta.

Non sono ancora abituato a tutta questa intimità.

So che è qualcosa di bello, perché significa che da sposati si diventa davvero una cosa sola. Ma, a costo di apparire vecchio dentro, preferisco la tradizionale scuola di pensiero, per cui è meglio se rimane un po' di mistero anche tra due persone destinate a vivere insieme per sempre.

«Oggi arrivano le bozze del libro di Thomas.»

Grandiosa notizia. Non lo vedrò più ciondolare a casa nostra. E non rischierò più di trovarmelo al mattino che russa scalzo sul nostro divano, com'è successo la volta in cui aveva lavorato fino a tardi con Vale e aveva esagerato con l'Aperol Soda.

«Bene», rispondo senza guardarla.

«È molto carino», dice tirando lo sciacquone. «Manca solo il titolo. Quello proposto da lui non è piaciuto per niente al marketing. Voleva chiamarlo *Il porco che salvò la mia vita.*»

Vale si avvicina a me e mi dà una spallata leggera per farmi spostare. Apre l'acqua e si lava mani e faccia.

«In effetti, fa schifo.»

«Ci vuole qualcosa di più accattivante, di più morbido... Qualcosa che faccia presa sulle donne, che sono le più grandi lettrici.»

«Tipo *Un amore tutto rosa*?» butto lì, tanto per dire, scrutandomi le narici a caccia di qualche pelo di troppo.

Valentina alza la testa di colpo. Mi abbraccia e mi dà un bacio sulla bocca, con la faccia bagnata.

«Genio!» esclama, tutta contenta. Poi mi ruba l'asciugamano, sfilandomelo dai fianchi e lasciandomi nudo come un verme, e scappa di là. «Chiamo subito la Mamba!» urla.

«Ma sono le sette e un quarto!»

Valentina si riaffaccia sulla porta, sventolando il cellulare.

«Nessun problema, lei si sveglia alle cinque», mi spiega, affannata. «Medita e fa il saluto al sole, va a correre, legge tre quotidiani e poi viene in ufficio.»

«Chissà com'è contento suo marito.»

«Si è separata da poco. Lui l'ha lasciata per una maestra d'asilo», mi informa Vale e intanto, con il telefono incastrato tra orecchio e spalla, apre il vasetto di crema idratante e se la spalma sotto gli occhi. «C'era da aspettarselo. Voi maschi avete sempre difficoltà ad accettare le carriere delle vostre compagne.»

«Magari era solo stanco di essere svegliato alle cinque.»

«Magari non sopportava di avere accanto una donna che aveva più successo di lui.»

«E tu che ne sai?»

«Niente, ma immagino. Non sono tutti supportivi come te», mi dice mandandomi un bacio rivolta allo specchio. Poi scuote la testa e posa il telefono. «Non risponde.»

«Perdo i capelli», dico, un po' a lei e un po' a me stesso, avvicinandomi di nuovo allo specchio per controllare le tempie.

Valentina mi guarda e mi passa una mano sulla schiena. Poi mi dà un bacino sulla spalla. «È normale, non hai più vent'anni», sussurra, teneramente spietata.

Sarà anche vero. Però vorrei vedere lei, se le dicessi la stessa cosa a proposito della sua cellulite.

Poi la Mamba, che ha visto la chiamata e fiutato il business, richiama subito, Valentina schizza di là e inizia a parlare del titolo e del piano marketing per il libro di Thomas.

Intanto io penso alla questione del successo. È un po' strano scoprire che Valentina sia così convinta di averne più di me. Non l'avevo mai considerata in questi termini, ma solo per il fatto che io, nonostante non faccia mai uno straordinario, continuo a guadagnare più di lei. Però il successo non si misura solo con i soldi, mi dico, mentre vado in cucina e la osservo al telefono. Quando lavora le si accendono gli occhi, diventa seria e determinata come le donne che vedi soltanto nelle pubblicità.

Io invece, quando entro in ufficio, ho la nausea.

Soprattutto da quando dalla Sede Centrale sono arrivati gli Organizzatori, due tizi magri e curvi che, tra un sorriso e una stretta di mano, in due settimane hanno riconvertito settori, revisionato bilanci, trasferito funzionari, scorporato uffici, abbattuto muri. Sono ripartiti lasciandosi dietro una scia di lacrime, amicizie infrante, amanti divisi e tardive proteste sindacali.

Io e Carlo siamo passati dalla tranquillità del nostro piccolo ufficio al girone infernale di un open space in cui trentadue persone sono stipate in uno spazio progettato per quindici.

Gli unici contenti della nuova situazione sono il direttore Giuliani e Ada.

Il direttore è stato nominato referente unico per la sede e, vista la situazione di crisi, ha praticamente il diritto di vita e di morte su ogni dipendente. Ada è diventata il suo braccio destro, da quando la loro relazione è stata resa ufficiale. «Il vero amore vince ogni ostacolo», ha commentato qualche collega romantica. Ma tutti gli altri, molto meno sognatori, sanno bene che per il dottor Giuliani c'erano poche alternative. Dopo che la moglie lo ha beccato in preda alla passione con la giovane impiegata nel camper di famiglia parcheggiato in giardino, i casi erano due: o andava a stare sotto un ponte o si fidanzava seriamente con la sua amante.

Ora lui sembra più giovane, lei più cattiva. Lui indossa cravatte colorate, lei si stira i capelli e cammina veloce sui tacchi a stiletto. Gli impiegati che fino a qualche mese fa la prendevano in giro, cominciano a temerla, perché sanno che è proprio lei a influenzare ogni decisione del capo.

L'attività preferita di Ada e il direttore è quella di studiare i bilanci e tagliare il più possibile. Hanno tagliato sugli omaggi natalizi, sui ticket, sulla cancelleria, su Internet e sui telefoni. E poi hanno deciso di dare l'incarico per le pulizie a un'agenzia nuova, che recluta ex detenuti e si fa pagare la metà delle altre.

Quando ho saputo che Marika non sarebbe venuta più, lì per lì sono stato malissimo, ma poi mi sono detto che era meglio così e che se smettevo di vederla magari avrei ripreso a fare l'amore con mia moglie pensando a mia moglie, cosa che dovrebbe essere normale, credo, almeno per i primi tre anni di matrimonio.

Ho fatto di tutto per non incrociarla il suo ultimo giorno di lavoro. Invece lei mi ha fregato, ed è arrivata con dieci minuti di anticipo, affacciandosi alla porta dell'open space con due pacchetti di Mini Mars, per salutarci tutti e farci capire quanto le dispiacesse andare via.

Ha scritto su un foglietto il suo nickname su Skype, il diminutivo di un frutto più le ultime due cifre del suo anno di nascita. Tutti se lo sono segnato. Anch'io, tanto per non dare nell'occhio. In realtà non avevo bisogno di scriverlo, visto che non me lo sarei scordato per niente al mondo. Ora i contatti con Marika si limitano a qualche rapido saluto in chat. Lei mi chiede come sto, io le racconto la verità. Con lei mi viene naturale. Forse perché mi sta ad ascoltare e basta, senza correggermi o giudicare. Non ci siamo mai sentiti per telefono. Anche se il suo numero è lì, in bella vista sul suo profilo, finora sono riuscito a non chiamarla, ed è stata una bella prova di volontà.

Attualmente, al posto di Marika c'è una signora sui cinquanta con un grande tatuaggio di un serpente su una mano. Pare che molti anni fa abbia sparato al suo spacciatore. Quando incrocio il suo sguardo truce mentre passa lo straccio in corridoio mi sento triste, oltre che un po' spaventato.

Non ho mai fatto grandi progetti. Sono sempre stato il tipo che preferiva vivere alla giornata. Eppure, se dieci anni fa mi avessero chiesto come immaginavo il mio futuro, l'avrei descritto proprio così. M'immaginavo esattamente come sono adesso. Solo più felice.

Guardo lo specchio e vedo mio padre.

Devo chiudere e riaprire gli occhi per ritrovare la mia faccia.

La voce di Valentina, che nel frattempo ha terminato la telefonata, si è messa una camicia a righine ed è tornata accanto a me per truccarsi, mi fa trasalire.

«Le è piaciuto un sacco», mi comunica, carica di energia. «Oggi sentiamo il grafico per la copertina», aggiunge, con un bel sorriso soddisfatto. Poi nota la mia espressione e mi fissa perplessa. «A cosa stai pensando?»

«Penso che dovremmo fare un figlio.»

Crisi

1

«SONO incinta!»

Quasi a sottolineare la notizia, una leggera brezza si alza dal mare e fa oscillare la fiammella della candela accesa sul nostro tavolino.

Valentina accusa il colpo con le labbra socchiuse. Poi si mette le mani sulle guance, si alza e abbraccia forte la sua amica Sofia.

Io rimango a faccia a faccia con Norberto, che mi guarda e sorride, felice e orgoglioso. Gli strizzo l'occhio.

«Congratulazioni», dico. E faccio tintinnare il mio bicchiere di birra contro il suo.

«Di quanto sei?» chiede Vale con gli occhi lucidi, accarezzando i capelli di Sofia e poi posandole d'istinto una mano sulla pancia.

«Nemmeno due mesi. Siete i primi a saperlo.»

«In viaggio di nozze ci siamo dati parecchio da fare», confessa Norberto, timidamente fiero.

«E... com'è?»

«A parte la nausea e i colpi di sonno in tribunale... È una cosa pazzesca.»

«Pazzesca, sì. Non ci sembra ancora vero», conferma Norberto.

«Vedi tutto in un'altra prospettiva», spiega Sofia, guardando il marito con una dolcezza che chissà dove teneva nascosta, prima.

«Sono felicissima per voi», dice Vale mentre, con le guance arrossate, torna al suo posto accanto a me. Mi prende la mano e la stringe, però non mi guarda in faccia.

L'annuncio di Sofia è arrivato a sorpresa, nel bel mezzo del brindisi che Vale aveva appena proposto per festeggiare le vendite eccezionali del libro *Un amore tutto rosa* (cinquantamila copie in sei mesi, un evento storico per la casa editrice) e la sua promozione a senior editor.

«E voi?» chiede Norberto, sinceramente convinto di aver fatto una domanda originale.

Mia moglie sorride vaga. «Ci stiamo pensando.»

Io annuisco per confermare e tracanno la birra.

Cala un silenzio imbarazzante, per fortuna interrotto dal capoanimatore del villaggio, che sale sul palco a dare il benvenuto ai nuovi arrivati annunciando la serata di balli caraibici con spettacolo pirotecnico alle ventitré.

Io e Vale ci lanciamo un rapido sguardo, triste e sollevato insieme.

Sono dieci mesi che cerchiamo un figlio, ma non è ancora successo niente.

All'inizio è stato bello.

Finalmente avevamo un vero progetto in comune. Avevamo scoperto un'intimità nuova. Il sesso era diverso, più cauto e dolce, ma anche più intenso. Dopo aver fatto l'amore, restavamo svegli a chiacchierare per un bel pezzo, proprio come ai vecchi tempi. Ce ne stavamo nudi, appoggiati sul cuscino faccia a faccia, e parlavamo di cose sciocche e tenere, tipo i nostri nomi preferiti o la lista dei pro e contro nell'avere un maschietto o una femminuccia. I nomi in cima alla nostra classifica erano Francesca, Benedetta, Marco, Gabriele. Sulla seconda questione, per me l'ideale era fare la coppia, mentre Valentina, convinta che un figlio unico fosse più che sufficiente per una donna che lavora quindici ore al giorno, preferiva una femmina.

Valentina era sempre lì ad ascoltarsi e a controllarsi viso e pancia allo specchio. In certi giorni era sicura di notare qualcosa di diverso: una sensibilità particolare agli odori, un po' di mal di stomaco, il reggiseno che dava fastidio.

«Mi sa che stavolta ci siamo», annunciava.

Ma tutto svaniva quando, un mattino, usciva dal bagno senza guardarmi negli occhi, mormorava: «Mi sono venute», e senza aggiungere altro si preparava per il lavoro con gesti nervosi.

Dopo sei mesi di tentativi falliti era andata a parlare con la sua ginecologa, e la megera, invece di rassicurarla, le aveva prospettato uno scenario da Apocalisse.

«Ha detto che dopo i trenta la fertilità di una donna diminuisce del cinquanta per cento! Che se entro il mese prossimo non succede niente bisogna iniziare con gli accertamenti! E poi mi ha sgridato perché non prendo l'acido folico, perché fumo tre sigarette al giorno e non faccio il pap test da quattro anni. Mi ha fatto sentire una merda!» aveva detto al rientro, buttando la borsa da lavoro sul pavimento e scoppiando a piangere sconsolata tra le mie braccia.

L'avevo convinta a cambiare dottoressa e a sceglierne una più ben disposta verso il genere umano, ma ormai il danno era fatto: il periodo delle lacrime e dell'ossessione di non essere normali era ufficialmente cominciato.

Vale ha comprato in farmacia un piccolo computer che le segnala quali sono i suoi giorni fertili, e abbiamo iniziato a fare l'amore a comando.

Quando è il momento giusto, non c'è impegno che tenga.

Ma qualcosa non funziona. O è il computer, o siamo noi.

Concepire è diventato più che un desiderio. Adesso è una sfida, una missione. Se penso ai nostri rapporti sessuali in questo periodo, mi viene in mente una parola che non mi piace per niente: «accanimento».

Non chiacchieriamo più dopo aver fatto l'amore. Spegniamo la luce e ci riposiamo. Oppure, se l'apparecchio ci ha ordinato di fare sesso alle sette del mattino o in pausa pranzo, ci vestiamo in fretta e, senza quasi salutarci, torniamo ciascuno ai propri impegni.

Qualche volta Vale rientra a casa d'umore nero perché ha appena visto una collega, una conoscente o un'amica dei tempi della scuola ostentare orgogliosa una pancia nuova di zecca. «È un incubo, sono circondata da neonati e donne incinte!»

La televisione, poi, tra pubblicità, talk show e persino servizi al tg sembra non parli d'altro e la fa sentire l'unica donna non gravida al mondo.

Un mese fa l'ho trovata da sola in salotto mentre borbottava un fiume di parolacce all'indirizzo di una matura e botulinica attrice di fiction, che in un'intervista annunciava l'arrivo di una coppia di gemelli per lei e il suo giovane marito.

«Ce la fa 'sta stronza che ha quasi cinquant'anni e non ce la faccio io che ne ho trentuno? Non è giusto!» ha urlato, così forte da far scappare Dinamo a nascondersi sotto il divano.

L'ho abbracciata provando a ricordarle quello che sostengono i medici e tutti i siti Internet specializzati, e cioè che lo stress è nemico del concepimento e che tante volte i bambini si tengono alla larga se la loro futura mamma è troppo nervosa.

Lei mi si è rivoltata contro. «Adesso è colpa mia?» mi ha detto, guardandomi malissimo. Poi ha aggiunto, in tono duro: «Per quel che ne sappiamo, se non rimango incinta potrebbe anche dipendere da te».

Mi sono sentito gelare. «Impossibile», ho risposto con un sorriso un po' scemo.

Era un'ipotesi che, semplicemente, non avevo mai considerato.

Nella mia mente sono passate le immagini di quindici anni di vita trascorsi con l'incubo del controllo delle nascite: la vergogna in farmacia, il senso di smarrimento davanti agli enormi espositori di preservativi e l'impressione di avere puntati addosso gli occhi di tutti i clienti; i minuti di angoscia in attesa del risultato di almeno tre test di gravidanza di altrettante fidanzate di cui ora ricordo a stento il nome, sbirciati con una mano sugli occhi e la frase «se è negativo non lo facciamo mai più» ripetuta come un mantra; le ragazze che, sul più bello, ti sussurravano frasi crudeli come «ho smesso la pillola il mese scorso» (per un po' ho creduto di essere sfigato, perché me lo diceva almeno la metà di quelle che riuscivo a portarmi a letto; poi, parlando con gli amici, ho scoperto che anche loro incontravano sempre e solo tipe che avevano appena smesso la pillola. Va contro ogni legge statistica, ma è uno dei tanti misteri dell'universo femminile), oppure l'agghiacciante «stai attento», la più odiosa di tutte, perché, in quello che dovrebbe essere il culmine del godimento e della felicità, ti rende rilassato come uno che sta facendo il countdown per il lancio dello Shuttle.

Non poteva essere stata tutta fatica inutile.

«Io non ho nessun problema», ho risposto, risentito.

«Sei sicuro? Hai mai messo incinta una ragazza?»

«No!»

«Lo sapevo...» ha mormorato, delusa. (Forse sarebbe stata più felice se le avessi detto qualcosa del tipo: «Sì, ho tre figli e da domani verranno tutti a vivere qui con noi»?)

«Perché io ho la testa sulle spalle! E tu, sei mai rimasta incinta?»

«Che domanda idiota.»

«Tu me l'hai appena chiesto.»

Vale ha scosso la testa. «Però ho preso la pillola del giorno dopo. Due volte.»

«L'hai detto alla ginecologa? Magari quelle bombe di ormoni hanno lasciato qualche strascico.»

«Vedi che dai la colpa a me?»

Siamo andati avanti a rimbalzarci le responsabilità per un bel po'. Poi Vale si è accorta che il computer aveva la lucina rossa e abbiamo sospeso le ostilità.

Ma quella discussione aveva seminato dubbi difficili da scacciare. Così mi sono arreso e, proprio il giorno prima di partire con i nostri amici per questo last minute a Sharm El-Sheik (Abbiamo davvero bisogno di staccare un po', ci siamo detti. Sottotesto: Magari il cambiamento d'aria compirà il miracolo), tra una maglietta aggiunta in valigia, una verifica ai documenti e una prova costume, mi sono infilato in bagno con la triste compagnia di un barattolino di plastica.

Questa volta ho chiuso la porta a chiave.

Era una situazione talmente surreale che sono dovuto restare là dentro quasi mezz'ora prima di riuscire a risolvere qualcosa.

Confesso che subito sono stato tentato di pensare a Marika. Anche se non la vedevo da mesi e se le ultime novità mi avevano riavvicinato a mia moglie, lei era sempre lì, in un angolino della mia testa e del mio portatile. Se avessi chiuso gli occhi pensando alla foto che mi aveva mandato due settimane prima (lei a Mirabilandia, con gli occhi accesi e i capelli bagnati dopo essere scesa dal Rio Bravo), sarei stato sicuro di raggiungere il mio obiettivo in meno di un minuto.

Ma poi ho realizzato che sarebbe stato troppo umiliante, per Marika e per me, e ho ripiegato sulla solita storia di Angelina Jolie allo stadio.

Siamo partiti con il proposito di non macerarci nell'attesa dei risultati, di lasciare a casa le paranoie, di pensare ad altro, divertirci e goderci un po' di meritato riposo.

E invece, la prima sera di vacanza, eccoci qui a parlare di pance, nausee e anestesie epidurali.

«Non vedo l'ora di prendere il congedo di paternità», sussurra Norberto, estatico.

«Con il mio lavoro, se resto ferma più di tre mesi mi fanno le scarpe», spiega Sofia.

Poi chiede a Norberto se può andare a prenderle un altro cocktail analcolico, perché quello che ha davanti le dà la nausea. «Mi raccomando, senza zucchero, senza cocco e con tanti pezzetti di papaia. E una fragola, però matura.»

«Certo, amore», risponde Norberto, felice di obbedire. Il suo grado di zerbinaggio ha superato i livelli di guardia. Ma almeno adesso Sofia lo ricompensa con lunghe occhiate amorevoli e riconoscenti e, per la prima volta, un po' lo capisco.

Non vedo l'ora che anche Valentina mi guardi così.

Per il momento, però, gli occhi di Valentina si illuminano solo posandosi sul sedere saettante e scultoreo di uno dei cinque maestri di danze caraibiche che si sono appena lanciati in pista tra i mormorii di ammirazione delle signore.

Vale mi tocca un ginocchio. «Amore, ci iscriviamo ai corsi di merengue?»

Se volete far davvero male a un calciatore, chiedetegli di ballare. E poi cosa c'entra il merengue con l'Egitto?

Ma Vale insiste e io so quanto, in un momento così delicato per noi, sia importante mantenere una buona armonia. Così passo il resto della vacanza sforzandomi di imparare i passi base della salsa e di mettere incinta mia moglie: due cose che, se fatte spontaneamente, ti riempiono di piacere e divertimento, ma se diventano un obbligo sono più faticose e stressanti di un lavoro a tempo pieno.

2

Il dottor Giuliani giocherella con la sua Montblanc.

Quando entro nella stanza sorride cortese e mi invita a sedermi. «Caffè?»

«No, grazie. L'ho appena preso.» Mi sistemo sulla sedia, più sciolto e rilassato di quanto potessi immaginare.

Tanto ho già capito tutto. Mi è bastato vedere la faccia di Carlo.

«Facevi meglio a restartene in Egitto», ha bisbigliato senza guardarmi negli occhi appena ho messo piede in ufficio. Poi ha ripreso a digitare compulsivamente la parola BASTARDI sulla sua Dymo.

La telefonata di Ada è arrivata prima ancora che la scritta WINDOWS 2000 comparisse sullo schermo del mio computer.

«Il direttore desidera parlarti», ha detto con voce squillante ma espressiva come quella di un risponditore automatico.

Ora, seduta accanto al suo nuovo fidanzato, con la schiena dritta e le mani appoggiate sulle ginocchia, fa lentamente scorrere lo sguardo su di me, dai capelli fino al nodo della cravatta, e ritorno. Cerca di contenersi, ma non riesce a nascondere un'espressione soddisfatta. Il suo sorriso è quello che farebbe Gatto Silvestro se una buona volta riuscisse a mangiarsi Titti.

Chissà da quanto aspettava questo momento. Ora può vendicarsi, e maltrattare la mia dignità almeno quanto in passato ha maltrattato il mio pisello.

Il direttore invece tiene gli occhi bassi, come se volesse leggere sul cappuccio della Montblanc le parole da dirmi. «Geometra Ruocco, allora. Come sta?»

Starei meglio se non avessi davanti le vostre facce stronze.

«Si tira avanti.»

«Dov'è stato di bello in vacanza?»

«In Egitto.»

Finalmente alza la testa e sorride ancora senza motivo. «Ah, l'Egitto. Magnifico. Ha visitato il Quartiere Copto al Cairo?»

«Purtroppo non abbiamo avuto tempo. Eravamo in un villaggio, ci siamo fermati solo sette giorni...»

«È un vero peccato. Lei deve assolutamente tornarci e vedere il Quartiere Copto.»

Ha la mania tipica di chi detiene il potere e vuole fartelo pesare. Sa perfettamente che dentro sto tremando per quello che sta per dirmi ma, invece di andare al punto, si dilunga apposta in cazzate inutili, solo perché gode a vedermi soffrire.

Ada annuisce e lo ascolta con un sorriso compiaciuto.

Dopo dieci minuti di sproloquio sulle dinastie dei faraoni e il DNA delle mummie, il dottor Giuliani fa un sospiro e posa le mani sulla scrivania. «Beh, spero almeno che sia stata una vacanza rigenerante. È rilassato, geometra Ruocco?»

«Abbastanza.»

Il direttore guarda Ada. Ada guarda il direttore, e il lampo nei suoi occhi dice: colpisci.

«Bene», prosegue lui. «Come ormai saprà, la situazione della nostra Società non è delle migliori. Anzi, voglio essere franco: stiamo lottando con una crisi che non ha precedenti. Siamo tutti nella stessa barca, geometra Ruocco... E tutti siamo chiamati a fare qualche piccolo sacrificio.»

Saremo pure sulla stessa barca, ma lui è il miliardario che si abbronza sul ponte sorseggiando champagne, io sono il mozzo. E l'unico sacrificio che gli ho mai visto fare è stato evitare l'associazione di carboidrati e proteine a pranzo nel ristorante accanto all'ufficio, perché andare a letto con una di dieci anni in meno richiede una certa attenzione alla forma fisica.

«I suoi colleghi forse l'hanno già messa al corrente del processo di ottimizzazione delle risorse che abbiamo avviato negli ultimi tempi.»

Sull'orrenda parola «ottimizzazione» il mio cellulare vibra nella tasca dei pantaloni. Salto sulla sedia. Si sente il ronzio, ma faccio finta di niente.

«Abbiamo concesso diversi prepensionamenti a chi possedeva i requisiti, e abbiamo già comunicato a tutti i collaboratori a progetto che alla scadenza del contratto possono considerarsi liberi...»

Il telefono continua a vibrare senza sosta. Potrei infilare una mano in tasca per spegnerlo, ma non vorrei che, vista la situazione, lo scambiassero per un poco elegante gesto di scongiuro.

«Ma ci siamo resi conto che non basta», prosegue il direttore, grave. Poi mi guarda negli occhi: «Dobbiamo intervenire anche altrove».

Ada raddrizza di più le spalle e interviene, sadica: «Ovviamente non potevamo coinvolgere in queste decisioni chi ha la famiglia a carico o, che so, dei figli piccoli».

Ora che la guardo meglio, noto che la sua faccia ha qualcosa di diverso. Forse si è iniettata un po' di botulino sulla fronte. O forse è solo la nuova pettinatura, con i capelli tirati all'indietro che le spianano le rughe.

«Comunque, si ricordi: una crisi è sempre un'ottima opportunità», riprende il direttore.

Il mio cellulare, dopo una tregua brevissima, torna a

farsi sentire. Lo ignoro e socchiudo gli occhi, pronto alla mazzata.

«Io credo che lei debba considerare l'offerta che sto per farle come un regalo da parte dell'azienda.»

«Insomma, Stefano. Ti riduciamo l'orario», sbotta Ada. Non si teneva più e voleva a tutti i costi darmi lei la notizia.

«Per un periodo di tempo ancora da stabilire», precisa Giuliani, visibilmente seccato per essere stato interrotto. «Da trentasette ore settimanali passa a ventidue ore e mezzo. Avrà tutti i pomeriggi liberi, a partire dalla settimana prossima.»

«E lo stipendio?» chiedo fissando il bordo della scrivania.

Il direttore inarca le sopracciglia, come se gli avessi appena ricordato un dettaglio irrilevante e anche un po' volgare. «È inevitabile che il compenso subirà una piccola flessione. Ma meno di quanto immagina, perché riducendo il lordo cambia l'aliquota. Mi creda, a conti fatti è quasi un guadagno», dice. Poi fa una risata scema. «Io, se solo potessi, ci metterei subito la firma.»

Allora perché non ce la metti, idiota?

Il telefono riprende a suonare. Per la quarta volta.

«Se non ci sono domande, geometra Ruocco, chiedo all'amministrazione di procedere con la variazione del suo contratto.»

«Nessuna domanda.»

«Allora, grazie per la sua collaborazione. Ce ne ricorderemo e ne sapremo tenere conto, al momento giusto.»

«Grazie a lei, direttore.»

Quando gli stringo la mano, rilevo che durante il nostro colloquio ha sudato un bel po'.

La manina devastatrice di Ada, invece, è perfettamente asciutta.

Controllo il cellulare ancora prima di richiudere alle mie spalle la porta della Direzione.

Ci sono cinque chiamate senza risposta di Valentina. Faccio subito il suo numero, mentre percorro il lungo corridoio per tornare alla mia stanza.

Risponde al primo squillo. «Dov'eri?» chiede in tono nervoso.

«In Direzione. Mi hanno...»

Ma a lei in questo momento non interessano le mie sfighe professionali. Mi interrompe subito: «Sono stata dalla ginecologa. Le ho portato le tue analisi. È un disastro, Stefano...» dice, con la voce che le si spezza.

Impallidisco. Non sono sicuro di capire. «Cosa?»

«Hai gli spermatozoi lenti!»

«Come?!»

Lei ripete la frase, gridando.

«Vale, ma dove sei?»

«In autobus. Ho preso un'ora di permesso, adesso vado al lavoro.»

«Ecco, appunto, allora non urlare», dico, abbassando d'istinto la voce. «Hai portato le analisi dalla tua dottoressa senza avvisarmi?»

«Scusa, ma ero in ansia, stavo troppo male, non potevo aspettare altri dieci giorni il tuo appuntamento dall'andrologo. La dottoressa sostiene che l'unica possibilità per avere un bambino è fare la fecondazione assistita. Praticamente mi prelevano un ovulo, ci iniettano dentro un tuo spermatozoo e poi...»

«Non sarebbe meglio discutere i dettagli di persona, con calma?» dico, con una voce strozzata che non sembra la mia.

«Come posso stare calma dopo una notizia del genere?»

«Guarda che è uno choc anche per me.»

«Ma sono io quella che deve farsi massacrare se vuole avere un bambino.»

Ci sono parecchie cose strane in questa conversazione. La prima è che sono troppo stordito per ragionare e ho bisogno di un po' di tempo per metabolizzare questa valanga di brutte notizie. La seconda è il tono aggressivo di mia moglie, che mi fa subito sentire in colpa, quasi fossi direttamente responsabile dei movimenti dei miei spermatozoi e avessi sbagliato nel non motivarli abbastanza, come un cattivo allenatore con la sua squadra. La terza è che non mi piace per niente discutere di certi argomenti per telefono, mentre lei è pigiata tra cento persone sul bus all'ora di punta e io cammino nel corridoio dell'ufficio, con i colleghi che mi incrociano e fanno una faccia di circostanza, convinti che la mia espressione sconvolta derivi solo da quello che mi hanno appena comunicato in Direzione. Ma la quarta, ed è la più importante, è che in questa conversazione non viene pronunciata nemmeno una volta la parola «noi».

Sarei tentato di chiederle qualche dato più preciso sulla situazione deprimente del mio apparato riproduttivo, ma poi capisco che non è proprio il momento. Con la scusa di un lavoro urgente da sbrigare in archivio, dove il cellulare non prende, chiudo la telefonata e rimando la questione a più tardi.

Torno alla scrivania e resto lì per un po' con la testa tra le mani.

Carlo, seduto alla postazione di fronte alla mia, non ha il coraggio di fare domande.

Rimaniamo così per quasi mezz'ora: io con i gomiti appoggiati alla scrivania, a fissare il salvaschermo, Carlo a guardare la sua Dymo.

È lui che si decide a parlare per primo. Fa scorrere la sua sedia verso di me e sussurra: «È andata male?»

«Abbastanza», rispondo, a voce bassa. «Dalla settimana prossima sono in orario ridotto.»

Carlo stringe le labbra fino a farle diventare bianche.

Subito penso che sia il suo modo per esprimere la sua solidarietà e gli dico di non preoccuparsi per me. «Mia moglie ha un buon lavoro. Suo padre ci ha dato una mano con la casa, e per fortuna paghiamo solo seicento euro di mutuo. Se tagliamo qualche spesa extra, tipo ristoranti e vacanze, possiamo tirare avanti senza problemi.»

Ma il respiro di Carlo si fa sempre più pesante e veloce.

Capisco che non sono io il problema e smetto di snocciolare cifre e dati personali.

«Adesso chiamano anche me. Lo so che chiamano anche me. Maledetti!» sibila fissando il telefono con orrore. Poi all'improvviso balza su dalla sedia e inizia a camminare avanti e indietro, come un leone in gabbia. I trenta colleghi dell'open space alzano gli occhi, l'uno dopo l'altro.

«Cosa faccio io se mi riducono l'orario? Cosa faccio tutto il pomeriggio a casa? Cosa faccio tutto il pomeriggio assieme a lei? Io muoio, capisci? Muoio!»

Lì per lì penso che stia scherzando. Ma Carlo non ha mai scherzato in vita sua.

Infatti il delirio continua. Anzi, peggiora, perché Carlo, con frasi sconnesse, comincia a dire che è stata sicuramente sua moglie a chiamare il direttore per chiedergli di lasciarlo a casa.

«Ho capito tutto. Si sono messi d'accordo. Sono d'accordo, capisci? Vogliono vedermi morto!!»

Senza che io riesca a fermarlo, fa il numero di casa, trema, balbetta e urla alla consorte: «Io a casa con te non ci sto, hai capito? Dovrai passare sul mio cadavere!»

Quando scaglia la Dymo contro la vetrata che dà sul corridoio, mandandola in mille pezzi e rischiando di ferire una stagista innocente al suo ultimo giorno di lavoro, capisco che devo cercare rinforzi.

Nel caos più totale, mentre gli addetti alla vigilanza bloccano Carlo e la stagista illesa telefona all'ambulanza, mi lascio cadere sulla sedia. Penso che mi ci vorrà del tempo per riprendermi da questa catena di choc. Intanto giuro a me stesso che, per quanto storta possa andare la mia vita e per quanto grandi possano diventare i miei problemi con Valentina, ricorderò per sempre l'espressione che ho appena visto sul viso del mio collega e spenderò tutte le forze, le attenzioni e le energie per non arrivare mai a questo punto.

3

«Alla fine sono solo trecento euro in meno al mese.»

«Trecento euro non sono pochi. Già così non riusciamo a mettere da parte niente...» Vale sospira e si passa le mani nei capelli, fissando la pila di bollette, contratti assicurativi e ricevute varie posata sul tavolo della cucina.

«Non ci voleva, proprio adesso», mormora scoraggiata. «La dottoressa dice che tra stimolazione ormonale, transfer, esami e tutto dobbiamo preventivare almeno quattromila euro. Senza contare le spese in più se arriva il bambino.»

A dispetto di tutto, la parola *bambino* mi intenerisce e mi fa sorridere.

Le accarezzo una mano.

«Ce la fanno tutti, possiamo farcela anche noi.»

«E come?» chiede Vale, depressa, tormentandosi l'orecchino sinistro.

«Beh, se siamo davvero in difficoltà possiamo chiedere ai nostri genitori. Mamma sarebbe contenta di aiutarci.»

Valentina stringe le palpebre. «Stefano, non voglio che le nostre famiglie entrino in questa storia», dice, scandendo bene le parole.

«Okay.»

«Non è che hai già raccontato qualcosa a tua madre?»

«Figurati.»

«Sicuro?»

«Sì», annuisco convinto, ma senza guardarla negli occhi.

Non è una bugia vera e propria. Ho sentito mamma ieri, per telefono. Le ho accennato ai miei problemi di fertilità e lei non ci ha creduto.

«Mamma, ho fatto delle analisi. Ho una forma seria di astenozoospermia.»

«Oh, vedrai che poi ti passa. Allora, quando me lo fate il nipotino?»

Tutto qua. Perciò, dal punto di vista del risultato, è proprio come non averle detto niente.

«Dai, Vale, non è il caso di disperarci. Al massimo aspettiamo ancora qualche mese prima di iniziare la trafila medica, così abbiamo più tempo per abituarci alla situazione.»

«Guarda che queste cose non è che le decidi e, zac, il mese dopo hai il pancione. Ci sono donne che fanno quattro o cinque tentativi prima di rimanere incinte. Il tempo non è infinito e io non voglio ritrovarmi mamma a quarant'anni», dichiara alzandosi e parlando sempre più veloce, con il respiro affannato.

Mi alzo anch'io e la prendo tra le braccia per calmarla. «Okay, hai ragione. Allora iniziamo subito», dico dandole un bacio sui capelli.

«Subito non posso, c'è la promozione del libro», risponde lei sottraendosi al mio abbraccio e tentando per la decima volta di chiamare Thomas al cellulare. Da quattro giorni cerca di parlargli, ma lo scarafaggio, definito «scrittore rivelazione dell'anno» da almeno tre giornalisti e da svariati blog autorevoli, non solo in Italia ma anche in Francia e in Spagna, ultimamente è fuori di testa e si rifiuta di andare in giro a presentare il romanzo. Deciso a non cedere alle aberranti logiche commerciali dell'ingranaggio editoriale, dopo avere intascato ventimila euro di anticipo per il secondo libro, è partito per un viaggio in Dancalia senza avvertire nessuno e ha staccato il telefono.

Valentina ascolta l'ennesimo messaggio di utente non raggiungibile, poi posa il cellulare, sbuffando. «Perché non ce ne va mai bene una?» sbotta, mentre afferra al volo Dinamo, che casualmente transita in zona, e inizia a fargli qualche grattino sulla testa, approfittando delle note virtù antistress dei felini.

«Tu vedi tutto nero.»

«Perché, non ho ragione?»

Mi avvicino e le requisisco delicatamente il gatto, posandolo sulla sedia. Le accarezzo una guancia.

«Pensa alle cose belle...»

«Tipo?»

«Tipo che non sei sola. Siamo in due ad affrontare questa storia, e siamo forti perché ci vogliamo bene.»

Vale annuisce e si lascia baciare. «Stefano...?»

«Sì.»

Adesso quello di cui avrei davvero bisogno è un bel «ti amo». È da tanto che non me lo dice.

Invece mi appoggia le braccia sulle spalle e mi spinge un po' indietro, per guardarmi meglio in faccia. «Mi spieghi una cosa? Siete in cento a lavorare in quel posto, perché hanno ridotto l'orario proprio a te?»

Sospiro e cerco di non perdere la pazienza.

«Non lo hanno ridotto solo a me. Stanno parlando anche con altri.»

«Però tu sei stato il primo. Forse è perché capiscono che non te ne frega niente di stare là dentro.»

Se adesso ritorna sull'argomento «ristorante» giuro che non rispondo delle mie azioni.

Ma, per fortuna, l'idea che presto potremmo diventare genitori ha smorzato il suo entusiasmo per il rischio imprenditoriale.

«Ti conviene darti un po' da fare. Fargli capire che ti impegni. Così magari cambiano idea e ti ridanno il vecchio orario...»

«Okay. Adesso però mangiamo, che dici?»

«Il frigo è vuoto.»

«Allora faccio un salto al supermercato. Cosa vuoi?»

«Non ho tanta fame.»

«Dici sempre così, poi mangi come un cinghialetto.»

«Ha parlato Mister Universo», risponde lei sorridendo e pizzicandomi i fianchi.

«Vedrai che quando arriva nostro figlio, a forza di corrergli dietro torno magro come prima.»

«Marika?»

«Sì?»

«Sono Stefano.»

«Ehi! Come va?»

«Ti disturbo?»

«No, sto preparando la cena.»

In sottofondo sento le voci di almeno un paio di ragazzini. Forse i suoi fratelli più piccoli.

«Mi fa piacere sentirti», dice tranquilla, ignara dello straordinario e magico effetto rigenerante che la sua voce produce sul mio corpo e sulla mia psiche.

«Volevo solo salutarti. Stai bene?» le chiedo. Intanto chiudo gli occhi e cerco di immaginarla, lì nella sua cucina. Chissà se porta ancora i capelli lunghi, se le è rimasta la passione per le magliette rosa o ha seguito la moda passando al lilla. Non la vedo da quasi un anno, possono essere cambiate tante cose.

«Sì, bene.»

«Il lavoro come va?»

«Abbastanza. Adesso faccio le pulizie in ospedale. Quattro ore al mattino.»

«E com'è?»

«Normale. L'ufficio era meglio, ma va bene anche così. E tu? Tutto bene?»

«Sì. Cioè, più o meno.»

«Solo più o meno?»

«Ho avuto un po' di problemi ultimamente.»

«Amore o lavoro?»

«Tutti e due.»

«Mi dispiace.»

«Io e mia moglie non riusciamo a fare un bambino», butto lì, senza star troppo a riflettere.

Non esiste un unico modo di impazzire. Carlo spacca i vetri con la Dymo. Io spiattello i miei segreti più intimi a una ventitreenne sosia di Angelina Jolie.

Marika tace per qualche secondo.

Sento un rumore di coperchi, poi di qualcosa che viene messo a friggere.

«I bambini arrivano quando vogliono loro.»

«Lo so. Ma ho paura che da noi non vogliano proprio arrivare.»

«Mi dispiace che stai così.»

«Passerà. Scusa se ti stresso, ma avevo bisogno di parlare con qualcuno.»

«Non mi stressi mica.»

Alle voci dei bambini si aggiungono i toni accesi di una discussione tra due adulti che non parlano italiano. Forse i suoi genitori, che sono polacchi, oppure ungheresi, non ricordo. Solo ora mi rendo conto di non sapere granché della sua vita. Con lei parlo sempre io.

Il rumore viene attutito quasi subito, perché Marika dev'essere andata in fretta a chiudere la porta.

«Dove sei? A casa?» domanda abbassando la voce.

«No, nel parcheggio del supermercato. Anzi, sarà meglio che mi sbrighi, se no i surgelati si sciolgono.»

«Sono contenta che mi hai chiamato.»

«Anch'io sono contento.»
«Devo andare. Sto bruciando i sofficini.» Ride piano.
«Ci sentiamo presto, allora.»
«Sì. Ciao.»

4

I pranzi con i colleghi non sono più quelli di prima.
È bastato un mese e mezzo per sancire la frattura.
Nel grande dehor del bar di fronte all'ufficio, sul lato est, quello soleggiato e con le sedie ergonomiche, stanno seduti i privilegiati che non sono stati toccati dai tagli aziendali. Sul lato umido e in ombra, stanno quelli con l'orario ridotto, e cioè io, Carlo – che è rientrato al lavoro dopo dieci giorni di malattia imbottito di antidepressivi – e due ragionieri sui sessanta che tengono il conto preciso dei minuti che li separano dalla pensione.
Ormai facciamo gruppo a parte, anche perché il nostro argomento preferito è parlare male di quelli dell'altro tavolo e fare ipotesi più o meno fantasiose sui rapporti di sangue o sesso che li legano ai personaggi intoccabili che li proteggono. Quanto ai miracolati del terzo piano, le poche volte che ci invitano al loro tavolo, lo fanno con i modi agrodolci di chi, per sentirsi buono, regala un panino al bambino zingaro che chiede l'elemosina.

Oltre a noi quattro ci sono altre venti persone con il part time forzato, ma sono tutte donne. E loro raramente mangiano qui, perché approfittano del tempo libero per correre via a far la spesa, cucinare o prendere i bambini a scuola.

Noi uomini invece cerchiamo di rimandare il più possibile l'inizio dei nostri pomeriggi vuoti, e insistiamo a pranzare con tramezzini, macedonie e insalatone, anche se non abbiamo più diritto ai buoni pasto da sei euro e cinquanta.

Valentina è partita per accompagnare Thomas nel tour promozionale estero di *Un amore tutto rosa*: dodici giorni in giro per le librerie della Spagna a cercare di persuadere più gente possibile che il suo libro è frutto di talento autentico e non di una clamorosa botta di culo. Fino all'ultimo la disponibilità del giovane scrittore è stata in dubbio, e per convincerlo c'è voluta tutta la testardaggine di Valentina, unita alla promessa di una diaria giornaliera di duecentoventi euro netti più totale rimborso spese, frigobar incluso.

Non sono abituato a stare solo per così tanto tempo.

Nella casa vuota mi sento a disagio. Il peggio è quando arriva la sera. Se non c'è qualcuno con cui scambiare almeno due parole prima di andare a letto, fatico ad addormentarmi. A volte mi lascio assalire da paure assurde, tipo ladri e assassini che sfondano il vetro della finestra o mi aspettano nascosti nel box doccia.

Alla ricerca di un po' di calore famigliare, ho anche provato ad andare più spesso a cena da mia madre. Ma non serve a tirarmi su il morale. Anzi. Ogni volta mamma inizia a dire che mi vede stanco, pallido e sciupato e alla fine, come colpo di grazia, mentre versa nel mio piatto due etti e mezzo di fusilli al ragù, ripete la sua frase preferita su Valentina: «Ti ha lasciato di nuovo solo? Un marito come te dovrebbe tenerselo stretto!»

Nei giorni più cupi, la parte peggiore di me si ritrova a darle un po' di ragione, e questo mi innervosisce ancora di più.

Le giornate scorrono lente. I pomeriggi a casa sono più lunghi del solito. Le serate, difficili da riempire.

Ogni mattina mi sveglio pieno di buoni propositi. Mi riprometto di pulire i balconi, di aggiustare la tapparella rotta da sei mesi, oppure di organizzare qualcosa di interessante, tipo una cena qui a casa con Igor e gli altri del bar di Cosimo.

Ma i pomeriggi trascorsi a far niente mi lasciano più stanco che se avessi lavorato tutto il giorno, così quasi sempre finisce che me ne resto sul divano e mi addormento davanti al televisore.

Dopo ben nove giorni di desolazione e dubbi, la sensazione che chiamare Marika sia l'unico modo per uscire da questo torpore si fa sempre più forte. In fondo non devo mica chiederle un appuntamento. Solo scambiare due parole, sapere come sta.

Per fortuna, quando sono proprio sul punto di cedere, il mio cellulare suona. È Igor, che mi chiede se vado alla festa di Cosimo.

«Cosimo odia le feste.»

«Infatti. Però questa è un'occasione speciale. Chiude, molla tutto. Dice che è stanco e ha troppe spese.»

Ecco cosa mi serviva: un'altra notizia triste. Ma almeno mi costringe a uscire. Se questa è l'ultima sera, non posso mancare per niente al mondo.

Mi lavo, poi pesco a caso pantaloni e camicia dall'armadio.

Il pensiero che anche il bar di Cosimo, l'ultimo vero legame con la mia giovinezza, da domani non ci sarà più, di certo non mi restituisce l'entusiasmo per la vita che ho perso chissà dove.

Cosimo non è mai stato particolarmente generoso. Né ospitale. Né raffinato. Né pulito.

E la sua serata d'addio non rompe la tradizione. Un bianchetto a testa, due salatini gommosi e qualche oliva. Poi la festa finisce.

«Perché alle dieci qui si chiude. Io devo pulire», dice, proprio come tutte le altre sere, senza preoccuparsi di scegliere parole speciali per celebrare la fine di una gloriosa tradizione durata ventun anni.

Non si lascia nemmeno abbracciare. Un vero duro, Cosimo. Di quelli che non si trovano più.

Anche se ormai lo vedevo di rado, so che mi mancherà un sacco.

* * *

La serranda si abbassa alle nostre spalle e nessuno di noi ha il coraggio di voltarsi indietro.

Forse io, Igor e Gianfranco stiamo pensando tutti alla stessa cosa, e cioè a quando siamo entrati da Cosimo per la prima volta, tanto tempo fa. Non che il locale ci attirasse in modo particolare. Però ciondolavamo da ore su e giù per via dei Castani, iniziava a fare freddo e Gianfranco aveva bisogno di un telefono a gettoni per chiamare una giovanissima turista di Rovigo, a cui aveva raccontato di essere figlio di un funzionario in Vaticano in grado di far ottenere a lei e ai suoi genitori un'udienza privata dal Papa. Io portavo i capelli lunghi fino alle spalle e i Roy Rogers con la cerniera in fondo, Gianfranco si tingeva di biondo con l'acqua ossigenata a trentasei volumi. Igor invece se ne fregava del look, perché era certo che Isabella lo amasse non per come appariva ma per com'era dentro.

Eravamo giovani, ingenui e convinti che tutto il meglio della vita dovesse ancora arrivare.

Adesso sono passati vent'anni, e il meglio della vita lo stiamo ancora aspettando. Nell'attesa non siamo cambiati granché, con l'eccezione che non siamo più giovani, non portiamo più i Roy Rogers e siamo troppo affezionati ai capelli rimasti sulla nostra testa per maltrattarli con tinte o pettinature strane.

In questo momento sarebbe bello poter condividere i pensieri, ma ognuno ha paura di parlare per primo, di commuoversi e fare la figura del bambino o del vecchietto sentimentale che rimpiange i bei tempi andati.

È Gianfranco a sbloccare la situazione, dicendo l'unica cosa giusta per quest'atmosfera malinconica e pensosa: «C'è un locale nuovo al Testaccio che il giovedì è pieno di gnocca».

In effetti, le donne ci sono. Tante, dappertutto. Al bancone, in pista, in fila per i bagni. È un'esplosione di minigonne, scollature, tacchi, vestiti zebrati, leopardati, pitonati, sandali, rossetti e unghie bicolori, con sottofondo di musica latina.

Ma la più giovane ha quarant'anni.

I miei amici non sembrano affatto turbati da questo dettaglio. Anzi.

Gianfranco non perde tempo e si lancia in un merengue con una signora bruna che potrebbe essere sua zia.

Igor ha stampata in faccia un'espressione meravigliata da bambino al luna park. È più forte di lui, non riesce a comportarsi normalmente se si trova in una stanza con più di tre femmine.

«Se non rimorchio stasera finitemi con un colpo in testa», dichiara, con il consueto atteggiamento costruttivo. Intanto si fa prendere dalla sindrome di Stendhal, inizia a girare la testa a destra e a sinistra, strabuzzando gli occhi e puntando lo sguardo ora su un paio di gambe, ora su un seno taglia quinta, ora su una capigliatura gonfia e ricciuta.

Confuso, indeciso, scoordinato. Proprio come quando aveva quattordici anni.

Non ha ancora imparato che per combinare qualcosa con una donna non bisogna mai lasciarle intendere quanto si è disperati. Anche quando in realtà ti andrebbero bene quasi tutte, devi dare l'impressione di concentrarti su una sola.

Ma non riesco a fargliela capire.

«Non voglio fare finta di essere qualcun altro. Se mi vogliono, sono così, se no se ne vadano affanculo», urla con la fronte appoggiata contro il mio braccio, dopo il terzo mohito.

Poi si alza e, barcollando, si dirige in mezzo alla pista, agitando le braccia fuori tempo. Anche se non ne ho voglia, sono costretto a seguirlo, solo per tenerlo d'occhio ed evitare che faccia troppe figuracce.

5

Apro gli occhi e non ricordo niente.

Le informazioni base sul mio conto, del tipo come mi chiamo, dove sono e cos'ho fatto arrivano rallentate, come quando accendi un computer vecchio che ci mette qualche minuto a caricare la memoria.

Mi chiamo Stefano.

Ho mal di testa.

Non sono nel mio letto.

Ieri sera ho bevuto tanto. Ho iniziato con la birra e poi sono passato al mohito, per finire con un cocktail di cui ho scordato il nome.

Sfoggiando i quattro passi imparati nel villaggio a Sharm, ho ballato con quattro ragazze bionde.

La più bionda di tutte si chiamava Alessandra, abita da qualche parte in Lombardia ma è a Roma per una trasferta di lavoro.

Alessandra è qui accanto a me e sta ancora dormendo.

Accanto a me?

Faccio un salto e casco dal letto, trascinandomi dietro coperta e copriletto. Lei si sveglia.

Apre gli occhi, si volta e mi sorride. «Buongiorno», dice a voce bassa. Poi allunga le braccia all'indietro e si stira, lasciando che il lenzuolo scivoli sul suo corpo nudo, per poi cadere di lato.

Ha le tette finte.

Lo avevo già sospettato ieri sera, mentre ballavo con lei, e ogni tanto lo sguardo mi cadeva sul tessuto della camicetta bianca, teso sotto la spinta di quegli oggetti sferici che sembrava potessero saltar fuori da un momento all'altro per rotolarsene via sul pavimento.

Ora ho tutte le conferme che mi servono. Il seno di Alessandra è sodo, rotondo, perfetto e senza sorprese. Sembra più un ideale di seno che un seno reale. Sono le tette che un ragazzino immagina si possano trovare sotto i vestiti delle donne, quando ancora non ne ha visto un paio dal vero.

In una parola, esagerate. Proprio come tutto il resto. Alessandra è troppo abbronzata, troppo depilata, troppo tonica. Il suo perizoma in pizzo viola con inserti di pelle, che ora giace sul pavimento, accanto a un paio di bustine vuote di preservativi, sembra progettato apposta da un team di esperti in sesso occasionale.

«Peccato dover correre al lavoro», mormora Alessandra, allacciandosi il reggiseno coordinato, mentre io sono ancora svestito, chinato alla disperata ricerca delle mie mutande, che si sono volatilizzate. È una regola a cui non si sfugge: più hai fretta di andartene, più sarà difficile ritrovare la tua biancheria intima.

«Non sarebbe affatto male poter restare qui un altro po'», aggiunge, mentre allunga un piede nudo per accarezzarmi la schiena.

«Già», dico, e intanto sorrido, non per il contatto fisico, ma solo perché ho appena scovato i miei boxer di maglina appallottolati in fondo al letto.

Finalmente vestito (stropicciato, con gli occhi pesti e la barba lunga e sulla pelle un profumo poco familiare, un misto di sesso e Fahrenheit di Dior, ma vestito), sto per posare la mano sulla maniglia, quando Alessandra sussurra «Aspetta» con un tono morbido che mi stupisce e mi fa gelare il sangue.

Mi volto lentamente.

Lei alza un sopracciglio e sorride, con uno scintillio sinistro negli occhi.

Per un attimo mi passano in testa le immagini di *Attrazione Fatale*, che Valentina mi aveva costretto a noleggiare in dvd quando stavamo insieme da sei mesi («ogni maschio dovrebbe essere obbligato per legge a vederlo», mi aveva ammonito, sventolando minacciosa il dito indice sotto il mio naso). E se adesso mi annuncia che si è innamorata di me e che se non ci fidanziamo subito viene a casa mia per mettere i gatti in pentola?

Ma non è niente del genere, per fortuna.

«Ieri sera mi sono un po' distratta, non ti ho fatto vedere il computer», dice maliziosa, indicandomi con gli occhi una pochette rosa sulla scrivania.

Come no, il computer.

È partito tutto da lì, stanotte quando l'ho riaccompagnata in albergo. Ci siamo fatti l'ultimo drink giù nella hall, poi lei mi ha invitato in camera sua con la scusa di mostrarmi il suo nuovo miniportatile. Abbiamo finto entrambi di non ricordarci che i portatili si chiamano così per un motivo preciso, e cioè perché si possono spostare dove si vuole. Quindi, non c'era per niente bisogno che salissi. Se proprio ci teneva a mostrarmelo, poteva portarlo giù lei.

Ma ormai ero andato troppo in là e, docile come sappiamo esserlo solo noi maschi quando mettiamo il cervello in stand-by e ci lasciamo guidare dagli ormoni, l'ho seguita in ascensore senza puntualizzare.

Alessandra, che evidentemente ci tiene a mantenere le promesse, si alza, accende il piccolo miracolo di tecnologia e mi decanta le virtù dello schermo ad alta risoluzione. Immagino significhi davvero tanto per lei. La sua vita probabilmente è fatta di lavoro, sesso casuale e notti trascorse in chat alla disperata ricerca di un po' di compagnia. Povera donna.

«Bello», commento, fingendo interesse. Ma intanto ho già smesso di ascoltarla perché ormai sto solo pensando al momento in cui sarò di nuovo a casa mia.

Poi vedo la foto sul wallpaper: una spiaggia, il mare blu e quattro persone. Una è Alessandra, con i capelli appena più chiari per via della salsedine, che sorride fissando negli occhi un uomo sui quaranta, un po' appesantito ma ancora piacente. Tra di loro, due bambini biondi, che non hanno ancora l'età per andare a scuola.

Nipoti? Figli di amici?

Lei forse si accorge della mia espressione stupita: «Bella, vero? L'abbiamo scattata quest'estate in Grecia. Quelli sono i miei figli. E lui è mio marito», spiega guardando la foto con orgoglio e affetto sincero. «Anzi, sarà meglio che chiami casa, altrimenti si preoccupano», soggiunge, e intanto recupera il cellulare nella borsetta, ancora appoggiata sul pavimento.

«Sei sposata?» chiedo con voce strozzata.

Alessandra si rabbuia. «Anche tu, no?» dice, scrutando, sulla mia mano sinistra, la fede che ha già perso la lucentezza dei primi tempi di matrimonio.

Quando faccio cenno di sì sembra sollevata. Poi accende il telefono, controlla i messaggi e riprende a parlare come se niente fosse: «Sai, la Grecia è fantastica. Peccato solo per il vento...»

Non le do il tempo di terminare la frase e scappo fuori dalla stanza.

Scendo di corsa quattro piani di scale, per conquistare il prima possibile l'aria aperta.

Faccio fatica a respirare, sudo freddo, vorrei urlare.

Recupero la macchina e guido veloce verso casa. Qui vengo accolto dalle vive proteste di Dinamo e

Bukowski, che per colpa mia hanno saltato lo spuntino di mezzanotte.

Appena prendo il sacco dei croccantini, Dinamo, troppo affamato e impaziente, invece di aspettare il suo turno accanto alla ciotola, tenta una rapida scalata alla mia gamba, conficcandomi le unghie nella carne.

I croccantini si rovesciano sul pavimento e io urlo per il dolore. Ma non trovo il coraggio di sgridarlo, perché so che il male che sento è solo una piccola parte di quello che merito.

6

Valentina affonda il cucchiaio nella mousse di cioccolato e cannella che ho preparato apposta per festeggiare il suo ritorno.

Si è tolta le scarpe e ha appoggiato i piedi sul tavolino. Il suo trolley è lì accanto, sul pavimento, aperto ma ancora da disfare.

I gatti le stanno accanto in amorevole contemplazione. Dinamo, arrampicato sullo schienale del divano, giocherella affettuosamente con il suo orecchino destro. Bukowski è seduto composto sul tappeto e la sta fissando, immobile, da almeno cinque minuti. Ogni tanto socchiude gli occhi, come se volesse concentrarsi su qualcosa. Spero che non stia facendo un esperimento di trasmissione del pensiero, per metterla al corrente della mia assenza notturna ingiustificata.

Finalmente mia moglie è tornata a casa.

La mia notte di ridicola trasgressione, a distanza di pochi giorni, appare sempre più simile a certi vecchi film con Lando Buzzanca e, ormai, a forza di ripensarci, mi sembra solo immaginata, e comunque lontana.

Tutto è tornato come dovrebbe essere: familiare, caldo, regolare.

Eppure io resto nervoso e teso.

«Non ne prendi un po'?» mi chiede Vale, facendomi segno di sedermi accanto a lei.

«No, ne ho già mangiata quasi metà mentre la preparavo.»

Mi sistemo sul divano, prendo il telecomando e accendo la tv. Valentina avvicina il cucchiaino alla mia bocca. Io faccio no con la testa, lei ride e insiste. Si offende un po' quando capisce che non ho voglia di scherzare. «Non mi sembri tanto contento di rivedermi.»

«Invece lo sono.»

«Però non mi racconti niente.»

«Sei tu quella che deve raccontare. Io non ho fatto nulla di speciale.»

Le passo un braccio intorno alle spalle, ma continuo a guardare lo schermo.

Invece di trasformarmi in un pozzo di tenerezza e attenzioni, come ogni maschio fedifrago e pentito che si rispetti, mi sento freddo e cattivo. Questo senso di fastidio e di rabbia nei suoi confronti dev'essere un effetto non previsto del senso di colpa.

Valentina mi requisisce il telecomando e spegne la tv con un sospiro. Poi mi obbliga a guardarla negli occhi. «Stefano, sei incazzato?»

«No.»

«Sei strano.»

«Sono solo un po' stanco.»

Valentina fa un'espressione perplessa: «Come fai a essere stanco?»

Ci risiamo. Mia moglie è così. Di norma, per delicatezza, sta attenta a non toccare gli argomenti che mi fanno stare male. La storia degli spermatozoi pigri, innanzitutto. Affronta il discorso solo quando è strettamente necessario, per non umiliarmi troppo. Però poi, se commetto un piccolo errore, tipo farla arrivare in ritardo al cinema, ecco che spunta subito fuori la battutina del tipo «tu fai sempre tutto con calma», che mi ferisce a sangue. Allo stesso modo, cerca di non farmi pesare eccessivamente la questione del lavoro e dell'orario ridotto; però, ogni volta che si rilassa, finisce per lasciarsi sfuggire qualche mezza frase che tradisce quello che pensa davvero, e cioè che butto via le mie giornate.

Mi alzo. «Non è facile mandare avanti la casa da solo, sai?»

Vale abbozza un sorriso e si guarda intorno. Ora finalmente noterà il pavimento pulito, la totale assenza di polvere sui mobili e di piatti sporchi nel lavandino. Durante un pomeriggio piovoso ho persino fatto l'albero di Natale, anche se manca ancora più di un mese. Mi è servito a sentirmi meno solo.

«Lo so. Te la sei cavata bene. Però c'è un odore un po' strano.»

Santo cielo. Non mi sarà rimasto addosso il profumo di Alessandra?

«Io non lo sento.»

«Perché sei in casa da tante ore e ti sei abituato.»

Si alza, annusa l'aria come un segugio e va in cucina. Apre la pattumiera e trova il corpo del reato: un avanzo di pollo arrosto che ieri sera mi sono scordato di buttare.

Tiro un sospiro di sollievo. Però, mi mette anche un po' di tristezza pensare che mia moglie, anziché fiutare le tracce del tradimento, fiuti solo le tracce del pollo.

«Che schifo! Quanto è rimasto qui dentro?»

«Soltanto un giorno.»

Sforzandomi di rimanere calmo, prendo il sacchetto, lo chiudo e lo sistemo fuori, sul balcone.

«Perché non porti via la spazzatura tutte le sere?» mi dice lei, con un tono irritato e lamentoso del tutto eccessivo.

«Mi sono fatto un mazzo così, Vale», sbotto. «Dovresti essere contenta per le faccende che ho sbrigato, invece di darmi addosso per l'unica cazzata che non è perfetta.»

Valentina si volta di scatto. Mi accorgo adesso che ha gli occhi segnati e qualche brufoletto sul mento. Sicuramente ha dormito poco e mangiato male.

«Se era per farmelo pesare, potevi lasciare tutto com'era.»

Non rispondo e torno in soggiorno.

«Perché non mi dici la verità?» mi chiede, mentre si china e con gesti nervosi sistema il sacco nuovo nella pattumiera.

Un brivido gelato mi corre lungo la schiena. «E cioè?»

Valentina mi raggiunge e si siede sul bracciolo del divano. «Che ti dà fastidio.»

«Cosa?»

«Lo sai. Ti dà fastidio che io stia vivendo un buon momento sul lavoro. Come se questo togliesse qualcosa al nostro matrimonio.»

Accendo la tv azzerando il volume. Mi serve qualcosa da guardare. Qualcosa che non siano gli occhi di mia moglie.

«Non dire cazzate. Mi dà fastidio che non ti ho vista per dodici giorni», mormoro. «E che quando mi chiamavi eri sempre di fretta e avevi solo tempo per chiedermi se avevo pagato le bollette o cambiato la lettiera dei gatti.»

«Non avevo un minuto libero! Thomas è fuori controllo, non hai idea di quello che ha combinato», dice, mentre non riesce a trattenere una risatina. «Alla prima presentazione, a Siviglia, si è arrabbiato con una signora che gli chiedeva l'autografo. Ha detto che l'unica firma che conta davvero su un libro è quella del lettore. Così ha iniziato a girare per la libreria, autografando i libri dei suoi autori preferiti: Kerouac, Fante, la Rowling... Ho pagato trecento euro di danni...»

«Molto intelligente.»

«Eppure dovevi vedere il pubblico, era in delirio. Più fa il pazzo, più vende. La Mamba è al settimo cielo, dice che le sue stranezze fanno personaggio.»

«Personaggio idiota.»

«Thomas non è idiota, ha una visione del mondo molto personale. Senza contare che ha salvato la casa editrice. E che per merito suo mi sono appena presa un aumento di stipendio.»

«Dobbiamo parlare di lui tutta la sera?»

«Non hai sentito cos'ho detto? Ho avuto un aumento!»

Non rispondo. So che è stupido, infantile e ingiusto, ma detesto sentirla parlare così di Thomas e non riesco a non essere geloso. Da quando sono stato a letto con Alessandra, sono ossessionato dall'idea che in giro ci siano donne belle e in gamba che, con la scusa del lavoro, mollano a casa marito e figli per rimorchiare il primo imbecille che ha la fortuna di incrociarle in un locale. Se lo ha fatto Alessandra, non vedo motivo perché non dovrebbe farlo anche mia moglie.

«Non vuoi nemmeno sapere quanto?»

«Se me lo vuoi dire», rispondo con voce inespressiva.

Valentina scatta in piedi. «Perché fai così? Per una volta, dico una, che qualcosa mi va bene, senti il bisogno di sminuirla.»

«È una tua paranoia.»

«Non ci casco, Stefano. Non è colpa mia se la mia carriera sta andando bene, se devo restare fuori casa quindici ore al giorno. Mi piace quello che faccio, quando lavoro sono felice. Dovrei sentirmi in colpa perché così ti trascuro? E cosa potrei fare per rimediare? Passare i pomeriggi seduta con te sul divano a giocare a Fifa 2006?»

«Questa potevi risparmiartela.»

«O forse dovevo dirla prima. Per darti una scossa.»

Valentina inizia a camminare avanti e indietro, e si passa la mano tra i capelli. «Non lo so, Stefano. A volte sembra che non ti renda conto di quello che ti succede. Sei sempre così tranquillo, niente ti smuove. Ti va sempre bene tutto!»

«Se non mi andasse bene tutto non sarei ancora qui!»

«Ah, davvero?» dice alzando la voce. «Sono io quella che non va? Eh, sono io quella sbagliata, è questo che pensi, vero?»

«Non crederai di essere perfetta? Non lo vedi come sei diventata? Parli solo di lavoro, fai l'amore con me solo perché vuoi un bambino, a volte mi sembra di non esistere nemmeno.»

«È così che vedi la nostra storia? Mi vedi come una specie di strega, che pensa soltanto agli affari suoi? E questo perché? Perché non ti ho messo al centro del mio universo, come ha fatto tua madre per trentacinque anni?»

«Lo sapevo che finivi a parlare male di mia madre. Ormai sei prevedibile.»

«Se non ti vado bene, perché resti con me?»

«Me lo chiedo spesso, ultimamente!»

«Nessuno ti obbliga. Io me ne vado anche adesso, sai? Tanto guarda, ho già la valigia pronta.»

«Va', va'. Va' da Thomas, vediamo se lui ti sopporta.»

«Cosa c'entra Thomas?»

«Lascia stare.»

Valentina grida «Vaffanculo», mi tira addosso la coppetta vuota della mousse macchiandomi un po' la camicia di cioccolato, poi corre in camera, apre l'armadio e tira fuori due o tre vestiti a caso. Torna in salotto e butta tutto nel trolley, che sembra messo lì apposta, e intanto attacca a piangere.

Stordito per tutte quelle brutte parole, e spaventato per la piega pericolosa della situazione, le vado vicino e cerco di calmarla. «Dai, Vale, ci siamo lasciati prendere...»

Provo ad abbracciarla, ma lei mi dà uno spintone. Ritento, questa volta bloccandole le braccia. Lei mi morde una mano con tutta la forza che ha. Mi fa un male boia. Più di Dinamo nei suoi giorni migliori.

Mi tengo la mano dolorante. Valentina, soddisfatta di avermi messo fuori combattimento, riprende a sistemare la valigia, con gesti che si fanno sempre più incontrollati.

La chiude con tale violenza che la cerniera le resta in mano. Si blocca e mi guarda, con gli occhi pieni di lacrime e sul viso un'espressione arrabbiata, sconsolata e buffa.

Non riesco a trattenere una risata. Valentina, inginocchiata sul pavimento, lascia cadere la cerniera. Nemmeno lei riesce a stare seria.

«Ti ho fatto male?» mi chiede.

Mi accoccolo per terra accanto a lei e le mostro la mano, con il segno rosso dei suoi dentini regolari.

«Scusa», mormora, con una carezza leggera sulla ferita.

«Scusa tu.»

L'abbraccio e questa volta lei non si ribella.

«Non voglio che tu vada via», le dico piano, dopo un po', parlando contro i suoi capelli.

«Nemmeno io.»

«Mi sei mancata tanto.»

«Lo so», sussurra lei, abbandonando la testa sulla mia spalla.

Restiamo un po' così, accanto alla valigia rotta, seduti sul pavimento, esausti, abbandonati l'uno nelle braccia dell'altra. Ce ne staremmo lì tutta la notte, ma siamo costretti ad alzarci perché i gatti, una volta sicuri che la tempesta sia passata, si azzardano a uscire da sotto il divano e iniziano a reclamare per il ritardo del loro pasto serale.

7

Mi sveglio, preparo il caffè.

Sono stanco, ma di buonumore.

Stanotte ci siamo addormentati alle tre passate. Abbiamo chiacchierato per più di un'ora. A pace fatta, ho insistito perché Valentina mi raccontasse tutti i dettagli del tour promozionale e sono stato capace di ascoltare le Fantastiche Avventure di Thomas il Cretino senza particolare desiderio di ucciderlo. Poi abbiamo fatto l'amore. Eravamo troppo stanchi e provati per la brutta litigata per riuscire a farlo bene come avrei desiderato. Ma almeno prima non abbiamo controllato il computer, e questo mi sembra già un grande progresso.

«'giorno.»

Alzo lo sguardo e sorrido. Valentina si trascina in cucina a occhi chiusi, ancora più stravolta di me.

«Allora oggi chiami la ragazza?» mi chiede, mentre versa i croccantini light nella ciotola dei gatti festanti.

Mi blocco. Per un attimo ho un vuoto di memoria. Brutta sensazione. Poi mi ritorna in mente quello che ci siamo detti stanotte.

Avevamo già spento la luce da mezz'ora e io ero sprofondato in un sonno consolatorio, abbracciato stretto alla mia insostituibile moglie, quando lei mi ha domandato: «Dormi?»

Il cuore ha iniziato a battermi forte, come sempre quando mi sveglia di soprassalto per dirmi la prima cosa che le passa in mente.

«No», ho biascicato nel sonno.

«Stavo pensando una cosa...» ha cominciato. Certo, è normale. Alle tre e mezzo di notte lei mica dorme. Lei pensa.

«Visto che dal mese prossimo mi pagano un po' di più... Perché non chiamiamo qualcuno che ci dia una mano in casa? Almeno in questo periodo, poche ore alla settimana. Per avere più tempo per noi...»

«Perché no.»

«La ginecologa dice che è importante mantenere spazio per la coppia, perché chi sceglie la fecondazione assistita va incontro a un periodo di grande stress...»

«C'è scritto anche su Internet. Ogni tanto vado sui forum delle mamme in provetta...»

«Potremmo fare qualcosa insieme, iscriverci a tango, o a un corso di spagnolo... Oppure, lo sai, Sofia è così entusiasta del suo corso di ikebana...»

«O magari potremmo starcene tranquilli, io e te a non fare niente...»

«Magari, sì.»

Tre secondi prima di riaddormentarmi, le ho borbottato che conoscevo una persona a cui potevamo offrire il lavoro.

«Chi è?»

«Una che prima faceva le pulizie nel nostro ufficio. È una ragazza in gamba e poi ha bisogno di lavorare.»

Lo so. A questo punto sono praticamente indifendibile.

Eppure, non lo faccio perché sono un verme, bugiardo e inaffidabile, per niente pentito delle schifezze combinate a Valentina e, anzi, smanioso di farne presto mille altre.

Tutto il contrario: lo faccio perché ormai mi sento al sicuro. Ho la sensazione che il mio matrimonio sia entrato in una nuova fase, più adulta e matura e che, d'ora in poi, niente e nessuno potrà più separarmi dalla donna della mia vita. Mi sento deciso, forte, invincibile. Come se la notte con Alessandra mi avesse vaccinato e reso immune da ogni tentazione presente e futura.

Ho tradito, mi sono pentito, sono guarito.

Non mi capiterà mai più di stare con una donna diversa da mia moglie, semplicemente perché adesso ho in corpo un milione di anticorpi antitradimento.

Perciò, la mia telefonata a Marika sarà esattamente come deve essere: gentile, professionale, distaccata. Ho il perfetto controllo della situazione.

Appena salgo in macchina, faccio il numero in fretta, quasi meccanicamente, complimentandomi con me stesso per la quasi totale mancanza di emozioni.

Lo stato d'animo giusto, per chi deve parlare d'affari.

Poi Marika risponde.

Non dice: «Pronto?» Non pronuncia il mio nome. Esclama solo: «Ehi!» con una sfumatura affettuosa e allegra nella voce, come se ci fossimo incontrati solo due giorni fa.

E io, di colpo, mi sento come un uomo stanco che, dopo quattro ore di cammino sotto il sole, riesce a bere da una sorgente d'acqua fresca sgorgata chissà come in mezzo al deserto. In un attimo le mie certezze si sgretolano.

Trattengo il respiro per due secondi, durante i quali nella mia testa lampeggia una scritta luminosa a intermittenza che dice: IDIOTA! Poi le faccio la proposta di lavoro in modo vago, balbettando anche un po' e senza fornirle troppi dettagli, sperando in un rifiuto.

Invece Marika mi ringrazia e accetta subito. La cooperativa la paga troppo poco, quindi è contenta di poter arrotondare con qualche extra qui da noi. Non importa se per arrivare deve attraversare tutta la città e cambiare tre mezzi.

«Quando inizio?» chiede. Dalla voce capisco che sta sorridendo.

«Martedì», mormoro, incerto.

«Come? Non sento bene...»

«Ho detto... venerdì... Della settimana prossima», rispondo con un filo di voce. «Però, se non ti dispiace, do il tuo numero a mia moglie, così parli direttamente con lei e ti fai spiegare i dettagli.»

Spero che Valentina, indecisa e perfezionista com'è, le trovi qualche difetto e decida di cercare qualcun'altra.

Ho preferito che si incontrassero da sole e, per non farmi trovare in casa, ho passato tre giorni al telefono facendo i salti mortali per organizzare un'amichevole di calcetto: impiegati contro ex galeotti della nuova cooperativa di pulizie. Hanno vinto gli ex galeotti, che in campo si sono comportati da veri signori, molto meglio di certi ragionieri della Banca d'Italia aggressivi e scorretti.

«Mi è sembrata una tipa a posto», mi dice Vale, appena entro in casa. «Certo, non potevo pretendere che si presentasse Rita Levi Montalcini...»

«Allora l'hai assunta?» domando con la voce che trema un po'. Valentina fa segno di sì.

«Almeno ha delle buone referenze. E parla bene l'italiano.»

«Certo, è italiana.»
«No, è polacca.»
«Però è nata qui.»
«Speriamo in bene. Ma è normale?»
«Certo che è normale.»
«Boh, sta sempre lì a sorridere, non sai se capisce oppure no... Sarà un po' ritardata?»
«Non è ritardata, è gentile.»
Valentina si fa una bella risata. «La difendi perché ha le tette grosse», commenta scuotendo la testa.
«Ma va'. Però non è che una solo perché è bella debba essere scema per forza», aggiungo senza trattenermi perché, se qualcuno maltratta Marika, con fatti o parole, è più forte di me, devo difenderla.
Ma mia moglie non si arrabbia. Si stupisce e basta. «Bella? Con quegli occhi sporgenti?»
Lascio perdere. In fondo, Valentina è convinta che sua sorella Lavinia sia una ragazza carina, e questo la dice lunga sulla sua capacità di giudizio estetico nei confronti delle altre donne.

8

Marika arriva in anticipo, cinque minuti prima delle tre.
Ci stringiamo la mano per salutarci, distendendo quasi del tutto il braccio come per rispettare un'immaginaria distanza di sicurezza.

Si è tagliata un po' i capelli e si è fatta la frangetta. Così somiglia di meno ad Angelina Jolie. Ma somiglia di più a Marika, ed è ancora più bella. Provando a non fissarla troppo, le mostro dove stanno gli stracci e i detersivi.

«Avete una bella casa», dice lei, guardandosi intorno con un sorriso. «Inizio dal bagno, va bene?»

«Come preferisci.»

Resto in soggiorno senza sapere bene cosa fare.

A casa nostra non c'è mai stata una colf. Mamma ha sempre fatto tutto da sola, anche all'epoca in cui in famiglia eravamo in sei, nonni compresi. Quando certi parenti o amiche sue le raccontavano di aver assunto una domestica lei non mancava mai di esprimere la sua opinione in materia. «È pur sempre un'estranea che ti entra in casa», proclamava, e poi scuoteva la testa e schioccava la lingua contro il palato, per far capire meglio tutta la sua disapprovazione.

Così, non ho esperienza e non so in che modo ci si comporta in questi casi.

Per metterla più a suo agio, dovrei fare come se lei non ci fosse. E se lei non ci fosse, passerei il pomeriggio come al solito: schiaccerei un pisolino sul divano con Bukowski raggomitolato sulla pancia, farei zapping, giocherei alla playstation, oppure andrei di là in cucina a inventarmi qualcosa di buono per quando Valentina torna a casa. Tutte situazioni in cui mi vergogno un po' a farmi vedere. Preferirei esibirmi in qualcosa di più virile, tipo costruire un soppalco in cartongesso, fare le flessioni sul pavimento o abbattere un tramezzo a colpi di piccone, ma non voglio esagerare.

Va a finire che, quando lei arriva in soggiorno per passare l'aspirapolvere, le dico: «Esco un attimo. Se hai qualcosa da chiedere chiamami sul cellulare, senza problemi».

Scendo le scale a cento all'ora, come se dovessi correre chissà dove per salvare il mondo.

Quando apro il portone mi sento perso. Non so cosa fare.

Nuvole cariche di pioggia hanno spento il piacevole sole novembrino che scaldava l'aria fino a stamattina, e il mio giubbotto di tela è diventato di colpo troppo leggero.

L'idea di rinchiudermi nel centro commerciale però mi toglie il respiro, così cammino in fretta, prendo un caffè al bar, compro *La Gazzetta dello Sport* e provo a leggerla su una panchina del giardinetto davanti a casa, tenuto d'occhio da un paio di spacciatori che sfidano il freddo nella speranza di tirar su due soldi.

Rientro dopo un'ora. Sono congelato e più nervoso di prima.

La casa è ordinata e nell'aria c'è un buon profumo. Un misto tra detergente per i vetri, sapone di Marsiglia e crema per il corpo al cocco.

Bastavano cinque minuti in più e sarei arrivato che Marika era già andata via.

«Spero che tua moglie sia contenta.»

«Sì. Sicuramente sì.»

«Come restiamo per la settimana prossima?»

«Vieni martedì, ti va bene?»

Marika annuisce.

«Tu ci sei?» mi chiede, mentre le guance le diventano un po' rosse.

«Sì che ci sono.»

«Non devi per forza uscire se non ti va. A me fa piacere se resti.»

«Va bene.»

«Allora a martedì?»

«Sì, a martedì...»

Lei mi guarda e sorride ancora. Mica per altro, solo perché il corridoio è abbastanza stretto e io sono proprio davanti alla porta. Se non mi sposto lei non può passare.

Il punto è che io non ho tutta questa voglia di spostarmi.

«Vuoi un caffè?» le domando a bruciapelo, un attimo prima che il nostro silenzio diventi pericoloso.

Dopo cinque minuti siamo seduti sul divano del soggiorno a bere il caffè caldo. Teniamo lo sguardo fisso sul televisore, anche se è spento.

Dopo sette minuti il caffè è finito, ma nessuno di noi due accenna ad alzarsi. Marika si volta verso di me, mi guarda negli occhi, seria, e chiede solo: «Tutto okay?»

Rispondo di sì. Lei si gratta la fronte, senza sorridere. Io le dico che sta bene con la frangia, poi le accarezzo i capelli e le do un bacio, di quelli veri.

9

C'è una nuova palestra sulla Salaria, con ottime promozioni studiate apposta per attirare i clienti. Io ho scelto la formula «open» a ingresso illimitato e, per non buttare via i soldi, cerco di passarci più tempo possibile, tre pomeriggi la settimana: il lunedì, il mercoledì e il giovedì.

In più, ho fatto ricorso a tutte le mie abilità diplomatiche e sono riuscito a radunare un numero di uomini sufficiente per organizzare un minitorneo di calcetto. È nata una nuova squadra, battezzata Evergreen, che comprende il sottoscritto, Igor, Gianfranco, due colleghi della contabilità che per lo stress da ridimensionamento sono ingrassati dieci chili e sognano di tornare magri come prima, un centralinista finto invalido e, a rotazione, qualche stagista dell'agenzia di servizi che ha aperto al primo piano. Siamo penultimi in classifica, ma ci divertiamo abbastanza. Carlo fa l'arbitro. Non che ci serva davvero, ma a lui fa bene uscire di casa e sentirsi utile.

Valentina, anche se le responsabilità in ufficio continuano a crescere, si è imposta di uscire alle sei almeno una volta alla settimana e ci siamo iscritti a un corso di tango.

Dopo le lezioni andiamo a mangiare in un ristorante spagnolo carino poco distante dalla scuola di ballo. Poi rientriamo a casa e ci divertiamo a provare i passi nuovi. Ogni tanto finisce che facciamo l'amore, non proprio come ai vecchi tempi, ma quasi. Intanto, il nostro progetto principale va avanti: i risultati degli esami sono stati incoraggianti e Valentina ha iniziato la terapia per prepararsi alla stimolazione ovarica.

Il suo terrore è quello di prendere troppi chili a causa degli ormoni, così abbiamo deciso di metterci a dieta insieme. In due settimane io ho perso quasi quattro chili. Lei solo mezzo, ma non si scoraggia.

Ogni martedì e venerdì, dopo il solito pranzo con i colleghi, scappo in fretta, perché a casa c'è Marika.

Le do una mano con i lavori domestici: faccio il letto, metto in ordine, sciacquo gli stracci e intanto chiacchiero con lei del più e del meno. Posso confidarle i problemi più seri del mio lavoro e del mio matrimonio, oppure fare qualche commento sull'ultimo escluso all'*Isola dei Famosi*. Non c'è differenza. Mi piace comunque.

Alle cinque meno un quarto, ormai senza chiederle niente, vado in cucina, tiro fuori dal freezer una vaschetta di gelato e la poso sul tavolo per lasciarlo ammorbidire un po' a temperatura ambiente. Il suo preferito è quello all'amarena.

Alle cinque meno cinque, Marika si chiude a chiave in bagno per darsi una rinfrescata e cambiarsi la maglietta.

Io l'aspetto in soggiorno con le coppette appoggiate sul tavolino basso. Mangiamo un po' di gelato e poi, con le labbra che sanno di dolce, ci baciamo.

Non succede altro.

Da quasi un mese, due volte la settimana, dalle cinque alle cinque e mezzo, me ne sto sul divano del salotto, come un adolescente con la casa libera, a baciare Marika. È la mia piccola, personale ricetta segreta per la felicità.

Ogni tanto ascoltiamo un po' di musica. A malincuore ho dovuto escludere Tiziano Ferro, perché a lei ricorda tanto il suo fidanzato morto, e appena sente una sua canzone scoppia a piangere.

Tra i cd che abbiamo in casa, il suo preferito è quello di Franco Battiato, regalo di Sofia e Norberto per il primo anniversario di matrimonio. Mi fa mettere anche dieci volte di seguito *E ti vengo a cercare* e l'ascolta attenta, mentre mi tiene per mano.

Dice che è romantica.

Io non le ripeto quello che un giorno mi ha spiegato Valentina, e cioè che il testo non parla di una donna, ma di Dio. Mi sembrerebbe di deluderla. Così le ho raccontato che è dedicata a una ragazza, ed è diventata la nostra canzone.

Da vero cretino, vivo come se tutto potesse durare in eterno.

In questa situazione assurda ho trovato il mio equilibrio e mi sento a mio agio, sereno e appagato. Direi persino felice, se non avessi paura di fare la figura dell'egoista schifoso.

10

Poi, naturalmente, crolla tutto.

La giornata del disastro inizia nel modo peggiore.

Mi alzo dieci minuti prima del solito, come succede spesso ultimamente. Mi trascino in cucina con gli occhi semichiusi e preparo la colazione con i consueti gesti meccanici. Riempio la moka, prendo le tazze *Lui* e *Lei*, che a Valentina piacciono da impazzire («È una specie di attrazione fatale, sono così orrende che le adoro», ha detto la prima volta che le ha viste).

Poi, di colpo, inciampo.

Le tazze cadono per terra. La tazza *Lui* si sbecca e si rompe il manico. La tazza *Lei* rimbalza ma resta intatta. A quanto pare, le femmine sono sempre più robuste, anche tra gli oggetti.

Guardo in giù, per capire cosa sia quella specie di sacco che stava per farmi cadere.

Lungo disteso sul pavimento c'è Bukowski.

L'illusione che stia dormendo dura meno di un secondo.

Non si è mosso quando l'ho calpestato, e chi è passato anche solo una volta per sbaglio sulla zampina o sulla coda di un micio sa bene che nessun gatto sta in silenzio se lo schiacci. Te lo fanno capire subito che non gradiscono, con quel tremendo «meow» di rabbia, dolore e minaccia, simile a una sirena, roba che ti viene voglia di telefonare alla Lega Protezione Animali per costituirti all'istante.

Bukowski non ha emesso suono.

Provo a toccarlo, con la stupida speranza che sia svenuto, o che simuli per fare uno scherzo o qualcosa del genere.

Accanto a me, Dinamo, disorientato, guarda un po' il suo amico e un po' la mia faccia.

Mi passo le mani tra i capelli e faccio un passo indietro.

Dopo dodici anni di onorato servizio come scaldadivano, giustiziere di mosche e fiero divoratore di piante d'appartamento, il caro vecchio Bukowski ha detto addio al mondo, con la discrezione che lo ha contraddistinto in vita, in silenzio, senza un lamento e senza preavviso, sotto la sua sedia preferita, quella con il cuscino rosso ancora ricoperto dei suoi peli grigi e marroni.

Accarezzarlo fa impressione. È già rigido e ruvido. Se non fosse per il collarino antipulci che Vale insisteva a fargli portare da quando ci siamo trasferiti in questa casa, stenterei a riconoscerlo.

Mi sento gelare dentro. Non solo per il dispiacere e lo choc. Sembra quasi che quel gatto morto in cucina sia un avvertimento del destino, un raccapricciante segno premonitore. Per un attimo mi vedo al suo posto, lì immobile sulle mattonelle di cotto, con gli occhi sbarrati e fissi.

Mi lascio sfuggire un urlo soffocato.

«Tutto okay?» chiede Valentina dalla camera. Poi la sento sbadigliare forte, a bocca aperta. «Cos'hai distrutto?»

Alzo la testa di scatto.

Mi fiondo in camera e la blocco prima che vada in cucina.

Lei mi dà un bacino sulla guancia e, ancora con gli occhi chiusi, brontola: «Se fai tutto questo casino, tanto vale che la colazione me la prepari da sola...»

E fa per spostarsi di là.

La trattengo, senza spiegarle perché. Lei mi guarda storto con una specie di grugnito contrariato. Detesta le complicazioni di mattina presto.

«Vale, mi sa che Bukowski è morto», dico tutto d'un fiato.

Mi guarda perplessa. «È uno scherzo?»

Il mio senso dell'umorismo deve fare proprio schifo, se dopo tanti anni mia moglie mi crede capace di scherzi del genere.

Faccio segno di no.

Lei mi dà uno spintone e corre in cucina.

È ancora peggio di quanto potessi immaginare.

Vale, in ginocchio accanto al gatto, piange tutte le sue lacrime.

Poi continua seduta sul divano, tra le mie braccia, mentre io la coccolo senza parlare, solo stringendola forte per farle capire che sono lì con lei.

So bene di non essere il migliore dei mariti. Con ogni probabilità non compaio nemmeno nella classifica dei primi cento. Però, ogni volta che Valentina ha avuto bisogno di me, io ci sono sempre stato. Ho ascoltato per ore le prove dei suoi discorsi ai venditori quando, i primi tempi, doveva presentare qualche libro curato da lei e aveva il terrore di parlare in pubblico. Sono andato a prenderla alle due di notte perché lei era in crisi, convinta che le avessero rubato il motorino, mentre in realtà aveva solo scordato dov'era parcheggiato. Ho lasciato che, sull'aereo per Parigi, per tutta la durata del volo mi stringesse così forte il braccio da farmi venire i lividi, per la paura di precipitare. Ma mai come in questo momento mi sono sentito tanto indispensabile.

È esattamente questa la scena che mi ero immaginato al nostro primo appuntamento, quando l'avevo vista piangere. Il pensiero mi commuove, e allo stesso tempo mi spaventa. Non mi sento all'altezza della sua fiducia. Di certo non aiuta essere seduti proprio qui, sul divano testimone dei miei baci con Marika.

Se penso che fino a qualche minuto fa ero tutto contento perché oggi è martedì, mi sento un verme.

Arrivano le otto, poi le otto e mezzo.

Valentina ha qualche gocciolina di sangue che le esce dal naso e le spalle ancora scosse dai singhiozzi.

«Dobbiamo andare a lavorare», mormoro baciandole i capelli.

«Non ce la faccio», risponde lei. E riprende a piangere più di prima. «Non ce la faccio, non ce la faccio più...»

È ovvio che non sta parlando solo del gatto. Se è crollata in questo modo è per qualcosa di più profondo: la stanchezza, la paura, lo stress ormonale, e forse anche i problemi tra noi due.

La stringo più forte. «Torna a letto», le dico. «Telefono in ufficio.»

Lei annuisce, senza nemmeno la forza di replicare.

L'accompagno in camera, mentre Bukowski giace in attesa di sepoltura sul terrazzo, chiuso nella scatola di cartone del ferro da stiro con caldaia, uno dei tanti regali di mia madre che Vale si è sempre rifiutata di usare.

Le rimbocco le coperte, le porto Dinamo e lei se lo sistema accanto come se fosse un orsetto di peluche. Il micio la lascia fare, insolitamente docile. Le do ancora un bacio sulla tempia, poi vado in soggiorno, chiamo il suo ufficio e poi anche il mio, perché non ho intenzione di lasciarla sola proprio oggi.

Guardo una replica mattutina di un brutto talk show, poi mi addormento sul divano. Mi sveglio intorno alle due, preparo un risotto semplice al pomodoro e vado a svegliare Valentina.

Lei ha già gli occhi aperti e l'aria esausta. Ma almeno non piange più. Mi fa segno di sedermi sul letto.

Le accarezzo i capelli e solo ora mi accorgo che li sta di nuovo lasciando crescere.

«Stai bene con i capelli lunghi.»

«Infatti li devo tagliare.»

«No, dai, sei bella così.»

«Non sono bella per niente. Sono un mostro.»

«Il mio mostro preferito.»

Valentina sospira. «Grazie che sei rimasto qui con me.»

«Sono tuo marito. E ti amo.»

«Non me lo dicevi da tanto tempo...»

«Te lo dico adesso.»

Valentina sorride e mi abbraccia. «Stefano...?»

«Mmh.»

«Hai mai pensato di lasciarmi?»

«No. E tu?»

«Qualche volta. Ma sono contenta di non averlo fatto.»

Continuo a tenerla stretta e, nel minuto di silenzio che segue, cerco di capire meglio il significato della sua frase.

«Mi hai mai tradito?» mi chiede ancora, interrompendo i miei pensieri.

«No.»

«Davvero?»

«Davvero. E tu?»

«No.»

Mi bacia sul naso.

«Perché no?»

«Perché dove lo trovo un altro come te?» risponde. Poi mi bacia sul collo.

«Il risotto diventa freddo», mormoro.

«Non importa, poi lo scaldiamo», sussurra, e mi toglie la maglietta.

Io le sfilo la camicia da notte e, attento e dolce, inizio a baciarle piano il seno.

Il suo urlo acuto e improvviso mi fa spaventare parecchio.

Mi sollevo di scatto e mi volto.

Valentina si copre il petto con il lenzuolo. Io cerco in fretta la maglia e me la infilo al contrario.

Sulla porta c'è Marika.

Non so da quanto tempo fosse lì, seria e composta, con il sacchetto dei detersivi nuovi stretto in mano.

Mi guarda dritto negli occhi. Sembra più stupita che triste.

«Pensavo che non ci fosse nessuno.»

«In effetti. Non... non dovevamo esserci. Siamo in malattia», farfuglio.

«Allora magari vado. Così non disturbo.»

Io annuisco, deciso, e nello stesso istante Valentina dice un «no» secco.

«Ci sono almeno dodici camicie da stirare, non voglio ritrovarmele accumulate la settimana di Natale», spiega con quel tono freddo, vagamente e spiacevolmente snob, che le esce fuori quando parla con Marika, anche solo al telefono. «Fai pure come sempre. Non ti disturbo, ora vado dal dottore.»

Anche se Valentina ripete che non ce n'è bisogno, l'accompagno con la macchina.

Nello studio del medico, dobbiamo aspettare in piedi perché c'è molta gente.

«Spero che non voglia darmi una settimana intera. Devo rientrare per forza prima della pausa natalizia, ho troppe cose da sistemare», mi sta dicendo mia moglie. «Però almeno un altro giorno di riposo mi serve. Del resto, sono i primi giorni di malattia da quando mi hanno assunto, una piccola pausa me la merito... Tanto, se le cose vanno come vogliamo, dovrò decidermi a ridefinire le priorità, giusto?»

Io faccio sì con la testa, ma non riesco a concentrarmi e nemmeno a stare fermo. È più forte di me.

Continuo a pensare che a quest'ora potrei essere sul divano con Marika.

L'idea di non poterla baciare mi provoca un vero dolore fisico. Sempre che Marika abbia ancora voglia di baciarmi, dopo il siparietto a cui ha appena assistito.

Io ce l'ho, la voglia di baciarla. Eccome, se ce l'ho. Nonostante quello che è appena successo, nonostante quello che ho appena detto a mia moglie. È una voglia talmente forte da farmi sudare freddo, come un tossico in crisi di astinenza.

Mi asciugo la fronte con il fazzoletto.

«Ehi, mi stai ascoltando?»

«Sì, amore.»

«Va' pure a casa, qui ci sarà da aspettare almeno due ore.»

«Non ti preoccupare. Resto a tenerti compagnia.»

«Io preferisco se vai a casa da Dinamo. Non è abituato a stare da solo.»

«Non è da solo. C'è Marika.»

«Appunto. Non so ancora se posso fidarmi di lei per cose così delicate. Davvero, Stefano: va' a casa. Io torno a piedi, mi fa bene prendere un po' d'aria.»

* * *

Chi mi incrocia mentre esco dal portone, pallido e sconvolto, penserà che il dottore mi ha appena comu nicato che mi restano tre mesi di vita. Anzi, peggio, tre giorni. O trenta minuti.

In effetti, è davvero così che mi sento.

Supero ogni limite di velocità e arrivo a casa in tempo record. Salgo le scale di corsa, senza la pazienza di aspettare l'ascensore.

Ho paura. Ho paura che Marika sia andata via, ho paura che mi faccia una scenata, che minacci di raccontare tutto a Valentina.

Entro in casa con il fiatone. Corro in soggiorno.

Lei è lì, che stira con attenzione una mia camicia Tommy Hilfiger, davanti alla tv che trasmette *Uomini e Donne*. Usa il ferro da stiro con la caldaia.

«Ciao», mi dice, come se non fosse successo niente.

Io non le rispondo. Stacco la spina del ferro. Mi avvicino e la bacio.

Andiamo subito in camera e ci lasciamo cadere sul letto ancora disfatto.

Mentre facciamo l'amore, Marika tiene gli occhi aperti. Non si agita, non sospira. È tranquilla, come sempre. Ha solo le guance un po' arrossate e il respiro più veloce.

Non stacca lo sguardo dal mio viso neppure per un attimo. È come se volesse capire e catturare ogni mia emozione, o come se mi stesse chiedendo di renderle conto di quello che ci sta succedendo. Mi fa sentire solo e sbagliato.

Le sto facendo male. Sto facendo male a Valentina, e anche a me.

Potrei smettere e chiederle scusa. Ma è troppo tardi per tornare indietro.

Per evitare il suo sguardo, chiudo gli occhi.

11

«Dove sei?»

«A casa...» Mentre lo dico, sento al cellulare il miagolio affamato di Dinamo, e mi manca il fiato. Capisco che Valentina è rientrata dall'ufficio prima del solito, così, con un lampo di genio creativo, allungo la frase e mi salvo in corner: «A casa di mia madre. Sono passato a farle gli auguri».

«Ma se la vediamo domani!»

«Non mi andava che passasse la vigilia da sola. Sai com'è fatta», invento, e intanto, seduto in macchina, alzo lo sguardo sull'impressionante facciata grigia del Corviale. Non ci ero mai arrivato tanto vicino.

«Guarda che dobbiamo andare a prendere Sofia e Norberto alle sette e mezzo.»

Chiudo gli occhi.

«Ti eri scordato, vero?» chiede mia moglie, che dopo quasi cinque anni sa leggere anche i miei silenzi, quando vuole.

«Ma va'! Sto arrivando.»

Il brindisi di Natale. L'avevo completamente rimosso. Alla casa editrice è l'unico momento dell'anno in cui Valentina e le sue colleghe possono, anzi devono, presentarsi con i loro compagni.

Per me è sempre un incubo. Di solito mi rimpinzo di tartine e taccio, mentre intorno a me quasi cento persone si affollano nella piccola sala riunioni e parlano di libri, di autori e ancora di libri. Ogni tanto Valentina mi dà una gomitata per farmi notare la presenza di uno scrittore abbastanza famoso, ma io non le do mai troppe soddisfazioni perché non conosco nessuno, almeno di faccia. Gli unici che potrei riconoscere sono Faletti, oppure Fabio Volo. Ma, a quanto pare, Volo e Faletti preferiscono andare alle feste di altri editori più noti e in questi anni non sono mai passati nemmeno per un brindisi veloce.

L'unica novità certa, stasera, sarà la presenza dei nostri amici, perché Sofia, grazie all'amicizia con Valentina, ha iniziato a collaborare con l'editore e si è accaparrata un paio di consulenze legali importanti. Ciò significa che almeno avrò compagnia al buffet, ma il pensiero non riesce a consolarmi come dovrebbe.

«Va' piano, che qui si sta alzando un bel vento forte.»

Anche qui c'è vento. La temperatura si è abbassata di tre gradi nel giro di mezz'ora. È una vera, rigida giornata invernale. Sarà per questo che ho i brividi.

Chiudo la chiamata proprio quando vedo Marika

che esce correndo da uno dei portoni giganteschi e bui. I suoi passi risuonano sul pavimento di cemento e rompono il silenzio irreale. Per qualche secondo ho l'impressione che sia lei l'unica abitante di questo palazzo immenso, impossibile da abbracciare per intero con lo sguardo.

Le lampeggio con i fari. Ma non serve, mi ha già visto.

Apre la portiera ed entra in macchina, assieme a una folata di aria gelida. Stringe in mano un pacchettino rosso con il cordino dorato.

Il suo giubbotto corto di jeans non è per niente adatto a questo tempo da lupi.

Forse ha fatto di fretta, e si è buttata addosso la prima cosa che ha trovato.

Non l'ho nemmeno avvertita. Le ho solo scritto un messaggio – *«Sono sotto casa tua, ci sei?»* – e lei è scesa subito, senza farmi aspettare più di cinque minuti.

Però ha avuto il tempo di passarsi un po' di rossetto sulle labbra. La cosa mi intenerisce e mi infastidisce allo stesso tempo.

«Come va?» Sorride, anche se sta tremando.

«Bene», rispondo, tenendo le mani sul volante.

Lei guarda avanti e osserva, oltre il parabrezza, il volo di una cartaccia sfuggita a un cestino pieno. «Cosa fai domani?» mi chiede.

«Vado a mangiare da mia madre.»

Annuisce e non dice niente.

«Cioè», mi correggo, «andiamo a mangiare da mia madre. A Natale ormai è così. Un anno a casa mia, l'anno dopo dai genitori di mia moglie.»

«È giusto», risponde Marika. Continua a sorridere, ma mi sembra che, quando ho usato il plurale, i suoi occhi siano diventati un po' più tristi.

«E tu?»

«Sto a casa. Ma al mattino sono di turno.»

«Lavori a Natale?»

Alza le spalle.

«Mi fa comodo», spiega.

E io mi sento ancora più da schifo per quello che sto per dirle. «Marika, devo chiederti un favore.»

«Sì?»

«Bisogna che chiami Valentina, appena puoi.»

Lei si rabbuia.

«Devi dirle che non puoi più lavorare da noi. Lo capisci perché, vero?»

Sta zitta per qualche secondo, poi mormora: «Sì».

«Chiamala», insisto. «Prima che puoi. Anche subito.»

«Okay. Appena salgo le telefono.»

«Adesso la trovi a casa.»

«Va bene.»

E poi resta ferma a guardarmi. Non se ne va.

«Mi dispiace, però», dice dopo un po'.

«Anche a me dispiace. Ma è stato uno sbaglio. Non dovevamo. È stato... uno sbaglio.»

Sembro un disco incantato. Sono davvero ridicolo. E patetico.

La guardo. Mi ricorda una bambina con il rossetto. Lo è. È una ragazzina di ventitré anni e io sono il verme che l'ha portata a letto e ora la sta scaricando senza nemmeno la delicatezza di scegliere le parole giuste.

«Allora ciao», dice voltandosi in fretta, per aprire la portiera, senza guardarmi più in faccia e riportando via con sé il pacchetto rosso con il regalo che io non ho ricambiato.

«Aspetta.» La blocco per un braccio, proprio come aveva fatto Patrizio, la prima volta che l'ho vista.

È ufficiale: sono un bastardo da competizione.

Le poso una mano sul mento per farla voltare verso di me. Ha gli occhi pieni di lacrime.

«Mi mancherai tanto», mormora.

«Anche tu», le dico.

Poi, mentre un raffica di vento più forte delle altre fa spostare un cassonetto in mezzo alla strada, la stringo forte tra le braccia e le do un ultimo, disperato bacio.

Per fortuna anche Sofia e Norberto sono in ritardo: Sofia aveva voglia di zenzero candito, perciò Norberto, che darebbe la vita pur di esaudire ogni suo desiderio, si è catapultato in via Cola di Rienzo a cercare la preziosa spezia, senza temere il delirio prenatalizio del pieno centro, e al ritorno è rimasto imbottigliato nel traffico. È rientrato a Settebagni (dove lui e Sofia, convertiti alla periferia proprio come noi, hanno appena comprato casa, dicendo addio al bel monolocale in affitto in zona Trastevere) stravolto dopo quattro ore di coda. Mi dispiace per lui, che salta al volo sulla mia Golf senza nemmeno il tempo di salire in casa, versandosi una bustina di Aulin direttamente in bocca per scacciare il mal di testa. Ma d'altra parte sono sollevato. Così, se arriviamo tardi per il brindisi d'auguri, la colpa non è tutta mia.

Durante il viaggio parla quasi sempre Valentina, che ha delle novità succulente sulla vita sentimentale e professionale di Thomas: dopo che su una rivista sono apparse le sue foto in compagnia di una moretta da poco eliminata al *Grande Fratello*, le vendite del libro sono aumentate ancora, sfiorando l'inimmaginabile traguardo delle centomila copie.

Sofia ride. Norberto ride solo perché ride Sofia. In realtà, lui nemmeno sa chi è Thomas. Ma è contento così.

I guai incominciano quando Sofia mi sorride nello specchietto, poi si sporge in avanti e mi dice, tutta carina: «Ti trovo in forma, sai?»

Valentina si volta verso l'amica e sorride orgogliosa.

«Sei dimagrito parecchio, vero?»

«Il giusto», rispondo. «Ho ripreso a fare sport.»

Valentina, per scherzare, mi tasta i bicipiti: «Senti qui».

Sofia mi tocca e fa un urletto scemo.

La personalità-Fonzie che alberga in me è lusingata da tanti complimenti. Ma tutte le altre personalità, quelle normali e senza giubbino di pelle, sono imbarazzate e dispiaciute per Norberto, che tiene la testa bassa e gli occhi fissi sui manici della borsetta della moglie, posata sulle sue ginocchia perché su quelle di Sofia il posto scarseggia per via della pancia.

I bicipiti lui li ha persi da un pezzo, ma non per colpa sua. Sofia si lamenta che non passano abbastanza tempo insieme, così l'ha costretto a mollare il calcio e la palestra per coltivare assieme a lei hobby interessantissimi e irrinunciabili quali l'ikebana, la meditazione Zazen e lo studio del russo commerciale.

Vorrei cambiare discorso, ma Sofia insiste: «Sarà la gravidanza che mi fa andare gli ormoni in giostra, ma ti vedo proprio carino». Poi tocca il braccio di suo marito. «Sarà ora che inizi anche tu a fare un po' di moto.»

Il «sì» mormorato da Norberto è un distillato puro di umiliazione.

Le ragazze ridono, ma all'improvviso Sofia impallidisce. «Oh no!»

«Accosta!» mi ordina Norberto, con un guizzo inaspettato di autorità.

Spaventato, freno, metto la freccia, rischio di causare una strage natalizia sul raccordo anulare e fermo la macchina, permettendo per un soffio a Sofia di aprire la portiera per vomitare fuori e non sui sedili della Golf.

Norberto, efficiente e veloce come un dottore di *E.R.*, estrae dalla borsetta le salviettine umidificate, una bottiglia di acqua frizzante da mezzo litro, un pacchetto di Fisherman Strong e affronta l'emergenza.

Valentina mi accarezza un braccio e sorride, guardandomi con disagio misto a tenerezza. Non dice niente, ma è chiaro che sta pensando, proprio come me, che tra un paio di mesi potrebbe trovarsi lei in quella situazione. Speriamo.

Cinque minuti dopo, Sofia, che sta riprendendo colore, si scusa e mi dice di ripartire.

«Sicura?»

Lei fa segno di sì. «Magari tengo il finestrino un po' aperto, se non vi dispiace.»

«Figurati», la rassicuro, poi metto in moto.

«Ancora le nausee al quinto mese?» si informa Vale, preoccupata.

«Solo ogni tanto, per fortuna», risponde Norberto al posto di sua moglie, tanto ormai la simbiosi è totale.

«Sono diventata sensibilissima agli odori», aggiunge Sofia. «Certi profumi mi fanno un effetto tremendo. Avete un Arbre Magique qui in macchina, vero?»

«Per carità!» esclama Valentina, posandomi una mano sulla coscia. «Cioè, quando l'ho conosciuto, Stefano ha anche provato a convincermi, ma gli ho detto: o me o l'albero.»

Sofia sorride, appoggiandosi alla spalla dell'insostituibile Norberto.

«Mi sa che allora è il tuo profumo», dice rivolta a Valentina.

«È sempre il solito, al caprifoglio.»

Sofia scuote la testa. «No, quello che sento io è cocco», mormora, testarda.

Cala il silenzio.

Valentina smette di sorridere. Norberto fa l'indifferente e guarda fuori dal finestrino, anche se a quest'ora è buio e non si vede un bel niente, a parte il guard rail e qualche albero.

Io vorrei sterzare di colpo e andarmi a schiantare contro il primo pilastro. Sempre meglio che essere costretto a reggere per un altro minuto lo sguardo incredulo e ferito di mia moglie.

Arriviamo alla festa, nonostante tutto.

Sofia non vomita più.

Valentina indossa un sorriso forzato di rappresentanza e saluta, stringe mani, chiacchiera, annota titoli, scadenze e numeri di telefono, perché, anche se è la vigilia di Natale, questo momento di fine anno è cruciale per il suo lavoro.

Io mi tengo in disparte e divoro diciotto minitartine al salmone una di fila all'altra. Rispetto all'anno scorso, grazie alle vendite record del libro di Thomas, la qualità del catering è sensibilmente migliorata. Ciò nonostante, ancora nessuna traccia di Volo e Faletti. Me ne farò una ragione.

Le colleghe di Valentina, che gli anni scorsi mi salutavano formali e un po' stupite, come se ogni volta non si aspettassero di vederci ancora insieme, oggi sono più sciolte e sorridenti. Sono loro a rivolgermi la parola per prime.

«Stefano, ti vedo proprio bene! Ma quanto sei dimagrito?»

È vero che a Natale sono tutti più buoni, ma resta il

fatto che non ho mai ricevuto così tanti complimenti tutti insieme.

Purtroppo, è il giorno peggiore per sentirmi dire cose carine. Tutte lì a ripetermi bello, magro e simpatico, ma sono sicuro che, se potessero leggermi dentro, mi annegherebbero infilandomi la testa nella caraffa della sangria.

Dopo che la quinta collega, con un'occhiata spudorata alla mia pancia, strilla: «Sei in forma smagliante!» Valentina mi lancia uno sguardo severo. Poi lascia cadere la maschera di donna risoluta e moglie felice e, con la scusa improbabile di un attacco di emicrania, saluta in fretta e mi ordina di portarla subito a casa.

12

Negare, negare, negare.

È questo il primo, e forse unico, comandamento alla base di tutte le relazioni amorose di lungo corso.

Anche di fronte all'evidenza, ai testimoni e alle prove schiaccianti non c'è che una via di fuga: negare, sempre e comunque.

Il mondo è pieno di donne intelligenti e in gamba – di quelle che non si fanno mai fregare – che, quando si tratta della fedeltà del proprio uomo, diventano ingenue come ragazzine delle medie e si bevono le scuse più assurde. Perciò, se ti mostri abbastanza convinto, le possibilità che lei ti creda sono molte più di quante immagini.

Ma, anche se non ti crederà, si sentirà almeno un po' confusa. E fragile.

La colpirà la forza con cui ti rifiuti di ammettere l'infedeltà. Se sarai abbastanza bravo, le farai capire che quella è la stessa forza del tuo pentimento e della voglia che hai di restare con lei. Prima di lasciarti o di farti un buco in testa con un colpo secco di tacco a spillo, rifletterà almeno un po' sulla dimensione epocale dei tuoi sentimenti. Si renderà conto della montagna d'amore che rischia di perdere. E forse, prima o poi, potrà anche perdonarti.

Quindi, impara a controllare l'ansia, il senso di colpa, il tono della voce e i muscoli facciali e recita la tua parte.

Difficile?

Sì che è difficile. Ma se non sei stato capace di restare fedele alla tua donna, sarai almeno disposto a fare un po' di fatica per tenertela stretta, o no?

Certo, esistono anche i leali a ogni costo. Ma quelli non mi hanno mai convinto fino in fondo.

Intanto, tra i sostenitori del «diciamoci tutto» ce ne sono sempre un bel po' che decidono di spiattellare in faccia la verità alla loro donna solo perché è un modo sicuro di ferirla. Lo fanno per vendetta, per essere stati traditi loro per primi.

Oppure ci sono quelli che hanno studiato per bene

la loro strategia e che confessano in fretta non perché sono onesti e limpidi, ma solo per essere lasciati e rifarsi una vita con l'amante.

Quindi, facendo qualche conto, tolti tutti questi esemplari, nella schiera dei sinceri duri e puri rimangono una manciata di ex hippy e qualche intellettuale ricco e famoso abbastanza da permettersi di vivere al di là delle regole.

Insomma, se l'irreparabile è accaduto, c'è poca scelta. L'importante è capire fin da subito in quale gruppo si vuole stare e mantenere una certa coerenza.

Io invece faccio la cosa peggiore. Parto coraggioso e deciso nel gruppo uno, ma poi gestisco male la situazione e finisco quasi subito nel due, firmando così la mia condanna all'infelicità.

«Vai a letto con Marika», sono le prime parole di Valentina, appena entriamo in casa.

Non è una domanda. Ma lì per lì rifiuto di rendermene conto e, inutilmente, rispondo: «No».

«Ci vai a letto», ripete lei in tono più basso e, in apparenza, calmissimo.

È rimasta ferma sulla soglia, seria, con il respiro appena un po' accelerato.

«Dimmi la verità, ti prego.»

«È la verità. Non è successo niente.»

Si avvicina a me. Mi preparo al peggio. Urla, insulti e pugni in faccia. Invece niente. Mi prende per mano e punta i suoi occhi tristi dentro i miei. «Avete una storia?»

«No!»

«L'avete avuta?»

«No!»

«Guardami bene negli occhi e ripetimi che non c'è mai stato niente tra voi.»

«Non c'è mai stato niente», mormoro. Faccio una pausa per deglutire. «Tra di noi.»

A parte un leggero tremolio nella voce, ce la sto facendo. Nego, nego, nego. Gianfranco, che in sette anni ha tradito la sua fidanzata di Viterbo duecentosette volte senza mai farsi beccare, sarebbe fiero di me.

Sono già pronto a congratularmi con me stesso per l'ottima prova da attore, ma ecco che lei mi frega.

Fa la faccia più comprensiva e dolce del mondo e, con la voce pacata e ragionevole che tira fuori durante certe sue telefonate di lavoro con scrittori dal carattere complicato, si siede al tavolo, versa un po' di tè verde freddo in un bicchiere e mi fa segno di occupare la sedia davanti alla sua.

«Stefano. Per favore... Non abbiamo più vent'anni. Siamo adulti. Abbiamo passato un momento difficile e so bene di essere stata troppo rigida, nervosa, e anche un po' isterica. Sono pronta a riconoscere le mie colpe. Un momento di debolezza può capitare. L'importante è saperlo affrontare. Insieme. Possiamo riuscirci, se ci amiamo davvero. Ma prima dobbiamo dirci tutta la verità.»

Sto per piangere. Anzi, no, piango davvero. Il che

equivale a una piena ammissione di colpa. Accidenti all'emotività di noi maschi del terzo millennio.

Anche la sua voce si incrina: «Allora, è così? Sei stato a letto con Marika?»

«Una volta sola.»

L'ho detto.

La certezza che niente sarà mai più come prima mi colpisce come un pugno in faccia e mi fa girare la testa.

Valentina resta in silenzio, con gli occhi fissi sul bicchiere e il petto che si alza e si abbassa al ritmo del respiro. Regolare, ma troppo veloce.

Ormai piango come un bambino.

Perché mi sento in colpa, certo. Ma anche commosso. Perché ora so che Valentina è speciale. Lei è diversa da tutte le altre donne. Lei saprà capire, mi lascerà spiegare. Passeremo la notte tra lacrime e abbracci, aprendo i nostri cuori, sviscerando ogni dubbio e malessere, scacciando le ombre che insidiano la nostra vita, inventando nuovi modi per andare avanti insieme e assisteremo meravigliati e felici alla rinascita del nostro amore. Usciremo da questa brutta storia più forti di prima e metteremo in cantiere una nidiata di figli che spero somiglino tutti a lei.

I miei pensieri sono interrotti dal bicchiere che sfreccia a un millimetro dal mio orecchio e va a infrangersi contro il muro.

«Cazzo», mi lascio scappare, abbassandomi d'istinto per schivare anche la bottiglia del tè ancora mezza piena.

Sono caduto in pieno nella trappola.

«Come hai potuto?» urla Valentina, con il viso trasfigurato dalla rabbia. «Marika! Con Marika! Sei andato a letto con Marika!»

A questo punto ripetere «sì» mi sembra superfluo.

Ma che fine hanno fatto la calma e l'atteggiamento comprensivo?

Me lo chiedo mentre mi arrivano addosso quattro piatti di porcellana bianca con profilo d'argento di grande valore affettivo perché erano di mia madre e ancora prima di mia nonna, un portaspezie di legno ricordo del nostro viaggio in Egitto, l'albero di Natale e la playstation, che finisce rovinosamente a terra, a pochi centimetri dal terrorizzato Dinamo che, dopo avermi assestato un'unghiata punitiva alla caviglia, corre a rifugiarsi sotto il letto.

Provo a balbettare cose del tipo: «Ho sbagliato», e «Perdonami», ma niente. Sembra che ogni parola serva solo a farla arrabbiare di più.

Quando riesco a chiederle: «Perché non ne parliamo da persone adulte?» mi colpisce con una sedia.

Poi mi ordina di andarmene.

«Non ti voglio più vedere», grida tra le lacrime. E quando mi tira dietro il trolley grande, tre mutande e due maglioni, capisco che non è un modo di dire.

Solo (2)

Così ho perso tutto. Ho perso mia moglie, la mia casa, un gatto e la stima di me stesso, e ora sto a casa di mamma, senza niente di meglio da fare che piangere davanti alla televisione e ascoltare tutto Baglioni.

Non vado in ufficio da sedici giorni. Non ho ricevuto ancora nessuna visita fiscale, forse perché il dottor Giuliani si fida di me, o forse perché, che io ci sia o non ci sia, non cambia nulla ai fini della produttività aziendale.

Non vedo nessuno, non mi faccio sentire. Ho cancellato il mio profilo su Skype e ho cestinato senza leggerle almeno dieci mail di Marika. Se non spengo anche il cellulare è solo perché una parte di me spera sempre che Valentina ci ripensi e si faccia viva. Così, mi limito a togliere la suoneria e a non rispondere a nessuno che non sia lei.

Ma Valentina non ha ancora chiamato. E, se la conosco bene come penso, non chiamerà mai.

«Continua l'aerosol, se no stai male.»

«Non sto male, mamma.»

«Stai male sì. Guarda che faccia che hai! E poi sei dimagrito. Certo che è proprio brutta, questa influenza.»

Nemmeno una parola su Valentina. Preferisce non nominarla e far finta che non sia successo niente.

Comincio a spazientirmi. Sento il bisogno di squarciare in qualche modo la sua cortina di discrezione.

Prendo un bel respiro. «Mamma. Non ho l'influenza. Il mio male sta qui, capisci?» e mi poso una mano sul petto.

«Alla pancia?»

«Non la pancia, mamma. Il cuore. Ho il cuore a pezzi, soffro, sto male. Mi capisci?»

Mia madre alza le spalle e fissa con ostinazione il pollo surgelato.

So bene di darle un dispiacere enorme, perché le mamme sono così: ti perdonano qualsiasi cosa tranne l'infelicità.

Mi sento in colpa per essere stato sgarbato, mi alzo e le vado vicino, posandole una mano sulla spalla. Lei mi abbraccia. «Vedrai che ne trovi un'altra.»

«Non ne voglio un'altra, mamma.»

Mi sottraggo al suo abbraccio robusto. E, invece di arrabbiarmi, sorrido. Non perché sono completamente esaurito, ma perché, come per magia, dopo giorni e giorni mi sento più forte, meno depresso e apatico (mi rifiuto di pensare che il merito sia dell'aerosol). È tutto più semplice di come sembra: non posso fare come al solito e lasciare che siano gli altri a decidere per me. Se voglio salvare il mio matrimonio non posso certo aspettare che me lo dica mia mamma. E nemmeno posso restare qui a bere brodini e ascoltare dischi sperando che un bel giorno Vale suoni il campanello per annunciarmi che ha cambiato idea e ha deciso di perdonarmi, anche se sono un bugiardo traditore inaffidabile.

La prossima mossa tocca a me. E non posso più perdere tempo.

Anch'io, come il tizio in tv, devo correre dietro al treno di Valentina.

Ma, a parte novità dell'ultima ora, non mi risulta che Valentina stia partendo per un viaggio. Quindi tecnicamente è ancora più semplice perché so dove trovarla.

Non ho scuse.

Prendo il cappotto senza dire una parola.

«Dove vai?» chiede mia madre, inseguendomi fino alla porta con in mano la scodella ancora piena di latte fumante.

«A casa.»

«Sei già a casa.»

«Questa è casa tua, mamma.»

«Ma dove stai meglio di qui?»

«A casa mia. Con mia moglie», rispondo, con un tono deciso ma dolce da vero uomo.

Lei dice solo: «Oh», muovendo le labbra senza emettere un suono. Sembra stupita, ma non offesa. Forse persino un po' commossa nel vedermi tanto determinato.

Clint Eastwood sarebbe orgoglioso di me.

Apro la porta.

«Guarda che piove», sussurra ancora, senza più provare a fermarmi.

«Meglio.»

La pioggia fitta fitta contro il parabrezza, che mi ricorda la sera del nostro primo appuntamento, mi rende più battagliero e appassionato man mano che le distanze si accorciano.

Sulla Prenestina, stringo il volante e canto *Alla mia età* assieme a Tiziano Ferro. Sono così impegnato a cantare e pensare a quello che le dirò per convincerla a perdonarmi, che solo all'ultimo mi accorgo degli stop illuminati della Panda davanti a me e per un pelo non rimango coinvolto in un tamponamento a catena.

Freno a un millimetro. Me la faccio quasi addosso dallo spavento. Abbasso il finestrino e, per sfogare la tensione, sparo all'indirizzo del conducente una sfilza di parolacce poco adatte a un eroe romantico. Ma è questione di pochi secondi, perché mi calmo presto e, anche per evitare che la pioggia mi inzuppi i sedili, richiudo per bene il finestrino. Faccio un paio di respiri per contenere l'ansia e decido di interpretare il pericolo scampato come un segno del destino, che mi fa capire che nulla può fermare la mia corsa incontro alla donna che amo.

Riparto.

Ora guido più lentamente, ma non per questo sono meno deciso.

Sono disposto a tutto pur di riconquistarla: raparmi a zero, dimagrire dieci chili, smetterla per sempre con il calcetto e la playstation, camminare sui carboni ardenti, studiare Lettere, Filosofia, Medicina o qualcosa di altrettanto difficile per trovare un lavoro che la renda orgogliosa di me.

Non lo dico tanto per dire. Conoscendo Valentina, so che sarebbe capace di chiedermi di fare queste cose tutte insieme, per ripagarla almeno un po' di quanto l'ho fatta soffrire.

Lo so che è in casa.

Dal piazzale ho visto attraverso le finestre la luce piccola in camera e quella più grande del bagno. Per questo, dopo aver suonato due volte senza ottenere risposta, non mi arrendo e premo il campanello forte, senza più staccare il dito.

La porta si apre di colpo, salvandomi per un pelo dagli insulti dei vicini di piancrottolo.

«Sei matto?» L'espressione intensa sul viso di Valentina dice tantissime cose.

Purtroppo per me, sono tutte cose del genere «Che cazzo vuoi?» e «Sei una merda, ti odio». Nessuna traccia di «Sono felice di vederti» o simili.

È tutto molto più difficile di quanto mi pareva poco fa, in macchina.

Resto fermo a guardarla.

Per un secondo rimpiango di aver parcheggiato la macchina proprio qui sotto, davanti al portone.

Se prima di entrare avessi camminato sotto l'acqua per almeno cinquecento metri ora farei un'altra figura. Le donne hanno un debole per gli uomini tormentati e grondanti di pioggia. Danno l'impressione di essere tipi davvero tosti e pronti a tutto. Non per niente Valentina piangeva ogni volta che vedeva il vecchio Clint nel finale de *I ponti di Madison County*. Io sono sempre stato convinto che si possa essere tosti e pronti a tutto e al tempo stesso capaci di ricordarsi l'ombrello quando serve, ma non abbiamo mai discusso seriamente della questione.

Spero che almeno noti che sono dimagrito di un altro chilo.

Per evidenziarlo, tiro un po' la pancia in dentro e risucchio leggermente le guance.

«Allora?» mi domanda, con la voce che le trema. Poi si morde un labbro e si sforza di evitare il mio sguardo.

«Non ce la faccio a stare senza di te.»

Glielo dico subito, perché è la verità ed è inutile perdersi in preamboli.

Lei resta zitta, con le mani sulla faccia. Poi le sue spalle iniziano a muoversi

Sta piangendo?

No. Ride.

Così non vale. Un po' di rispetto me lo merito anch'io.

«Non è possibile», continua a ripetere.

Non è possibile cosa?

Quando sposta le mani e torna a guardarmi mi accorgo che i suoi occhi sono rossi e umidi. Forse rideva e piangeva allo stesso tempo. Non ci capisco niente.

«Io dovrei spaccarti la faccia. Lo sai, vero?» mi chiede con voce roca.

«Fallo. Me lo merito», la invito sporgendo il viso verso di lei.

«Sei un povero coglione.»

«È vero. Lo sono. Dai, picchiami.»

Ma lei non mi picchia. Resta lì a fissarmi. Noto che ha una ruga nuova, piccola ma visibile, proprio in mezzo alla fronte. Gliel'ho fatta venire io, penso, e mi sento ancora peggio.

«Va' via, per favore.»

Ma io non voglio andare via. Senza starci troppo a pensare, le prendo la mano e mi butto in ginocchio davanti a lei. Mi sembra di sentire da qualche parte nella mia testa la voce di Norberto che dice: «Chi se ne frega della dignità». Solo adesso lo capisco fino in fondo.

Valentina non toglie la mano, ma rimane ferma, scuote ancora la testa e stringe le labbra, come se cercasse un modo per non mettersi a piangere. Chiudo gli occhi e le riempio la mano di baci, fregandomene se lei continua a ripetere: «No».

C'è un momento di silenzio strano. Poi riapro gli occhi giusto in tempo per vedere un uomo in mutande che sgattaiola fuori dalla porta del bagno.

Fisso Valentina. Ha la stessa espressione di prima, ma non lo stesso colore. Adesso è rossa come la sua sottoveste.

Sì, ma da quando in qua Valentina dorme con una sottoveste di raso rosso?

Mi rimetto subito in piedi. «Chi è?»

Valentina si riscuote. Mi si piazza davanti e alza il mento, con un brutto lampo di sfida negli occhi. «Non sono fatti tuoi.»

«Sì che lo sono.»

Anche se lei cerca di fermarmi, mi fiondo in camera.

E lì trovo Thomas, che saltella mentre si infila i jeans neri, mi sbircia di sottecchi e tira su la zip, stringendosi nelle spalle come se così potesse diventare invisibile, accanto al letto disfatto e al comodino con sopra ancora l'ultimo libro di Enrico Brignano che non ho avuto il tempo di finire, a pochi passi dall'armadio dove ho lasciato appesi quasi tutti i miei vestiti.

«Buonas...» farfuglia il mostro, abbottonandosi la camicia di velluto verde con le dita che tremano. Forse è un saluto o forse no. Poco importa. La sua buona educazione non diminuisce la mia voglia di spaccargli la testa.

«Che schifo», è tutto quello che riesco a mormorare.

Intanto Valentina, con le guance arrossate e gli occhi che lanciano fiamme, si è piazzata sulla porta.

«Stefano, non fare cazzate.»

Io non devo fare cazzate? Tu porti uno squilibrato nel nostro letto e sarei io quello che fa cazzate?

Ma sono troppo sconvolto e resto zitto. Faccio solo cenno di no, poi mi siedo sul letto, stordito come se mi avessero colpito in faccia con una mazza da golf.

Thomas mette in fretta gli anfibi sfondati, recupera

portafoglio e cellulare sul comodino e ha ancora il coraggio di dirmi, sventolando le mani davanti alla faccia: «Non è come sembra...»

«Sì che lo è», lo zittisce Valentina. Poi incrocia le braccia, si appoggia allo stipite della porta e si gode la sua vendetta.

Visto che non reagisco, rincara la dose. «Abbiamo fatto sesso», mi dice, in tono cattivo. «Ed è stato bellissimo. Allora, come ci si sente?»

«Beh, bellissimo non direi, ultimamente lo stress mi fa brutti scherzi e, quindi, tecnicamente, è come se non fosse successo niente», spiega Thomas affannandosi, ma Valentina lo incenerisce con lo sguardo e lo riduce al silenzio.

Nel giro di pochi istanti ha ripreso il controllo della situazione. Mi fa quasi paura.

«Fuori!» ordina a Thomas.

Lui non se lo fa ripetere e si dilegua alla velocità della luce.

Che mazzata.

Sì, lo so, è inutile fare la vittima adesso, in fondo sono stato io a tradire per primo, dovevo aspettarmelo, e i maschi e le femmine sono uguali anche in questo eccetera eccetera. Però sto troppo male per riuscire a ragionare come si deve. E poi devo ancora conoscerlo, l'uomo che riesce a prendere una faccenda come questa con lucidità e filosofia.

Perciò, niente prediche sull'egoismo, sull'irrazionalità di noi maschi e sulla doppia morale, per favore. Non è il momento.

* * *

Non so per quanto restiamo fermi così. Io seduto sul letto a fissare il pavimento, lei appoggiata alla porta.

Poi Valentina, forse solo perché è stanca, viene a sedersi accanto a me sul letto. Non vicina da poterla toccare, ma nemmeno così lontana da impedirmi di sentire il suo profumo al caprifoglio. Sta nella mia stessa posizione e non mi guarda.

«Non importa», dico, quasi stupito di essere riuscito a tirare fuori un po' di voce.

«Cosa?»

«Quello che è successo con lui. Non mi importa. Io voglio tornare con te.»

Sento il suo respiro. Nient'altro.

Proprio durante questo ennesimo, lancinante silenzio, il mio cellulare inizia a vibrare nella tasca dei jeans.

Nell'agitazione ho scordato di spegnerlo.

Preso dal panico, e anche da un ingiusto e spiacevole sentimento di irritazione nei confronti di Marika, che non ha ancora capito che deve lasciarmi in pace, simulo un attacco di tosse, perché Valentina non senta il rumorino della vibrazione. Intanto, con una contorsione degna del mago Silvan nei suoi anni migliori, con la scusa di cercare il fazzoletto, riesco a infilare la mano in tasca e a premere al volo il tastino di rifiuto chiamata.

«È stato orrendo», dice Valentina, quando ho finito di tossire.

Spero si riferisca al suo recente rapporto con lo sgorbio, ma lei si spiega meglio. È stato orrendo come si è sentita. Ora che è stata con un altro, si capacita ancor meno di come possa esserci riuscito io. «Senza dirmi niente», aggiunge con un filo di voce. «Io non ce l'avrei mai fatta a tenerti nascosta una cosa così.»

Questo è tutto da dimostrare, vorrei dire. Avrei proprio voluto vederla al mio posto. Ma non è il momento delle polemiche, quindi taccio.

Nelle tre ore successive attraversiamo un certo numero di fasi, ciascuna distinta da uno stato d'animo diverso, contrapposto a quello precedente. È come avere il cuore sulle montagne russe, ma senza garanzie che la chiusura di sicurezza funzionerà al momento giusto.

La prima fase è quella dell'accusa.

Lei elenca i miei difetti, io incasso, chiedo perdono e prometto che cambierò.

Mi prendo tutte le colpe e faccio sempre segno di sì mentre Valentina dice che sono bugiardo, indolente, infantile, mentalmente pigro, privo di iniziativa, troppo accomodante, mammone e pure un bel po' ignorante.

Naturalmente non protesto perché ho appena promesso a me stesso che avrei fatto qualsiasi cosa pur di ricominciare da capo. Ma è logico che non sono proprio d'accordo su tutto. Quegli aggettivi possono anche essere azzeccati, ma certo non bastano a descrivermi. Ho anche i miei pregi, che poi non sono altro che il lato positivo delle caratteristiche che ha appena elencato. Sono calmo, ottimista, paziente, adattabile e sportivo, solo per fare qualche esempio. Ma lei ora è troppo furiosa per ricordarselo.

La seconda fase è quella della supplica.

Io la imploro di darmi ancora una possibilità e le elenco i motivi per cui non posso fare a meno di lei. E qui accade il contrario rispetto alla fase uno. Le dico che è la donna più intelligente, divertente, travolgente e sexy che abbia mai incontrato. Naturalmente non le faccio presente che è anche nervosa, troppo ansiosa, spesso isterica, perennemente indecisa, incostante e distratta, e a volte un po' snob con chi non condivide i suoi gusti e le sue idee, e mi concentro sui lati positivi del suo carattere, calcando un po' la mano.

Esagero e mi incasino da solo.

«Se mi amavi così tanto, allora che bisogno avevi di scoparti quella ritardata?» mi urla addosso all'improvviso.

A questo punto entriamo dritti nella fase tre, la più spiacevole, quella della recriminazione, che si trasforma quasi subito in ossessione isterica sui particolari più intimi del mio rapporto con Marika.

«Ci sei stato soltanto una volta?»

«Sì.» (vero)

«Quante volte l'avete fatto?»

«Una.» (vero)

«Ti è piaciuto?»

«No.» (vero e falso insieme)

«Però lei ti piaceva?»

«No.» (falso, falsissimo)

«Ti piaceva più di me?»

«No.» (vero)

«È più bella di me?»

«No.» (falso)

«Sei innamorato di lei?»

«No.» (vero)

«Il suo sedere è più bello del mio?»

«No.» (falso, ma cosa c'entra il sedere, in un momento così grave?)

Lo so, pochi minuti fa ho promesso a Valentina che non le avrei più mentito. Questo è il momento in cui le apro davvero il mio cuore e non dovrebbe esserci spazio per le bugie. Eppure, non posso essere sincero fino in fondo senza ferirla inutilmente e senza condannare a morte certa la nostra storia d'amore. Ho sempre sospettato che le coppie in cui si è sinceri a tutti i costi e non ci si nasconde niente siano quelle che si sfasciano per prime.

Alla fine del fuoco di fila di domande sempre più incalzanti, lei piange seduta sul letto, abbracciandosi le gambe rannicchiate. Provo a stringerla a me e lei mi riempie di pugni le braccia e il petto, urlandomi che il nostro matrimonio era perfetto e che io ho rovinato tutto.

Io non sono d'accordo. Il nostro matrimonio non era perfetto proprio per niente ma questo, al momento, è un punto a nostro favore, perché, se riusciamo ad aggiustare le cose, abbiamo davanti a noi un incredibile margine di miglioramento.

Mi illudo di convincerla, perciò arriva la fase della falsa speranza.

Valentina, esausta per il troppo piangere, mi regala uno sguardo splendido e nostalgico, pieno di amore, dolore e tenerezza.

Io le ripeto che l'amo e che voglio passare il resto della mia vita con lei. Lei si avvicina per baciarmi, ma quando è a due millimetri dalle mie labbra si blocca, dice che non ci riesce e che non potrà mai più toccarmi senza pensare a me e Marika che facciamo l'amore.

Non vorrei ma, forse per la stanchezza, perdo la pazienza.

Le ricordo che meno di quattro ore fa lei si rotolava su questo letto (il mio letto!) assieme al bluff editoriale dell'anno.

«Non è la stessa cosa», ha il coraggio di replicare.

Così, non so bene come, mi ritrovo a spararle la stessa sfilza di domande intime e imbarazzanti che mi ha appena fatto lei.

Le sue risposte sono identiche alle mie. Scioccamente, sento il cuore più leggero. Eppure non ho proprio nulla per cui sentirmi sollevato. Se su certe cose non sono stato sincero io, non vedo perché dovrei illudermi che lo sia lei.

Alla fine siamo troppo stanchi per parlare e Valentina, stravolta, mi chiede di lasciarla dormire.

Non voglio andare a casa di mia madre.

«Posso restare qui con te?»

Lei è già appoggiata al cuscino e ha gli occhi che le

si chiudono. «Non so se sia una buona idea», mormora, senza la forza di opporsi seriamente.

«Se guido in questo stato non ci arrivo, da mia madre.»

«Ti dovrei anche compatire?»

«No, però lasciami dormire qui. Non ti tocco, giuro.»

Valentina fa un sospiro che io interpreto come un sì.

Mi sdraio vestito accanto a lei, attento a non sfiorarla neanche per sbaglio.

Lei allunga la mano per spegnere la lampada sul suo comodino, e quel «clic» così consueto e rassicurante mi dice che, almeno per stanotte, sono tornato a casa.

Valentina si agita e mormora nel sonno e io non riesco a dormire. Intorno alle quattro il mio cellulare vibra ancora per segnalare un nuovo messaggio.

Lo spengo e provo a richiudere gli occhi.

Ma poi l'ansia mi assale all'improvviso. Come quando ti svegli nel cuore della notte dopo un incubo e hai la sensazione che quello che hai sognato sia solo un anticipo di ciò che sta per succederti. Mi metto a sedere sul letto. Non riesco a stare fermo. Valentina, senza svegliarsi, allunga un braccio verso di me. Io le stringo la mano e le do un bacio sulla tempia. Sussurro: «Andrà tutto bene», ma in realtà sono io quello da convincere.

Poi non mi tengo e, spinto da un presentimento strano, riaccendo il telefono e leggo il messaggio. È di Marika. È breve, essenziale. Dice solo: «Sono incinta».

Per qualche secondo resto con il respiro sospeso a fissare il display, in attesa di un secondo messaggio con una spiegazione, una rettifica, un insulto o una richiesta di aiuto. Invece niente. Rimangono quelle due parole e basta. In fondo, cos'altro c'è da aggiungere? In certi casi non serve farla tanto lunga per capire che niente sarà più come prima.

Epilogo

Manuel ha compiuto ventinove mesi martedì scorso (chi mi sa dire quando dovrò smettere di contare i mesi e decidermi a festeggiare solo i normali compleanni?), ha i grandi occhi grigio-azzurri di sua madre e i capelli scuri e ricci come i miei.

È bellissimo, e non lo dico solo io. Ne sembrano convinti anche gli amici, i parenti e persino gli sconosciuti che incontriamo per strada, che si fermano a riempirlo di complimenti senza che nessuno abbia chiesto il loro parere. Se non pensassero sul serio che Manuel è di una bellezza fuori dal comune tirerebbero dritto senza troppe parole, no?

Il guaio è che ogni volta che qualcuno mi blocca per dirmi quanto è bello il mio bambino, devo mordermi la lingua per non mettermi a raccontare che è anche bravo, simpatico e sa già contare fino a cinque.

Non è nel mio stile, eppure è così. Non sono mai stato particolarmente ambizioso per quanto riguardava la mia vita, ma quando si tratta di mio figlio proprio non ce la faccio a non pensare in grande. Per dire: se saltella ascoltando la musica già lo immagino primo ballerino alla Scala. Se gioca a palla me lo vedo capocannoniere ai mondiali, se pasticcia con i pennarelli ho già pronta in mente una personale a Palazzo Venezia.

Tutti ripetono che diventare padre ti rende di colpo più adulto e più saggio. Vero. Ma nessuno ti avverte mai dell'ondata di rincoglionimento che, a tradimento, arriva assieme a questa nuova maturità.

Per esempio, l'altro giorno gli ho comprato un pallone e l'ho portato al parco. Nel guardarlo che calciava tutto concentrato, ho ringraziato in silenzio quell'unico spermatozoo scalmanato che ha staccato i compagni e ha fatto centro contro ogni aspettativa, e di colpo mi è venuto da piangere. Poi però mi sono detto che non potevo mettermi a zampillare lacrime come una fontana, perché ora, in quanto modello di riferimento maschile, ho delle responsabilità ben precise. Così mi sono buttato a terra e ho finto di disperarmi perché avevo sbagliato la parata e lui aveva fatto goal.

Manuel sta con me due giorni alla settimana, ma appena ho qualche ora libera extra corro a prenderlo.

Marika non dice quasi mai di no e, da come il piccolo mi corre incontro ogni volta, capisco che lei gli parla sempre bene del suo papà. Era tutt'altro che scontato. Carlo, per esempio, da quando la moglie lo ha lasciato, porta i ragazzi da McDonald's due volte al mese solo per raccontare sempre la stessa storia, e cioè di come la loro mamma, ormai certa di aver rovinato del tutto la sua vita, abbia pensato bene di rovinare anche quella di un altro uomo.

Ma Marika non è come Carlo. Marika è una brava ragazza, e non è un modo di dire. È brava davvero.

Ormai tra noi parliamo quasi esclusivamente delle questioni riguardanti nostro figlio. Lei sta per sposarsi con un ragazzo che lavora al banco formaggi di un supermercato e che, per fortuna, non somiglia nemmeno un po' a Patrizio. Sono felice per loro. Spero solo che non decidano di regalare troppi fratelli a Manuel, costringendolo a dividere la sua stanza con mezza dozzina di ragazzini urlanti. Male che vada, mio figlio può sempre venire a stare da me. Al momento nel mio monolocale lo spazio è ristretto, ma ho discrete prospettive per il futuro.

Quando Marika ha capito che Manuel stava per sbarcare nel mondo, ha chiesto subito alla sorella più grande di telefonarmi.

Io ho mollato tutto e tutti in ufficio senza dire niente e sono corso all'ospedale.

Non ho assistito al parto. Lei non me l'ha chiesto e, a essere sincero, ho preferito così. Già mi sentivo abbastanza in colpa per tutto quello che era successo, e non avrei sopportato di vederla soffrire e gridare sapendo che, gira e rigira, ero io la causa.

Però sono stato lì fuori tutto il tempo, a passeggiare avanti e indietro, proprio come i padri nervosi nei film.

Appena sono entrato nella stanza e ho visto la sua espressione mentre teneva in braccio il bambino, mi sono passati di colpo le preoccupazioni e i pensieri più cupi sul suo futuro. Ho capito subito che sarebbe stata una mamma fantastica. Avrei voluto dirglielo, ma non ce l'ho fatta. Un po' perché avevo paura che potesse fraintendere e prenderla come una dichiarazione d'amore fuori tempo massimo. Un po' perché il nodo che all'improvviso mi stringeva la gola mi impediva di pronunciare quella e qualsiasi altra frase.

Così sono stato zitto. Lei ha alzato la testa, mi ha sorriso e ha detto solo: «È bello».

Io ho annuito, mi sono avvicinato a mio figlio, ma lì per lì ero talmente emozionato che non ho avuto il coraggio di prenderlo in braccio. Sono rimasto a guardarlo, senza sapere bene cosa fare.

In effetti, il primo contatto non è stato semplice. A quanto pare, le cure paterne non rientrano nel patrimonio genetico. Ho impiegato qualche mese prima di capire, a grandi linee, come funzionava: come si puliva, come si spostava, cosa entrava, cosa usciva e quanto. All'inizio, nei giorni in cui il bambino stava con me, era mia madre (che si è messa a dieta per diventare una nonna efficiente) a occuparsi di tutto. Ma poi mi sono accorto che, invece di farmi sentire libero e sollevato, ero geloso. Stavo male a sentirmi tagliato fuori.

Quindi ho insistito con mamma perché mi facesse un corso accelerato e adesso mi occupo io di ogni cosa, pappa, bagnetto, pannolini e tutto il resto e mi diverto pure, al punto che mia madre continua a brontolare perché glielo lascio vedere troppo poco.

Secondo me però è giusto così. Già nella mezza giornata a settimana in cui lo ha tutto per sé, lo vizia da fare schifo, più ancora di quanto abbia fatto con me. E, visto che vorrei che da grande Manuel diventasse un uomo un po' migliore di suo padre, non cedo e resto irremovibile sugli orari stabiliti.

Com'era prevedibile, Valentina mi ha lasciato definitivamente appena le ho detto che Marika era incinta. Non ha voluto sapere altro. Del resto, non avevo molto da spiegare. Ero troppo scioccato.

Nel giro di un mese ha ripreso i contatti con la casa editrice di Milano che le aveva fatto la proposta di lavoro, ha ottenuto un buon contratto, ha fatto le valigie, ha infilato Dinamo nel suo trasportino ed è partita.

L'ho rivista una volta sola, in tribunale, per la sentenza di separazione.

Ho incrociato Sofia in centro, circa sei mesi fa (un incontro casuale, perché ogni coppia che si separa, per prima cosa, si spartisce mobili, elettrodomestici e amicizie) e avrei voluto chiederle notizie, ma siamo riusciti a scambiare a malapena due parole, perché tutto lo spazio sonoro tra noi era riempito dalle scariche di decibel emesse dai polmoni potenti del piccolo Tommaso che, a vederlo, non sembra aver ereditato nemmeno un briciolo del carattere remissivo di papà Norberto.

Vale mi è mancata?

Moltissimo.

L'ho cercata?

Mai.

Lo so, potevo fare qualcosa di più per fermarla, precipitarmi a Milano a riprendermela, giurarle che con Marika era finita davvero e che avremmo potuto trovare il modo di ricominciare da capo.

Ma l'arrivo di Manuel mi ha travolto. Da quando c'è lui, tutto è diverso. Non solo perché fare il padre, anche se part time, assorbe tempo ed energie più di quanto avessi immaginato, ma anche perché la nascita di mio figlio mi ha fatto scoprire un coraggio che prima era nascosto chissà dove.

Manuel aveva trentasette ore (ebbene sì, il primo mese ho contato anche le ore, qualcosa da obiettare?) quando ho chiamato Cosimo per chiedergli se si era già impegnato con qualche acquirente per il bar. Poi ho parlato seriamente con Igor e Gianfranco, e ho fatto proprio quello che Valentina avrebbe voluto. Mi sono licenziato e con la liquidazione, un prestito di mia madre e un paio di mutui ho comprato la mia quota.

Adesso il bar di Cosimo è diventato il *Meriadoc Bistrot.*

Abbiamo pochi coperti e serviamo pochi piatti. Ma il locale è sempre pieno.

Ogni tanto seguo i seminari di qualche chef famoso di passaggio in città. Imparo i trucchi del mestiere e ricette nuove a cui aggiungo sempre un pizzico di interpretazione personale, perché quella è la differenza tra un vero cuoco e un esecutore di ricette.

Igor sta alla cassa, sua sorella Anna, una quarantenne energica che nel giro di un anno ha perso un marito e due lavori, sta ai tavoli, io in cucina. Gianfranco, che è quello con la quota minoritaria, continua il suo lavoro al centro commerciale. La sua fidanzata di Viterbo, che nel frattempo è diventata sua moglie, non gli avrebbe mai permesso di rinunciare al lavoro fisso, soprattutto ora che è in arrivo il loro bambino. Però lui passa qui da noi quasi tutte le sere. Per la maggior parte del tempo sta dietro il bancone con l'aria del padrone di casa, stringe mani e offre amari e, se arriva qualche ragazza che proprio gli piace, puoi scommetterci che riesce a convincerla di essere lui il proprietario unico della baracca.

Insomma, siamo di nuovo tutti qui. Cosimo compreso. Mangia da noi ogni mercoledì sera, con sua moglie. Per la regola del «niente donne» non sapevo nemmeno che fosse sposato. E invece ha festeggiato i trent'anni di matrimonio e continua a intagliare animaletti nel sughero per regalarli ai suoi nipotini.

Dividersi tra il lavoro, la casa e Manuel non è semplice.

Ecco perché le donne sono praticamente assenti da questa fase della mia esistenza.

Ci penserò quando mio figlio sarà più grande. E naturalmente non mi metterò con nessuna che non piaccia anche a lui. Per il momento, tendo a tenermi fuori dai giochi, anche se la mia vita sessuale non è completamente defunta grazie a qualche incontro segreto e occasionale con un paio di giovani mogli annoiate conosciute nel reparto neonati del supermercato. Ma non voglio soffermarmi su questo punto, per rispetto della privacy delle signore coinvolte e delle loro famiglie.

Insomma, non ho molto tempo per fare bilanci. Ma se, tra le telefonate di mia madre, il bambino da portare al nido, i fornitori da pagare, le prenotazioni da organizzare e i piatti da cucinare, qualcuno trovasse un minuto per chiedermi se sono felice risponderei di sì. Direi che, anche se le cose non sono andate come immaginavo, ho trovato il mio equilibrio e, nonostante le mille difficoltà, è proprio così che volevo essere da grande. Non mi manca niente, a parte Valentina.

Fin dall'inizio sono stato contrario alla cucina a vista, perché sono un tipo riservato e mi metteva a disagio l'idea di lavorare con gli occhi di tutti i clienti puntati addosso. D'altra parte, mi rendevo conto che, dato tutto quello che si sente in giro, bisognava pur rassicurare la clientela che nella nostra cucina non si facessero cose orribili, tipo cucinare animali domestici o scaldare confezioni maxi di surgelati.

Così, dopo varie discussioni e qualche litigio, abbiamo scelto una via di mezzo: un piccolo oblò sulla porta, da cui i clienti particolarmente diffidenti possono sbirciare e vedere i fornelli, il frigo e una parte del tavolo da lavoro.

E proprio attraverso quella finestrella un po' appannata, nel bel mezzo di questo sabato parecchio affollato anche per colpa del brusco calo della temperatura che obbliga la gente a rifugiarsi nei locali, vedo Valentina, che si sta sedendo al tavolo sei assieme a un uomo e a un bambino.

È un attimo, e il tonno al sesamo, pronto per essere scottato sulla fiamma vivace, mi sfugge di mano e cade per terra.

D'istinto, mi butto a terra anch'io. Per raccogliere il tonno, ma anche e soprattutto perché l'essere finito così senza preavviso nel campo visivo di Vale mi fa sentire terribilmente vulnerabile.

Sfortuna vuole che in quel momento l'apprendista Giovanni (il figlio maggiore di Carlo: sedici anni, magro e ipercinetico, con un innegabile talento per gli antipasti caldi), agitato come sempre, stia correndo a razzo verso la porta con i budini di amaretto per il tavolo sette in una mano e due piatti di riso alle castagne e ragù per il tavolo due nell'altra. Il poveretto mi inciampa addosso e cade anche lui, mentre i budini prima volano in aria e poi piovono sulle nostre teste.

Nonostante il momento altamente drammatico, non ce la faccio a non ridere.

Quando Anna entra in cucina, ci ritrova uno sull'altro, sporchi e ammaccati, a ridere come deficienti mentre cerchiamo di alzarci dal pavimento reso scivoloso dall'impasto di budino, riso, tonno e castagne.

«Quando avete finito di giocare a Twister magari cucinate anche qualcosa, eh?» dice senza fare una piega, attaccando altre sette ordinazioni alla lavagnetta con un gesto secco e deciso.

Mi alzo e aiuto Giovanni a ripulirsi per quanto possibile.

Poi mi appiattisco contro il muro come James Bond, e cerco di guardare in sala senza essere notato.

Il figlio di Valentina ha i capelli rossi come i suoi. E, a quanto pare, ha anche la testa dura come la sua, visto che scalcia e piange perché non vuole saperne di sistemarsi sul seggiolino.

Valentina si arrende quasi subito e passa il pupo nelle mani del compagno.

Lui è la personificazione di tutte le mie paranoie. Alto, snello, con gli occhiali e la barbetta incolta, stile elegante-casual. Quasi sento da qui il suo profumo di bucato fresco e tabacco inglese.

Lei è dimagrita un po' e si è lasciata crescere i capelli. Ha qualche ruga in più e il sorriso un filo stanco.

Fanno una bella coppia, penso. Una fitta inattesa allo stomaco mi avvisa che la ferita è ancora aperta. E inevitabilmente penso che a quel tavolo dovrei esserci io.

Giovanni capisce subito che qualcosa non va. Per questo farà strada: oltre a preparare il cibo nel modo giusto, un bravo cuoco deve avere un pizzico di intuito e capire cosa passa nella testa delle persone. Perché cucinare non serve solo a nutrire, ma anche a comunicare, come ripete sempre un celebre chef greco che si fa pagare cento euro per un'ora di lezione.

«Chi hai visto?» mi chiede mentre finisce di preparare le nuove coppette di budino alla velocità della luce.

«La donna della mia vita.»

«Assieme a un altro?»

«Bravo.»

«Dici che è un caso?»

«Perché?»

«Con tutti i ristoranti che ci sono a Roma, come mai è venuta proprio qui?»

«Che ne so?»

«Magari l'ha fatto apposta.»

«Dubito. Tanto non mi faccio vedere, neanche morto.»

«Ti do una mano con il tonno.»

«Grazie.»

Faccio uno sforzo sovrumano per non guardare più nella finestrella.

Preparo il piatto grande di antipasti per Vale e il suo uomo con le mani che mi tremano. Per tutto il tempo non alzo gli occhi dai fornelli e sto bene attento a dare le spalle il più possibile alla sala, per non essere riconoscibile.

Quando il piatto esce dalla cucina mi sembra di aver superato un grosso ostacolo. Forse ce la posso fare, posso arrivare a fine serata anche con il cuore a pezzi.

Poi Anna mi porta la nuova ordinazione del tavolo sei. Penne al brandy per tre.

Chi avrebbe mai pensato che ci si potesse emozionare così leggendo un'ordinazione?

Rido come un cretino, con il biglietto unto tra le mani. Ormai sono un esperto di poppanti, e so bene che quello di là non può avere più di otto mesi e che a quest'ora sarebbe un bambino-angelo se i suoi genitori lo avessero svezzato a superalcolici. Quindi è ovvio, il terzo piatto non è per lui!

Resto senza fiato. Me ne frego se mi vedono e corro alla finestrella.

Al tavolo si è aggiunta una persona: è la sorella di Valentina. Il bambino è suo il marito anche! Non ci sono dubbi, visto che in questo preciso istante, fregandosene altamente se rischia di causare una fuga in massa di clienti dal mio locale, ha appena tirato fuori il seno destro per allattare il suo piccolo. Nel frattempo il belloccio intellettuale le accarezza la mano e se ne sta lì in contemplazione, come se avesse accanto la Madonna in persona.

Vorrei gridare per la felicità.

Preparo le penne con il cuore stupidamente leggero e canticchio. Giovanni mi fissa stupito e io scuoto la testa con un bel sorriso, per fargli capire che va molto meglio.

«Mi ero sbagliato!»

«Non è la donna della tua vita?»

«No, no, lo è. Ma non è con un altro. È da sola.»

«Allora è un segno del destino. Cosa fai adesso?»

«A parte andare di là e mettermi a ballare sul carrello dei dolci?»

«Il carrello si rompe se ci salti sopra.»

«Scherzavo. Le preparo qualcosa di speciale. Solo per dirle ciao.»

Ho scombinato l'ordine delle portate e qualcuno in sala si sta lamentando.

Vorrei lasciare la cucina per spiegare l'emergenza e

chiedere scusa personalmente alla giovane coppia del tavolo uno, al gruppo di universitari fuori sede del tavolo due, alle sceneggiatrici lesbiche del tre, che ormai qui da noi sono di casa, ai turisti olandesi del cinque, che hanno già quasi finito i loro boccali di birra senza aver messo nello stomaco nemmeno un grissino, e anche alla ragazza castana con gli occhiali seduta al tavolo quattro, che continua a guardarsi intorno, sola e fuori posto, e ha l'aria di chi ha appena ricevuto un bidone dal suo ragazzo.

Ma rischierei di non essere capito, perciò mi concentro e mi sbrigo a finire la crema catalana con le fragole a forma di cuore, proprio come la sera in cui ho chiesto a Valentina di sposarmi.

La faccio portare al suo tavolo prima dei caffè e, per combattere l'ansia dell'attesa, mi butto a preparare tutto il resto, ben deciso a recuperare il ritardo e a fare uscire tutti i clienti più che soddisfatti, come ogni sera.

Il dolce preparato con tanta trepidazione ritorna in cucina quasi intatto. Il cuore di fragole non è stato nemmeno sfiorato, e quello che poco fa mi sembrava il gesto più romantico del mondo adesso mi appare solo un tentativo infantile e ridicolo.

Peggio di così, poteva soltanto allegare al piattino un biglietto con sopra scritto VAFFANCULO.

Mi viene da piangere.

Esco dalla cucina due ore più tardi, con l'unico pensiero di chiudere il più in fretta possibile per correre a casa sotto il piumone.

Ma, anche se è quasi l'una, la sala non si è svuotata del tutto.

C'è ancora la ragazza con gli occhiali seduta al tavolo quattro, che mi fa un cenno gentile con la mano. Igor, dalla sua postazione alla cassa, mi strizza l'occhio, convinto che io abbia fatto colpo.

Mi avvicino e lei inizia a parlare senza guardarmi negli occhi. Si scusa, gesticola parecchio e colpisce per sbaglio il bicchiere di Porto che ha ordinato dopo il dolce. Il vino si rovescia sulla tovaglia e un po' sui miei pantaloni.

Ci mette almeno cinque minuti prima di riuscire a spiegarmi che fa la giornalista e sta preparando un breve articolo sui giovani chef e sulle nuove tendenze nella capitale.

Io dico: «Okay», e intanto guardo verso l'uscita. Faccio un sorriso cortese e automatico quando lei si complimenta per le linguine e per i dolci e poi mi chiede se mi scoccia rispondere a qualche domanda.

Mi scoccia, sì. Mi scoccia sapere che la donna della mia vita è là fuori da qualche parte e io sono qui a spiegare il segreto del mio sugo alla zucca a un'imbranata che, scommetto, collabora a qualche bollettino di quartiere e non sa nemmeno cucinare un uovo fritto.

«Scusi?»

Mi volto di scatto. Lei muove piano il mento, come se cercasse il modo di richiamare la mia attenzione senza essere troppo invadente.

Mi stringo la mano intorno alle tempie e chiudo gli occhi. «Mi dispiace, ma non è serata», le dico, perché proprio non ce la faccio.

La giornalista sorride rassegnata.

«Peccato...» mormora.

Mi alzo, sperando che anche lei si decida a fare altrettanto.

«Magari un'altra volta, eh? Se vuole può scrivermi le domande via mail. Così non perde tempo.»

Lei ride, come se le avessi appena chiesto di cantarmi *Questo piccolo grande amore* in esperanto.

«Le interviste via mail non sono esattamente nello stile della nostra rivista», risponde, con un guizzo di orgoglio professionale negli occhi.

Quando mi comunica il nome della testata capisco di averla combinata grossa.

Dietro il viso arrossato di questa giovane signora un po' sovrappeso si nasconde una delle penne più brillanti, intelligenti e spietate della critica enogastronomica nazionale. E io, che fino a ieri avrei ucciso pur di avere mezza riga di recensione sul suo giornale, mi sono appena comportato con lei come il re dei cafoni.

Trafelato le chiedo scusa, poi le offro un bicchierino di rum invecchiato dodici anni, e le spiego che vorrei tanto parlare con lei, ma stasera proprio non posso. Poi l'accompagno da Igor, fregandomene se anche lui è rosso come un peperone e continua a farmi segno di no sventolando le braccia per aria.

«Il mio socio sarà felice di risponderle. Io devo scappare.»

Faccio in tempo ad ascoltare la prima domanda: «Perché *Meriadoc Bistrot*? Qualcosa a che fare con *Il Signore degli Anelli*?»

Igor inizia a parlare di Terza Era, Montagne Nebbiose e Linguaggio Hobbit e, senza bisogno di girarmi indietro, capisco che quella ragazza ha in mano la formula magica per disturbare il lungo letargo sentimentale del mio amico. Poi apro la porta e corro chissà dove, a cercare Valentina.

Solo adesso mi ricordo di avere addosso soltanto i jeans e la T-shirt bianca con chiazze di budino sul davanti e due penosi aloni di sudore sotto le ascelle. Lo sbalzo tra il tepore del locale e l'aria ghiacciata della notte più fredda dell'anno mi blocca il respiro.

Domani sarò un uomo più forte. Oppure sarò in ospedale per una polmonite fulminante.

Faccio qualche passo così, a caso. Sono nato nel quartiere, eppure, in questa notte diversa da tutte, perdo di colpo l'orientamento e inizio a confondere i fiori che danno il nome a ogni via. Campanule, Iris, Gardenie... Dopo cinque minuti mi ritrovo al punto di partenza.

E lì la vedo in una zona poco illuminata. È appoggiata a una macchina ferma, una Panda con i vetri impolverati.

Non parla, mi guarda e basta. Non sembra emozionata come me. Ha uno sguardo tranquillo e mi fissa come se sapesse già quello che sto per dirle. Il che sarebbe impossibile, visto che neppure io lo so.

Scarto le frasi di circostanza del tipo «Allora? Come va?» oppure il terribile «Ti trovo bene», che fa subito ex senza speranza.

Un «Perdonami» sarebbe fuori luogo. E poi non mi va di essere patetico.

Per un secondo vorrei urlarle «Ricominciamo!» con la forza di Adriano Pappalardo, ma forse non è più abituata al mio modo di scherzare e penserebbe che sono diventato del tutto scemo.

Devo avere un'espressione buffa mentre penso queste cose, perché a lei scappa da ridere. Allora sorrido anch'io, e intanto misuro con gli occhi la distanza tra noi e mi scervello su quale possa essere il modo migliore di accorciarla.

Ma poi, com'è successo quasi sempre tra noi due, mentre io penso lei agisce. E fa l'unica cosa che vorrei vederle fare: un piccolo passo verso di me. Allora mi muovo anch'io, avanzando un po' verso di lei. Poi ci fermiamo ancora. Non abbiamo risolto un granché, perché siamo di nuovo fermi e tra noi rimane un sacco di spazio che non sarà per niente facile riempire. Però forse abbiamo trovato la direzione. Non abbiamo fretta, e tutt'e due sappiamo cosa c'è da fare.

Ringraziamenti

GRAZIE di cuore a Maria Paola Romeo, presente, attenta e paziente più che mai, per i suoi consigli fondamentali e la sua amicizia.

Grazie a Ricciarda Barbieri Torriani, che con il suo entusiasmo mi ha dato la carica.

Grazie a Ilde Buratti, Elisabetta Ricotti, Ornella Robbiati e a tutto lo staff della Sperling & Kupfer, per la passione e la cura.

Grazie a Federica, Danilo, Fabio, Giuliana, Gianni, Marco, Cristian, Rosita, Umberto e Roberto per avermi fatto sentire subito a casa e per aver aiutato i personaggi del libro a non perdersi per le strade di Roma.

Grazie a Vanna, Valter, Eleonora e Danilo, che fanno sempre il tifo.

Grazie ai miei genitori, per il sostegno e l'affetto.

Grazie a Edoardo, che mi accompagna.

E infine grazie a tutti quegli uomini reali e immaginari che, quasi sempre senza saperlo, mi hanno regalato spunti preziosi per inventare il protagonista di questa storia.

Collana «Pandora»

W. Adler, *La guerra dei Roses*
D. Steel, *Zoya*
D. Steel, *Batte il cuore*
N. Barber, *L'altra metà del paradiso*
J. Briskin, *I sogni non bastano*
J. Michael, *L'eredità del patriarca*
D. Steel, *Star*
M. Swindells, *Ombre sulla neve*
B. Taylor Bradford, *Sempre di più*
D. Steel, *Nessun amore più grande*
S. Casati Modignani, *Il Cigno Nero*
S. Sheldon, *La congiura dell'Apocalisse*
D. Steel, *Gioielli*
J. Michael, *Quella sconosciuta emozione*
S. Sheldon, *E le stelle brillano ancora*
D. Steel, *Le sorprese del destino*
D. Steel, *Scomparso*
S. Casati Modignani, *Come vento selvaggio*
D. Steel, *Il regalo*
B. Taylor Bradford, *Come un angelo*
M. Higgins Clark, *Ricordatevi di me*
D. Steel, *Scontro fatale*
S. Sheldon, *Nulla è per sempre*
S. Casati Modignani, *Il Corsaro e la rosa*
D. Steel, *Cielo aperto*
M. Higgins Clark, *Domani vincerò*
P. Mosca, *Stati d'anima*
D. Steel, *Fulmini*
M. Higgins Clark, *Un colpo al cuore*
S. Sheldon, *Giorno & notte*
D. Steel, *Cinque giorni a Parigi*
M. Higgins Clark, *Una notte, all'improvviso*
P. Mosca, *C'è una farfalla dentro di noi*
D. Steel, *Perfidia*
M. Higgins Clark, *Bella al chiaro di luna*
S. Casati Modignani, *Caterina a modo suo*
J. Fletcher & D. Bain, *La Signora in Giallo - Martini & follia*
D. Steel, *Silenzio e onore*
P. Mosca, *Beata incoscienza*
D. Steel, *Il ranch*
M. Higgins Clark, *Testimone allo specchio*
S. Sheldon, *Una donna non dimentica*
J. Fletcher & D. Bain, *La Signora in Giallo - Omicidi & fantasmi*
S. Casati Modignani, *Lezione di tango*
D. Steel, *Un dono speciale*
P. Mosca, *La rosa dei sentimenti*
S. Casati Modignani, *Saulina (Il vento del passato)*
S. Casati Modignani, *Donna d'onore*
D. Steel, *Il fantasma*
S. Sheldon, *Dietro lo specchio*
J. Fletcher & D. Bain, *La Signora in Giallo - Manhattan & omicidi*
D. Steel, *La lunga strada verso casa*
P. Mosca, *Un gabbiano nel 2000*
M. Higgins Clark, *Accadde tutto in una notte*
M. Landon, *Anna e il Re*
D. Steel, *Immagine allo specchio*
M. Higgins Clark, *Ci incontreremo ancora*
S. Casati Modignani, *Vaniglia e cioccolato*
J. Fletcher & D. Bain, *La Signora in Giallo - Rum & delitti*
M. Higgins Clark, *Uno sconosciuto nell'ombra*
P. Mosca, *Il sale della vita*
D. Steel, *Dolceamaro*
S. Sheldon, *L'amore non si arrende*
J. Fletcher & D. Bain, *La Signora in Giallo - Assassinio a bordo*
B. Plain, *Un colpo di fortuna*
D. Steel, *Forze irresistibili*
S. Casati Modignani, *Vicolo della Duchesca*
D. Steel, *Le nozze*
M. Higgins Clark, *Sapevo tutto di lei*
B. Plain, *Una finestra sul domani*
A. Appiano, *Amiche di salvataggio*
D. Steel, *La casa di Hope Street*
B. Taylor Bradford, *Un posto per me nel tuo cuore*
M. e C. Higgins Clark, *Ti ho guardato dormire*
P. Mosca, *Un mondo in amore*
D. Steel, *Il viaggio*
M. Higgins Clark, *La figlia prediletta*
S. Casati Modignani, *6 Aprile '96*
J. Fletcher & D. Bain, *La Signora in Giallo - Omicidio in primo piano*

S. Townsend, *Il diario segreto di Adrian Mole*
D. Steel, *Aquila solitaria*
A. Appiano, *Domani ti perdono*
B. Taylor Bradford, *Una stella splende a Broadway*
D. Steel, *Atto di fede*
J. Fletcher & D. Bain, *La Signora in Giallo - Delitto in maschera*
M. Higgins Clark, *La seconda volta*
E. Vesco, *Sissi una ribelle alla corte di Vienna*
C. Higgins Clark, *Quattro diamanti per un delitto*
J. Fletcher & D. Bain, *La Signora in Giallo - Delitto à la carte*
B. Plain, *Solo per amore*
S. Casati Modignani, *Qualcosa di buono*
D. Steel, *Il bacio*
B. Taylor Bradford, *Appuntamento a Parigi*
M. Higgins Clark, *Quattro volte domenica*
D. Steel, *Il Cottage*
M. Higgins Clark, *La notte mi appartiene*
J. Fletcher & D. Bain, *La Signora in Giallo - Assassinio in prima classe*
M. Gayle, *Lui & Lei*
L. Rice, *La baia dei segreti*
A. Appiano, *Scegli me*
S. Moriarty, *Appuntamento a tre*
B. Taylor Bradford, *Il segreto di Emma*
J. Fletcher & D. Bain, *La Signora in Giallo - Dinner party con cadavere*
C. Higgins Clark, *Festa di nozze con brivido*
B. Plain, *Il canto delle stelle*
D. Steel, *Tramonto a Saint-Tropez*
M. e C. Higgins Clark, *Il ladro di Natale*
S. Sheldon, *Una stella continua a brillare*
D. Steel, *Una preghiera esaudita*
M. Higgins Clark, *Casa dolce casa*
J. Fletcher & D. Bain, *La Signora in Giallo - Long drink con delitto*
S. Casati Modignani, *Rosso corallo*
P. Gregory, *L'amante della regina vergine*
C. Higgins Clark, *Crimini in prima serata*
J. Fletcher & D. Bain, *La Signora in Giallo - Cocktail letale*
B. Taylor Bradford, *Una promessa dal passato*
S. Townsend, *Fuori di zucca*
D. Steel, *Un angelo che torna*
A. Appiano, *Le vie delle signore sono infinite*
D. Haeger, *L'anello di rubino*
S. Casati Modignani, *Rosso corallo (edizione illustrata)*
P. Mosca, *Il terzo elemento dell'amore*
M. e C. Higgins Clark, *Una crociera pericolosa*
D. Steel, *Appuntamento al buio*
M. Gayle, *C'era anche Jo?*
J. Fletcher & D. Bain, *La Signora in Giallo - Scommessa con il morto*
S. Townsend, *Il grande Io*
M. Higgins Clark, *Due bambine in blu*
K. Harter, *Quando finisce la pioggia*
L. Fox, *Natura morta con marito*
D. Carlton Adams, *Il diario segreto di Don Giovanni*
A. Kerlin, P. Oh, *Generazione extra small*
P. Gregory, *Il giullare della regina*
G. Magrini, *Le parole che mi hai scritto*
D. Wei Liang, *L'occhio di giada*
M.D. Raineri, *Meno male che ci sei*
E. Vesco, *L'ultimo quarto di luna*
J. Fletcher & D. Bain, *La Signora in Giallo - Assassinio nel vigneto*
H. McElhatton, *È un gioco da ragazze*
C. Higgins Clark, *La collana maledetta*
D. Koomson, *La figlia della mia migliore amica*
B. Taylor Bradford, *Passioni e tradimenti (La dinastia di Ravenscar)*
I. Lorentz, *Salvata dall'amore*
V. Bennett, *Ritratto di una sconosciuta*
D. Steel, *Un porto sicuro*
A. Appiano, *Le belle e le bestie*
S. Casati Modignani, *Singolare femminile*
C. Kelly, *Le donne di Summer Street*
J. Mitchard, *La forza di restare*
A. Davis, *Le mille luci di Parigi*
E. Chadwick, *Il leone scarlatto*
G. Zevin, *Non ricordo perché ti amo*
C. Cipriani, *Dichiarazione d'amore a Venezia*
M. Higgins Clark, *Ho già sentito questa canzone*
P. Mosca, *Vivi tu per me*